불멸의 이순신 2

활을 든 사림(士林)

불멸의 이순신 2

김탁환 장편소설

활을 든 사림(士林)

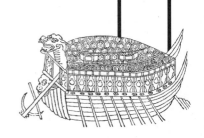

민음사

차례

2권
활을 든 사림

一, 앞서 달리는 자들의 노래

"여해(汝諧, 이순신의 자), 안에 있는가?"

원균은 방으로 들어설 때까지 웃음을 그치지 않았다. 아침부터 가어(嘉魚, 크고 맛있는 물고기. 이 물고기를 안주 삼아 즐기는 일.)에 미주(美酒)를 청할 만큼 기분이 들떠 있었다.

원균이 들어오자 이순신은 읽던 『소학』을 덮고 아랫목에 원균을 앉혔다.

"아산으론 언제 돌아왔는가?"

"두어 달 됩니다."

이순신은 금오산에서 돌아오자마자 처가살이부터 정리했다. 그동안 장인 방진이 음으로 양으로 도와준 것이 고맙긴 해도 언제까지나 그 그늘에 머물 수는 없는 노릇이었다. 명궁수 방진의 사위라는 후광을 걷어 내고 처음부터 다시 시작하고 싶었다. 끼니도 제대로 잇지 못할 가난한 삶이 닥치겠지만, 방 씨는 불평 한마디 없이 짐을 쌌다. 이순신은 속 깊은 아내가 고마웠다.

"서책을 가까이하는 버릇은 여전하군. 자네처럼 『소학』을 좋아 하는 무인은 없을 걸세. 『소학』에 적힌 대로 살면 참으로 갑갑할 텐데 어쩌자고 자꾸 그 책을 읽는가?"

이순신은 낮고 차분한 목소리로 말했다.

"아직 부족한 것이 많아서 스스로 돌이켜 생각하기 위함입니 다."

"겸손도 여전하고. 과거가 끝나자마자 찾아오지 못해 미안하 이. 풍산에서 야인들 동태가 심상치 않다는 급보가 와서 말일세."

"아닙니다. 낙마하여 다리를 다치는 거야 흔한 일이지요. 그래 풍산에는 별일 없었습니까?"

원균이 앵무배(鸚鵡杯, 앵무새 부리 모양으로 만든 술잔)를 비운 후 손으로 입술을 쓰윽 훔쳤다.

"조오타. 매실 향이 참으로 깊구먼. 제수씨가 담근 술인가? 맛 도 아주 그만일세. 풍산에서 전투가 벌어지진 않았다네. 오랑캐 들이 두만강을 넘어오려고 덤비긴 한 것 같은데 내가 빨리 돌아 가는 바람에 포기한 모양이야. 그건 그렇고 다리는 이제 깨끗이 나았는가?"

"아직 기창(騎槍)이나 기사(騎射)는 못합니다. 걷는 데 불편은 없습니다만."

"다 나으면 꼭 한번 더 내 앞에서 기사를 하게. 자네 혹시 섭 섭한 마음을 품고 있는 건 아니겠지?"

이순신이 술을 따르며 고개를 저었다.

"별말씀을 다 하십니다. 형님이 절 등과시켰더라면 평생 형님을 원망했을 겁니다."

원균이 매실주 한 잔을 더 비우고 큰 소리로 웃어 젖혔다.

"하하핫, 그랬을 게야. 여해라면 부당한 등과는 싫다며 멱살잡이라도 하려 들었겠지. 류 수찬이 하도 걱정을 해서 마음이 불편했는데 다 풀렸군. 이제 정말 가벼운 심정으로 구월산(九月山)에 갈 수 있겠어."

"구월산이라뇨? 황해도 구월산을 말씀하시는 겁니까?"

원균이 잔을 받아 팔각 소반에 놓은 후 답했다.

"그렇다네. 임꺽정 잔당들이 남아 있다는 풍문을 자네도 들었지? 그 세력이 점점 커져 임꺽정이 날뛰던 때보다도 도적질이 심하다더군. 황해도 민심이 흉흉하면 평안도나 함경도도 영향을 받는다네. 등 뒤가 맹꽁징꽁 시끄러우면 여진 오랑캐와 맞서 싸울 기운도 생기지 않고. 해서 특별히 토포대(討捕隊)를 만든 모양이네. 별장(別將)을 맡을 장수를 찾는다기에 내가 자원했으이."

"하면 준비할 일이 많을 터인데 이곳까지 찾아 주시니 몸 둘바를 모르겠습니다."

"괜한 소릴 하는군. 아무리 바빠도 여낼 자넬 꼭 보고 가고 싶었다네. 다시 무예를 수련하며 식년 무과를 준비해야지?"

"그리하겠습니다. 걱정 마십시오."

원균은 술 석 잔을 더 청해 마신 후 자리에서 일어섰다.

"다음에는 변방에서 압록강과 두만강을 기울여 술을 마시세나."

"알겠습니다. 형님!"

대문 밖까지 배웅하고 돌아서는 발걸음이 어딘지 느리고 힘이 없었다. 원균을 만날 때마다 조금은 초조한 생각들이 찾아들었던 것이다.

'나는 아직 등과도 못하였는데 평중 형님은 벌써 토포대 별장이 되었구나. 변방을 지키며 함께 술잔을 기울일 날이 정녕 올까.'

점심을 마칠 즈음 이번에는 류성룡이 찾아왔다. 연통도 넣지 않고 대문을 두드린 것이다. 따로 상을 차리겠다고 했지만 류성룡은 밥을 먹지 않아도 배가 부르다며 마다했다.

"미안하이. 자주 찾아왔어야 하는데, 무과 별시가 끝난 후 구월에 원접사(遠接使) 종사관(從事官)으로 뽑혀 용만관(龍灣館, 평안도 의주에 설치한 객사. 오가는 사신들이 들러 가던 곳.)에 다녀오는 바람에 늦었네."

방 씨가 국화차를 내왔다.

"평중 소식은 들었는가? 구월산 토포대에 자원한 것 말일세."

"알고 있습니다. 아침에 다녀가셨습니다."

"평중이 왔더랬군. 훈련원 별시 때 일로 미안했던가 보지? 그때 등과했으면 지금쯤 훈련원 봉사 자리라도 하고 있을 것을."

류성룡은 여전히 미련이 남는 모양이다. 서안 위에 놓인 『소학』에 눈을 주었다. 서책을 집어 들고 간지를 끼운 부분을 폈다.

한나라 소열제(昭烈帝, 유비)가 죽기 직전 왕위를 계승할 아들에게 경계하여 말했다. "악이 작다는 이유로 행해서는 안 되며, 선이 작다는 이유로 행하지 않아서도 안 된다."

"나는 아직도 자네가 무관보다는 문신으로 입시하였으면 싶다네. 자네 집안이 왜 한양을 떠나 아산까지 내려가게 되었는지는 나도 잘 알아. 하나 이제 세상이 달라지지 않았는가."

"무엇이 달라졌다는 겁니까?"

"공맹의 가르침을 누구보다도 잘 아시는 금상께서 용상에 오르신 것부터가 그렇지. 퇴계, 하서(河西, 김인후의 호), 남명, 화담 등 큰 스승들로부터 가르침을 받은 젊은 신료들이 조정으로 속속 모여들고 있다네. 이제 다시는 기묘년 같은 참극은 없을 걸세. 가급인족(家給人足, 집집마다 넉넉하고 사람마다 풍족함)할 나날이 시작되었다네. 고학(孤鶴, 고고한 선비)들이 조정에 들어와 뜻을 펼 때야."

류성룡은 들뜬 목소리로 말했다. 이순신의 어투는 낮고 담담했다.

"금상께서 그렇듯 성군(聖君)이 될 자질을 지니고 계십니까?"

"그렇다네. 경연에 들면 참으로 놀라고 또 놀랄 뿐이지. 많은 경전을 이미 읽으셨고 또한 깊이 이해하신다네. 공맹은 물론이고 제자백가 대부분을 섭렵하셨지. 이백이나 두보의 시를 삼백여 편이나 외우기도 하신다네. 세종대왕께서 다시 오셨다는 풍문이 과장은 아닐세. 백 년 가까이 훈구파와 벌였던 지겨운 싸움도 이제 끝난 걸세. 사필귀정이지."

"형님은 확신하십니까?"

"무엇을 말인가?"

"형님이 어떤 직언을 해도 금상께서 내치시지 않으리란 것 말입니다."

"기묘년 때와는 다르대도."

"정말 다를까요? 형님이 아무리 새 세상이 열렸다고 하셔도 전 솔직히 모르겠습니다. 군왕이든 신하든 처음에는 다들 그렇게 뭔가 예전과는 다른 모습을 보이려고 합니다. 하나 역사가 보여 주듯이 금세 다툼이 생기고 서로 미워하다가 끝내 파국을 맞습니다. 사림들이 지금까진 훈구나 외척에 맞서느라 하나로 뭉쳤지만 요관현질(要官顯秩)을 모조리 장악한 후에도 그런 결속이 이어질까요? 군왕은 또 사림을 믿고 끝까지 새로운 정치를 펴고자 할까요?"

류성룡이 엷은 미소를 띠며 차를 마저 마셨다.

"다행일세. 세상과 완전히 담을 쌓고 지내는 줄 알았더니 누구보다도 나라 걱정을 하고 있었군. 그래, 지금 모든 걸 이루었다고 하는 건 성급하겠지. 하나 이 나라를 완전히 바꾸겠다는 기운이 지금 움트고 있다네. 성현이 하신 말씀에 따라 위로는 군왕에서부터 아래로는 천출(賤出)에 이르기까지 좋은 나라에서 살 날이 멀지 않았다는 걸세. 뜻 맞는 사람이 한 사람이라도 더 조정에 들어와야 해. 자네 형제들이라면 믿음이 가네."

"이현 형님, 요신 형님께도 여러 번 상경을 권하셨지요?"

류성룡이 고개를 끄덕였다.

"요신 형님이 무엇이라고 답하셨습니까?"

"막중한 나랏일을 맡을 자질이 부족하다더군. 하나 조만간 돈화문을 지나서 날 찾아오리라고 믿네."

이순신이 쓸쓸히 고개를 저었다.

"그런 날은 오지 않을 겁니다."

류성룡이 놀란 눈으로 물었다.

"왜 그렇게 생각하는가?"

"입버릇처럼 말씀하시니까요. 한뉘 두보의 시를 본받아 살겠노라고."

"두보를 본받겠다? 조정에는 나아오지 않고 천하를 떠돌기만 하겠다는 건가?"

"나랏일은 요신 형님과 어울리지 않습니다. 물러나 하늘을 바라보며 시를 음영(吟詠)하는 분이니까요. 성당(盛唐)의 시를 읽으며 이름을 숨기고 지내기로 마음을 정하신 듯합니다. 혹여 요신 형님을 찾지는 마세요. 여려 보이지만 누구보다도 뜻이 굳다는 걸 아시죠?"

"자네 형제들은 하나같이 지난 시절만 살피며 세상을 경계하는군. 세상이 새로 열렸음을 믿으려고 하질 않아. 그래도 『소학』을 읽는다니 한편으론 안심이고 한편으론 걱정일세. 장수보다는 문신의 길을 다시 생각해 보라고 거듭 권하려 했네만, 아무래도 그런 설득은 오늘로 접어야 할 듯싶군."

이순신이 차분히 답했다.

"목숨을 버려서까지 의로움을 구하는 협(俠)의 길을 오랫동안 꿈꾸었습니다. 천하를 주유하지는 못한다 해도, 변방을 지키며 신(信)과 의(義)를 따르고 싶습니다.”

“여해, 자네가 『소학』을 거듭 읽으며 무슨 생각을 하는지 나만은 안다네. 조 정암 선생과 큰 뜻을 모았던 조부님을 가슴에 품은 게 아닌가. 너무 맑고 올곧았기 때문에 세상에서 외면당한 그 뜻을 평생 간직하겠다는 게 아닌가. 그렇다면 홍문관보다는 육진에 있는 것이 옳을 것도 같으이. 그래, 금상께서는 세종대왕만큼이나 총명하시지만 자네 뜻을 모두 받아들이시지는 않을 걸세. 아흔아홉 번 뜻을 받아 주시다가도 단 한 번 용린(龍鱗)에 저촉되면 정암 선생처럼 나락으로 떨어질지도 모를 일이지. 그러니 자넨 그 뜻을 지키며 멀리 가 있게. 조정에는 내가 있어서 그 뜻이 항상 지켜질 수 있도록 적극적으로 돕겠네.”

“형님!”

목소리가 가늘게 떨렸다. 류성룡이 가슴 밑바닥에 숨겨 둔 이야기까지 모두 짚어 낸 것이다.

“자넨 활을 든 사림(士林)이 되고픈 게지. 하나 어느 곳에 가든지 『소학』의 가르침을 지키는 건 무척 힘이 든다네. 장수들은 공맹의 도보다는 자기 무예 솜씨를 더 중히 알지. 자네가 그 틈바구니에서 견딜 수 있을까 걱정이군. 부탁이 하나 있네.”

“말씀하시지요?”

“힘든 일이 있으면 언제든지 날 찾겠다고 약조해 주게. 여해, 자넨 이제 내 분신일세. 류성룡이 활을 들면 이순신이고 이순신이 서책을 잡으면 류성룡이 되는 거지. 앞으로 힘을 합쳐 공맹의 올바른 도리가 조선팔도를 덮도록 함께 노력하세."

"변변치 못한 사람을 그같이 고평(高評)하시니 부끄럽습니다. 형님 말씀 가슴 깊이 새기겠습니다."

자리에서 일어서려다 말고 류성룡이 갑자기 덧붙였다.

"혹시 자네 평중을 닮으려고 하는 건 아니겠지?"

이순신은 즉답을 피하고 류성룡 얼굴을 뚫어져라 쳐다보기만 했다.

"평중에게는 평중의 길이 있고 여해 자네에겐 자네만의 길이 있지. 평중이 아무리 노력해도 활을 든 사람이 될 수 없듯, 여해 자네가 아무리 애를 써도 평중과 같이는 될 수 없네. 여해! 자넨 평중은 물론 이 나라 장수들과는 확연히 다른 삶을 살아야 하네. 사림이 조정 중론을 이끄는 것이 처음이듯, 사림이 군영에 드는 것도 처음 있는 일이니까. 그렇다고 너무 두려워는 말게. 자넨 잘할 수 있을 걸세. 나는 자네가 홀로 자신을 향해 깊고 날카로운 질문을 던져 왔음을 아네. 그 상처가 자네 미래를 꽃피우는 밑거름이 될 걸세."

"명심하겠습니다."

"하면 이제부터는 무얼 할 작정인가?"

이순신은 이미 결심한 것이 있는 듯 선뜻 답했다.

"내일이라도 남해안으로 떠나 보려 합니다. 왜구들이 수시로 하삼도를 어지럽히고 있습니다. 실정(實情)이 어떠한지 찬찬히 살펴볼 작정입니다."

二, 당취, 구월산에 들다

"계룡갑사에서 왔다고 했나?"

마흔 줄로 접어든 사내가 덥수룩한 수염을 쓸며 말했다.

구월산 화적패의 대두령 임호(林虎)였다. 부하들 앞에서는 늘상 맨손으로 호랑이를 때려잡은 후 붙은 이름이라고 자랑했지만, 임호가 살쾡이라도 잡는 것을 본 이는 아무도 없었다. 십 년 전 토포사(討捕使) 남치근(南致勤)이 대대적인 토벌을 시작했을 때 끝까지 임꺽정을 수행했다는 풍문도 풍문일 뿐이었다.

그러나 임호가 임꺽정과 닮았다는 사실은 누구나 인정했다. 임꺽정이 늘 앉던 의자에 임호가 앉아만 있어도 위엄이 서고 규율이 바로잡혔다. 임꺽정이 비명에 간 후 뿔뿔이 흩어졌던 구월산 화적패는 청석골을 떠나 황석골에 정착했다. 도적질을 할 때도 구월산 패란 사실을 꼭꼭 숨겼고 관아 근처는 얼씬도 하지 않았

다. 임호는 임꺽정에 대한 두려움이 사라질 때까지 참고 견디자
며 화적패를 다독였다.

그러나 발 없는 말이 천 리를 간다고 했던가.

구월산 화적패가 명맥을 이어 가고 있다는 풍문이 점점 퍼지기
시작했다. 십 년 전 죽은 임꺽정은 가짜이며 진짜 임꺽정은 버젓
이 구월산에 살아 있다는 이야기까지 덧보태졌다.

"그렇습니다."

젊은 중이 삿갓을 벗어 무릎 앞에 놓으며 대답했다. 손목엔 푸
른 옥으로 만든 백팔 염주를 걸고 있었다.

"연통은 받았지만, 계룡갑사에서 예까지 무슨 일로 왔어?"

임호는 홀로 황석골을 찾은 불제자가 아직 의심스러웠다. 젊은
중은 고개를 들어 주위를 살폈다. 스무 명도 넘는 화적들이 대두
령 거처로 모여들었던 것이다. 임호가 들고 있던 쇠방망이 손잡
이를 손바닥으로 어루만졌다.

"모두 나가."

아쉬운 표정을 뒤로하고 화적들이 나가자 임호가 물었다.

"넌 뭐냐?"

"월인(月仁)이라 합니다."

월인!

임꺽정 시절부터 푸른 옥이나 붉은 옥으로 만든 염주를 내보이
는 중과는 피를 나눈 형제처럼 지내야 한다는 묵계가 있었다. 푸
른 옥은 두류산계 당취(黨聚, 불교계 비밀 결사)들이 가지고 다녔고
붉은 옥은 금강산계 당취들이 지닌 신물(信物)이었다. 소문은 들

었지만 푸른 옥 염주를 직접 본 것은 오늘이 처음이었다.

"자, 어디, 뭐 하러 찾아왔는지 대 봐라."

갓 스무 살 젊은 중 월인은 줄곧 푸른 옥 염주를 굴리며 임호를 똑바로 쳐다보았다.

"혹시 올겨울 들어 화적패를 빠져나간 이는 없었습니까?"

갑자기 임호가 싸늘한 표정을 지었다.

도적질이 쉽지 않은 데다 삼십 년 만에 닥친 혹한 때문에 화적패 스무 명이 몰래 구월산을 내려간 터였다. 그중에는 임꺽정을 따라 송도(松都)로 가서 포도관(捕盜官) 이억근(李億僅) 심장에 칼을 꽂았던 두령 장철승(張哲承)도 끼어 있었다. 장철승이 산을 내려간 일은 남은 화적패에게 큰 충격을 주었다. 임호를 대두령으로 모시고는 내년 겨울을 맞을 수 없다는 말까지 남긴 것이다.

"뭣 땜에 묻느냐?"

임호가 호랑이 눈을 뜨고 되물었다.

"삼수갑산(三水甲山) 쪽 당취로부터 좋지 않은 전갈을 받았습니다."

'좋지 않은 전언이라.'

임호는 느릿느릿 둘러말하는 충청도 중이 점점 더 싫어졌다. 곧장 되묻지 않고 송곳니를 드러내며 험한 표정을 지었다. 그러나 월인은 미소를 잃지 않고 차분히 말을 이었다.

"지금 당장 이곳을 떠나야 합니다. 두류산도 좋고 계룡산도 좋습니다. 구월산 의적들이 새 보금자리를 찾을 때까지 적극 돕겠습니다."

임호가 참지 못하고 자리에서 일어섰다. 쇠방망이를 들어 월인을 가리키며 추궁했다.

"이 건방진 중놈이! 네가 뭔데 구월산을 떠나라 마라 하느냐? 임꺽정 대두령께 불행이 닥칠 때도 끝까지 구월산을 지켰다. 구월산 화적패가 구월산을 떠나면 팔도 협객들이 우릴 보고 뭐라 하겠나? 떠나긴 어디로 떠난단 말이야."

월인이 쇠방망이를 노려보며 더욱 차갑게 말했다.

"하면 곧 대두령 몸에서 떨어진 수급이 저잣거리에 걸릴 겁니다."

"뭐, 뭣이?"

임호는 당장이라도 쇠방망이를 휘두를 것처럼 나아왔지만 월인은 꿈쩍도 하지 않았다. 임호가 쇠방망이를 서서히 머리 위로 들어올렸다.

고려가 망하면서부터 생겨났다는 당취는 충직하고 발 빠른 젊은 중들을 팔도 곳곳에 은밀히 심어 두었다. 함경도 삼수갑산에서 일어난 일을 경상도 하동(河東)이나 곤양(昆陽)에서 아는 데 사흘도 채 걸리지 않았다. 게다가 당취들이 전하는 이야기가 틀린 적은 한 번도 없었다. 예로부터 충청도 계룡갑사에는 힘이 장사인 중들이 유독 많았다. 그곳은 두류산과 금강산, 그리고 북삼도에 속한 당취들이 너나없이 드나드는 중간 기착지였다

쇠방망이가 바닥을 치며 쿵 소리를 냈다. 월인은 임호가 자리에 다시 앉을 때까지 염주 알을 굴리며 기다렸다.

"삼수갑산에서 온 전갈이란 게 대체 뭐냐?"

"북삼도 장졸들로 구월산 토포대가 만들어졌다 합니다. 토포사

에 최용호(崔勇晧), 그 휘하에 장치명(張値明), 박도중(朴道重), 강상대(姜相大) 그리고 함경도 풍산 권관 원균이 별장으로 자원해옵니다. 선봉을 맡게 될 이 별장을 특히 조심하셔야 합니다."

임호가 코웃음을 치면서 말했다.

"귓구멍 후비고 똑바로 들어라. 내 밑에 있는 호걸들만 오백 명이 넘는다. 권관이라면 많아야 군졸 삼사십 명 정도를 거느렸을 텐데 그런 풋내기가 어찌 우리 패와 맞선다는 거냐? 연작(燕雀) 앉은 기둥 보고 무너질 걱정 한다더니 걱정이 좀 지나치군. 난 또 무슨 큰일이 있나 했네."

월인이 짧게 물었다.

"원균이란 이름을 들어 본 적 있으십니까?"

"그자가 풍산 권관인가? 그런 피라미 이름을 어찌 알아. 보나마나 갓 무과에 급제하여 함경도 높바람에 오들오들 떨며 신세한탄이나 쏟던 애송이 나부랭이겠지."

"애송이가 어찌 구월산 토포대에 선봉을 자원하겠습니까."

임호가 웃음을 그치고 말했다.

"그래, 원균이란 자가 어디서 굴러먹던 놈인데?"

월인은 샛별눈에서 광채를 쏟아 내면서 말했다.

"타고난 용장(勇將)입니다. 군졸들보다 먼저 적진을 향해 달려들곤 한답니다. 병법에도 밝아 용기를 낼 때와 지략을 펼 때를 아는 지장(智將)이랍니다. 군졸들이 아파하는 곳을 미리 긁어 주는 덕장(德將)이기도 하답니다"

"용장이며 지장이며 덕장이다? 허, 별 시덥잖은 소리 다 듣겠네. 조선 천지에 그런 장수가 있었다고! 그런 자가 왜 겨우 권관에 머물고 있겠나?"

"지금은 한낱 권관에 지나지 않지만 머지않아 조선 제일 장수가 될 겁니다. 풍산에서 여진 오랑캐와 맞서서 단 한 번도 패하지 않았답니다. 참으로 척당(倜儻, 뜻이 크고 기개가 있음)한 장수입니다."

"이놈이! 네가 지금 우릴 오랑캐에 비기는 게냐? 우리 구월산 의적이 짐승 같은 여진 놈들과 같아? 원균 그자가 작은 재주로 함경도에서 전공을 세웠는지는 모르지만 여기서는 어림도 없다. 원균을 죽이고 토포대장 목을 따고, 아예 이참에 한양까지 쳐들어갈 테다."

월인이 거듭 설득했다.

"피하셔야 합니다. 많은 피를 흘리게 될 겁니다. 자칫하면 임꺽정 대두령의 이름까지 더럽힐 수도 있습니다. 토포대가 구월산에 거의 도착할 때가 되었습니다. 지금이라도 송화(松禾) 쪽으로 내려가면 대자대비하신 부처님께서 보살피실 겁니다."

"부처의 보살핌을 받느니 차라리 이 쇠방망이를 믿겠어. 애써 쫓아와 일러 준 건 고맙지만 난 내 식대로 한다. 곧 원균이라는 놈 대가리가 참나무 꼭대기에 매달리는 걸 보게 될 테니까 걱정 마. 돌아가서 어르신들께 안부나 전해."

임호가 월인 곁을 지나 밖으로 나가려는데 계곡 입구에서 주위를 살피던 망꾼이 헐레벌떡 뛰어들었다.

"과, 관군이 재령(載寧)을 지나 황석골로 곧장 올라오고 있습니다."

임호가 월인과 눈을 맞춘 후 키 큰 망꾼에게 물었다.

"몇 명쯤 되는데?"

"이백 명은 족히 넘어 보였습니다."

임호가 껄껄껄 웃으면서 말했다.

"겨우 이백? 오호라, 드디어 임꺽정 대두령님 복수를 할 날이 왔구나. 단매에 박살내 주마! 다들 무기를 들고 선돌 아래로 모이라고 해."

"알겠습니다."

임호가 뱀 가죽 두건을 머리에 썼다.

"거기 중아, 너도 바쁘지 않으면 원균이란 놈이 어떻게 뒈지는지 보고 가려무나."

월인이 일어서서 두 손을 모은 후 허리 숙여 절했다.

당취와 화적패의 신의도 임꺽정이 잡혀서 처형되면서 금이 갔다. 화적패는 관군들이 급습한다는 사실을 왜 먼저 알려주지 않았느냐며 당취를 원망했고, 당취는 배신자인 서림(徐林)을 미리 제거하지 않은 화적패를 비난했다. 구월산 화적패가 말을 들을 것이라고는 처음부터 생각하지 않았다. 황해도는 월인이 맡은 지역도 아니었다. 하삼도, 특히 경상도와 전라도 해안을 훑는 것이 열세 살 이후 월인이 받은 임무였다.

기억에도 희미한 어린 나이에 동자승으로 계룡갑사에 들어간 후 불제자가 된 것을 후회한 적은 없었다. 그러나 고려가 멸망하면서 산으로 쫓겨 들어온 불교를 생각할 때마다 월인은 가슴이 답답했다. 이름 높은 고승들도 마음에 깃든 번뇌를 시원하게 없애 주지 못한 채 엉뚱한 망상이라 꾸짖으며 죽비로 때리려고만 했다.

칠 년 전인 을축년(乙丑年) 구월. 열세 살 난 월인은 진도에서 배를 타고 제주로 갔다.

문정왕후(文定王后)가 세상을 뜨자마자 승직을 박탈당하고 유배된 도대선사(都大禪師) 보우(普雨)를 만나기 위함이었다. 공맹의 도리를 더럽히고 강상(綱常. 삼강과 오상(五常). 곧 인간이 지켜야 할 기본 도리.)의 윤리를 해치려 한 죄로 전체 유림의 공적이 된 보우를 만나기는 쉽지 않았다. 제주 목사(濟州牧使) 변협(邊協)의 명을 받은 군졸 십여 명이 겹겹이 적소(謫所)를 에워싸고 있었던 것이다. 머리를 빡빡 깎은 사내는 근처 마을을 지나가기만 해도 하옥하라는 엄명이었다.

월인은 품에 숨겨 온 엄지만 한 금부처 열 개를 아낌없이 썼다. 평생 넉넉하게 지낼 만큼 귀한 물건이었다. 군졸들은 어둠이 채 가시지 않은 시각, 보우가 새벽 예불을 드릴 때 잠시 다녀가는 것을 허락했다.

월인은 중 옷을 벗고 말총으로 만든 댕기 머리를 모자처럼 덮어쓰고는 두근거리는 마음으로 방문을 열었다.

예불 채비를 마친 보우는 무릎을 꿇고 앉아 화엄경(華嚴經)을 외우고 있었다. 맞은편 서안 위에 검퍼렇게 녹이 슨 철불(鐵佛)이 놓여 있었다. 가부좌를 틀고 앉아 양손을 맞잡은 비로자나불이다.

월인도 큰절을 올려 예의를 갖춘 후 보우 뒤에 무릎을 꿇고 앉았다.

보우는 생각보다 어깨가 좁았다. 국문(鞫問)을 당한 후유증 때문인지 허리도 눈에 띄게 굽었다. 그 모습에서 도첩제(度牒制)를 실시하고 승과(僧科)를 열어 불교 중흥을 꿈꾸던 고승을 찾기는 힘들었다. 눈물이 왈칵 쏟아질 뻔했다. 오랫동안 유교가 누르고 조여 명맥만 잇고 있는 불교가 저런 모습일 것이다. 보우도 봉은사도 억불(抑佛)의 기치 아래 처참하게 묻힐 것이다. 두고만 볼 것인가. 두고만 볼 것인가.

"웬 놈이 이 좋은 어둑새벽을 방해하는고?"

보우가 고개를 돌리지도 않고 물었다.

"계룡갑사에서 왔습니다. 월인이라 합니다."

"헛공부를 했구나. 불제자는 오는 곳도 없고 가는 곳도 없느니라. 계룡갑사가 네 집이라면 그곳 풍광과 사람들에게 집착할 것이 아니냐? 낯섦도 익숙함도 없는 삶, 그것을 모르면 불제자가 아니니라."

숨이 흡 막혀 왔다. 참선과 경전에 능한 조선 제일 고승다웠다.

"명심, 또 명심하겠습니다."

목소리가 조금 누그러졌다.

"생전에 불제자를 다시 만날 줄은 몰랐다. 대단한 뇌물을 쓴 모양이구나."

"부처님을 팔아먹었습니다."

월인은 솔직하게 답하기로 마음먹었다.

'깨달음을 얻으려면 나부터 벌거숭이가 되어야 한다.'

비로소 보우가 몸을 돌려 얼굴을 쳐다보았다.

"허참! 부처를 팔아먹기에는 아직 어린 나이가 아니냐? 계룡갑사에서 여기까지 혼자 왔느냐?"

"그렇습니다."

"누가 너를 보냈느냐?"

"고행하는 불제자는 오란다고 오지 않으며 가란다고 가지 않습니다. 소승 스스로 길을 만들 뿐입니다."

보우가 입가에 엷은 미소를 띠었다가 지웠다.

"제법이구나. 하나 선문답을 하기에도 넌 너무 어리다. 공부할 것이 많을 텐데 어이하여 바다를 건너왔는고?"

"가슴이 답답해섭니다."

"가슴이 답답해? 하면 의원을 찾아야지 왜 내게 왔느냐?"

"큰스님께서도 소승과 같은 병을 앓으신 적이 있다는 풍문을 들었습니다."

보우는 잠시 말을 않고 얼굴을 찬찬히 뜯어보다가 고개를 끄덕였다.

"욕루(慾漏, 욕계의 번뇌)가 가득 찼구나. 세상을 온통 네 마음대로 바꾸고 싶어 하는구나. 죽일 놈들만 눈에 담았구나."

"큰스님 발자취를 따르고 싶습니다."

보우가 갑자기 큰 소리로 말했다.

"이놈아! 어디 닮을 사람이 없어서 승적도 빼앗기고 죽을 날만 기다리는 껍데기를 따르겠다는 것이냐? 나는 나라에 큰 죄를 지은 죄인이니라."

"하지만 큰스님께서 어찌 사익을 위해 그리하셨겠습니까. 공맹의 무리들에게 탄압받는 불제자들을 위하여……."

"닥쳐라! 홍진(紅塵)에 묻힌 중생을 모두 부처님 가르침으로 구제하리라는 대원(大願)을 품어야 하거늘 너는 어이하여 그 중생을 또 공맹의 무리와 석가의 무리로 가르려 하느냐? 옳고 그름을 어찌 미리 정할 수 있겠느냐?"

월인은 제 뜻을 굽히지 않고 더 강하게 밀어붙였다.

"이제 와서 지난 공덕을 부질없다 마십시오. 지난 십칠 년 동안 큰스님께서 하신 일들은 이백여 년 동안 불제자 수천 명이 이룬 일보다 빛나고 아름답습니다. 이 땅을 불국토(佛國土)로 만들기 위해 큰스님은 모든 것을 바치셨습니다. 그 와중에 공맹의 무리들과 작은 다툼이 생긴 건 사실입니다. 하나 그 일은 큰스님 잘못이 아니라 불제자를 미워하고 시기하는 유자(儒者)들의 터무니없는 모함에서 비롯했습니다. 큰스님 같은 분이 한 분만 더 계셨더라면 쌓아 올린 공덕이 한순간에 무너지지는 않았을 겁니다. 소승 비록 나이 어리나 큰스님께서 못다 이룬 일들을 꼭 이루고 싶습니다."

보우가 혀를 끌끌 찼다.

"어허, 여기 피비린내를 풍기며 아귀 지옥으로 들어가겠다는 놈이 하나 더 있구면. 아서라. 지옥문을 여는 이는 나 하나로 족해."

"가르침을 주십시오. 어찌하면 이 나라를 다시 신라나 고려와
같은 불국토로 만들 수 있겠습니까?"

"불국토? 되지 못할 일이다."

"나라를 다시 세우면 되지 않습니까?"

보우의 두 눈이 왕방울만큼 커졌다.

"허, 이놈이! 못하는 소리가 없구나. 역적질을 하겠다는 게냐?"

"못할 것도 없지요! ……그러니 가르침을 주십시오. 어찌하면
역적질을 하지 않고 이 나라를 불국토로 만들 수 있습니까? 이
답답증을 풀어 주십시오."

"배움이 도에 이르기도 전에 말재주나 부려 이기려 드는 건 변
소에 단청하는 격이니라."

보우가 갑자기 돌아앉았다.

"휴정(休靜)을 찾아가거라."

끝내 보우는 더 이상 가르침을 주지 않았다. 불교를 중흥하려
던 원대한 계획이 실패로 돌아갔다고 판단한 까닭이었을까? 아니
면 삶이란 오는 것도 가는 것도 없음을 알아차린 큰 깨달음 때문
이었을까?

월인이 제주를 떠나고 몇 달 후 보우는 참형을 당했다.

보우의 가르침에 따라 월인은 묘향산(妙香山)으로 휴정을 찾아
갔다. 서산 대사(西山大師) 휴정은 보우보다 다섯 살 손아래로,
보우가 마련한 승과에 가장 먼저 급제한 고승이었다. 휴정 역시

월인을 문전박대하기는 마찬가지였다.

"범부들은 눈앞에 지나가는 현실만 따르고 수도자는 마음만을 붙잡으려 한다. 하나 마음과 현실 두 가지를 다 버리는 것이 참된 법이니라. 아직은 때가 아니니, 더 많이 보고 듣고 느낀 후에 그래도 내가 필요하면 찾아오너라."

"어찌 마음과 현실을 다 버릴 수 있단 말입니까? 그 둘을 다 버리고 깨달음을 얻더라도 그것이 어찌 참된 것이겠습니까? 가르침을 주십시오. 이 불행과 슬픔이 어디서 비롯했는지 알고 싶습니다."

"고이얀 놈! 이제 보니 너는 화두(話頭)에 들 때 생기는 열 가지 병을 모두 앓고 있구나."

"열 가지 병이라고 하셨습니까?"

"잘 들어 두어라. 열 가지 병은 다음과 같으니라. 분별로써 헤아리는 것, 눈썹을 오르내리고 눈을 끔적거리기를 그치지 않는 것, 언로(言路)에서 살림살이를 짓는 것, 글에서 끌어다 증거를 삼으려는 것, 들어 일으키는 곳에서 알아맞히려는 것, 모든 것을 다 날려 버리고 일없는 곳에 들어앉아 있는 것, 있다는 것이나 없다는 것으로 아는 것, 참으로 없다는 것으로 아는 것, 도리가 그렇거니 하는 알음알이를 짓는 것, 조급하게 깨치기를 기다리는 것이다. 어디에서 비롯했는가 묻지 말고 정신을 바짝 차려 '무슨 뜻일까?'만 의심해라."

"스님! 비롯함을 품지 않고 어찌 무슨 뜻인가만 의심할 수 있습니까?"

"스스로 깨쳐 품도록 하여라. 당장 돌아가."

보우도 휴정도 답을 주지 않으니 월인은 스스로 길을 찾을 수밖에 없었다.

월인은 다시 계룡갑사로 돌아와서 여장을 풀었다. 제주도에서 평안도까지 긴 여행을 했지만 답답함은 그대로 남아 있었다. 대각(大覺)했다는 큰스님들도 나서서 불교를 다시 일으키려 하지 않았다. 귀에 걸면 귀걸이 코에 걸면 코걸이인 선문답에 싫증이 났다.

'만백성을 태평하게 만들겠다던 공맹의 약속은 이루어지지 않았다. 양반들은 높은 배를 두드리며 즐거이 노래 읊지만 직접 땅을 일구고 물고기를 잡는 백성들은 생활고를 이기지 못해 허리가 휘고 무릎이 꺾인다. 누가 그 크디큰 아픔을 위로해 줄까. 공자가 할 수 있는가. 아니다. 맹자가 할 수 있는가. 아니다. 오직 부처님 자비만이 그 모든 상처를 보듬어 안을 수 있다. 그런데 왜 큰스님들은 당당하게 유림들과 맞서지 못하는가. 아무리 이 나라가 숭유억불(崇儒抑佛)을 내세운다지만, 수많은 백성들은 여전히 부처님 전에 시주하며 복을 빌고 있지 않은가.'

궁금한 일들이 꼬리에 꼬리를 물었다. 염불을 욀 때도 참선에 들 때도 끝없이 의심이 일어 몰입할 수 없었다.

그때 다가온 사람이 사형 광수(廣水)였다.

스무 살을 훌쩍 넘긴 광수는 법명과 어울리지 않게 성격이 불같았다. 육척 장신에 장봉(長棒)을 거침없이 휘두르는 광수는 그 이름이 충청도를 넘어 경기도까지 퍼져 있었다. 땀 냄새를 풀풀 풍기며 월인에게 다가서서 간단명료하게 말했다.

"사제, 백날 고민해 봤자 소용없어. 말이 쉬워 도할양무심(塗割兩無心, 창과 칼로 찌르거나 향수와 약을 발라 주더라도 두 가지에 다 무심하라.)이지, 창과 칼로 찌르는데 어찌 맞서지 않을 수 있겠어? 이제 나와 함께 일하자."

"일? 무슨 일 말씀입니까?"

그렇게 엮여 들어간 것이 승려들의 비밀 조직인 땡추였다. 당취라는 정식 명칭이 있었지만 광수는 그냥 땡추라고 불렀다. 고려 멸망 이후 산사에 뿌리내린 채 은밀하게 이어져 온 이 비밀 조직에서 월인은 가장 나이가 어렸다. 홀로 보우와 휴정을 만나고 온 점이 높게 평가된 것이다.

당취로 하삼도를 떠돌며 참혹한 광경을 수없이 접했다. 맞아 죽고 얼어 죽고 병들어 죽고 배고파 죽은 시체가 동네마다 즐비했다.

희망 없이 죽을 날만 기다리는 사람들 볼에 새겨지는 눈물 이랑을 볼 때마다 월인은 다짐했다.

'이 나라는 더 이상 가망이 없다. 새 나라를 만들어야 한다. 그러려면 힘을 모아야 한다. 조선 팔도에서 동시에 불국토를 노래해야 한다.'

그러나 전라도와 경상도에서 만난 화적패는 숫자도 작고 사사로운 욕심이나 챙기는 좀도둑들이었다. 구월산으로 오면서 두 가지 상반된 생각을 했다. 하나는 토포대 별장인 풍산 권관 원균에

얽힌 추억이다. 월인은 호랑이 사냥이 있던 그 옛날 계룡갑사에 왔던 젊은 선전관을 잘 기억했다. 선물받은 나무칼과 함께 용맹하고 호탕하던 그 모습이 늘 남아 있었다. 얼마나 더 늠름해졌는지 두 눈으로 확인하고 싶었다. 그리고 또 하나는 임꺽정 뜻을 잇는다 내세우는 구월산 화적패에 대한 기대였다.

'의적을 자처했던 임꺽정이 아니었던가. 하삼도 도적들과는 뭔가 다를 것이다. 함께 대의를 의논하며 뜻을 합칠 수 있으리라.'

구월산 화적패에 대한 기대는 곧 실망으로 바뀌었다.

임호는 덩치만 컸을 뿐 허풍이 세고 신중하지 못한 나무거울(겉모양과 달리 실속이 없는 사람)이었다. 앞에서는 무슨 일이든 할 것처럼 으스댔지만 막상 큰일을 당하면 꽁무니를 뺄 사람이었다.

'아. 구월산도 가망이 없으면 어디서 불국토를 세울 장정들을 구할까.'

월인이 구월산에 남은 것은 멀리서라도 원균을 보기 위함이었다.

따져 보면 이 싸움은 절대 화적패에게 유리했다. 토포대는 구월산에 처음 오는 이들이 대부분인 반면 화적패는 이십 년 가까이 구월산과 황해도 일대를 누볐다. 이런데도 원균이 승리한다면 정말 탁월한 장수라 할 것이다.

껍다리처럼 키가 큰 선돌 아래로 장정 백여 명이 모여 있었다.

나머지 장정들은 이미 임무를 부여받고 산채를 떠난 후였다. 잿빛개구리매가 하늘 높이 떠서 원을 그렸다.

월인을 본 임호가 빙긋 웃어 보였다.

"아직 안 갔나?"

"토포대와 맞설 준비는 끝내셨습니까?"

"끝내고 말고 할 게 뭐 있어. 기다리기만 하면 되지."

'기다리기만 한다?'

역시 원균에게는 쉽지 않은 싸움이 될 것이다. 어쩌면 태어나서 처음으로 치욕스러운 패배를 맛볼지도 모른다.

"저 장정들은 산채를 지키는 겁니까?"

"사실 지킬 필요도 없어. 관군 놈들은 여기까지 오기도 전에 모두 황천객이 될 게다."

허풍이 아닌 듯했다. 월인이 더 이상 묻지 않자 임호가 먼저 자랑을 늘어놓았다.

"청석골 산채도 그랬지만, 이 황석골 산채는 그야말로 난공불락이다. 토포대라고 수백 명을 끌고 온들 넘볼 수 있는 곳이 아냐. 내통하는 놈만 없으면 무너지지 않아. 이 산채는 크게 세 겹으로 둘러싸여 있지. 길목마다 함정을 파고 매복을 두었으니 손자(孫子)나 제갈공명이 살아온대도 죽음을 피할 수 없어. 그저 술이나 한잔 걸치면서 빌어먹을 토포대 놈들이 잡혀 오는 거나 기다리면 되는 거야."

월인이 슬쩍 임호를 치켜세웠다.

"참으로 대단하십니다. 천하에 떨어울린 구월산 의적의 위명이 오히려 실제에 미치지 못하는군요. 토포대 선봉을 척살하는 장면을 직접 보고 싶은데 가 봐도 되겠습니까?"

임호가 너털웃음을 터뜨리며 답했다.

"마음대로 해라. 졸개 한 놈 붙여 주지. 구월산은 이무기가 일어나고 봉황이 춤추는 산세인지라 자칫 잘못하면 너도 함정에 빠져 골로 갈 게다."

임호가 쇠방망이를 들어 흔들자 촉바람이라 불리는 빼빼 마른 사내가 뛰어왔다.

'감시를 붙이겠다 이 말이지.'

월인은 촉바람을 따라 산채를 나서면서부터 유심히 주변을 살폈다. 언뜻 보면 나무요 바위인데, 독 묻은 창이나 칼을 든 장정들이 그 안에 한둘씩 꼭꼭 숨어 있었다. 산허리까지 내려와선 잠시 걸음을 늦추었다. 눈앞에 연못이 펼쳐졌던 것이다.

"산허리에 연못이라……. 저 못의 이름이 무엇입니까?"

"이곳 사람들은 고요연(高腰淵)이라 부르오. 깊은 물에 용이 산다고들 하지요. 가물 때 기우제를 지내는 곳이라오. 그런데 여기서부턴 말을 아끼시오. 내가 손을 들거들랑 재빨리 엎드리시오. 그래야 스님 목숨을 간수할 수 있으니까."

"알겠습니다. 한데 관군은 어디까지 왔습니까?"

"쉿!"

갑자기 촉바람이 털썩 주저앉으며 팔을 끌었다.

관군이었다.

원균이 이끄는 선봉대가 어느새 고요연에 당도한 것이다. 연못

을 발견한 군졸들이 다투어 뛰어왔다. 산길을 오르느라 목이 말
랐던 것이다. 제일 늦게 걸음을 옮기는 사내는 피갑 차림이었다.
월인은 한눈에 원균임을 알았다. 넓은 어깨와 짙은 눈썹, 두툼한
입술이 하나도 변하지 않았다.

"멍청한 놈들. 겁도 없이 곧장 올라오다니. 잠시만 기다려 보
쇼. 좋은 구경 할 게요."

촉바람이 바위 뒤에 등을 대고 웃어 보였다.

'구경거리?'

구경거리라 함은 매복이나 함정이 있다는 소리였다. 그러나 아
무리 둘러보아도 연못 아래에는 장정들이 숨을 곳이 없었다. 혹
시나 싶어 주위를 살피던 관군들은 안심하고 앉아서 손으로 한
움큼씩 물을 떠 마셨다. 원균도 투구를 벗고 물을 떠 뒷목을 적
셨다.

그 순간 바위 뒤에서 관군을 살피던 월인이 불쑥 일어섰다. 수
면에서 흔들리는 대롱을 발견한 것이다. 그러나 그때 이미 연못
속에 숨어 있던 화적들이 물보라를 뿌리며 하늘로 솟아올랐다.
그러곤 관군들 목을 단칼에 베었다.

다행히 원균은 몸을 낮춰 칼날을 피한 다음 오른손으로 자신을
공격한 화적 목을 감싸 쥐었다. 장검을 뽑아 들고 복병들을 하나
씩 처치하기 시작했다. 십 대 일로 싸웠지만 화적들은 원균을 당
해 내지 못했다. 원균이 검을 휘돌릴 때마다 화적들은 팔이나 다
리 혹은 머리를 잃고 나뒹굴었다.

숨어서 지켜보던 촉바람이 대나무 대롱을 입에 물고 원균을 겨

누웠다. 대롱 앞에 작은 화살이 꽂혀 있었다. 구월산 화적패가 침 같은 독화살을 쓴다는 풍문을 들은 적이 있었다.

"조심하세요."

월인이 몸을 날려 대롱을 발끝으로 차올렸다. 화살은 방향이 꺾인 채 원균에게 날아갔다. 월인이 다시 몸을 날려 촉바람의 턱을 차고 공중제비를 돌면서 땅에 내려 원균을 찾았다. 왼팔을 잠시 내려다보던 원균이 고목처럼 쿵 소리를 내며 쓰러졌다. 월인은 날다람쥐처럼 달려 나갔다. 다른 화적들은 고요연과 산채 중간쯤에 매복하고 있었다. 원균을 들쳐 업은 월인은 잠시 주위를 살핀 후 달리기 시작했다. 축 늘어진 원균의 왼팔은 벌써 독이 퍼져 시퍼렇게 부어오르기 시작했다. 한시가 바빴다.

三、금란굴에서 석씨지도 釋氏之道를 스치다

원균은 비몽사몽간에 왼 팔뚝을 긁었다. 시원하지가 않았다. 다시 긁어도 아무 감각이 없었다. 마치 팔꿈치 아래가 뚝 떨어져 나간 것 같았다. 눈을 떴지만 어두워서 아무것도 보이지 않았다. 이마에 차가운 기운이 들어 만져 보니 천장에서 떨어진 물방울이 었다.

'여기가 어디지. 맞아, 고요연 아래에서 화적 떼와 맞서 싸웠지. 암수(暗數, 속임수)를 미리 예상했지만 연못에서 복병이 튀어나올 줄은 몰랐다.'

이번에는 왼 어깨가 근지러웠다. 오른손으로 긁어 보았지만 아무 소용이 없었다. 대침만 한 화살이 피갑을 뚫고 왼 팔뚝에 박혔던 것이다. 그 화살을 보고 빼야겠다고 생각하는 순간 정신을 잃은 것이다.

37

'나는 지금 살아 있는가. 하면 여긴 화적들 소굴인가. 순식간에 정신을 잃을 정도라면 독화살이 분명하다. 그렇다면 난 이미 저세상 사람이 된 건가. 밤인가. 빛이 없다. 빛이 들어오지 않는 지하인가. 무덤 속인가. 답답하다.'

원균은 다시 감았던 눈을 떴다.

'왼 팔뚝은?'

오른손으로 왼 팔뚝을 잡아 보았다. 더 이상 가렵지 않았다. 살짝 겉살을 꼬집어 보니 찌잉 하는 아픔이 밀려들었다. 감각이 돌아온 것이다. 원균은 힘을 주어 주먹을 쥐었다 폈다. 근육과 힘줄이 움직이는 걸 느낄 수 있었다.

"힘을 빼십시오. 왼팔을 쓰면 아니 됩니다."

그때 누군가가 말하는 소리가 들렸다. 스무 살 이쪽저쪽쯤 된 싱그러운 목소리였다. 원균은 말을 붙이고 싶었지만 혀가 잘 움직이지 않았다. 그 기색을 알아챘는지 상대방이 말했다.

"잠시만 기다리면 눈도 다시 보이고 혀도 움직일 겁니다. 그때까지 한숨 더 주무시지요."

원균은 팔을 뻗어 상대의 옷소매를 잡았다.

'이것은?'

넓은 소맷자락이 거칠거칠한 게, 중들이 입는 장삼이었다.

'하면 불제자란 말인가.'

사내가 가만히 원균 손을 떼어냈다.

"붙잡지 않으셔도 곁에 있겠습니다. 이제 소승이 할 일은 다 했으니까요. 독을 이기는 것은 장군 힘으로 하십시오."

잠시 침묵이 이어졌다. 이번에는 불제자가 먼저 말을 걸어왔다.

"한번은 뵈올 거라 생각했습니다. 계룡산에서 스친 인연이 구월산까지 이어지는군요."

'무슨 소리지? 계룡산?'

용이 온몸을 뒤채듯 뻗어 나간 신령한 산자락이 언뜻 떠올랐다.

'그곳에서 나를 만났다고? 누굴까? 계룡산에는 아는 사람이 하나도 없는데. 철들고 나서 줄곧 북삼도에 머무르지 않았던가.'

"혹시나 싶어 지니고 다녔지요."

손바닥 위에 작고 딱딱한 물건이 놓였다. 손가락으로 더듬어 보니 만질만질했다. 나무칼이다. 엄지와 검지로 형체를 그려 보았다.

'아! 이건 내가 만든 칼이로군. 심심풀이로 나무칼을 깎은 다음에는 꼭 자루 쪽에 원(元) 자를 새겨 두었지.'

칼자루 밑 오목한 곳에 새긴 작은 글자는 꼼꼼히 살피지 않으면 찾기 어려웠다.

'계룡산, 스무 살 남짓한 불제자, 그리고 나무칼.'

원균은 세 가지를 엮어 이리저리 생각들을 굴렸다. 그러자 오랫동안 잊고 지냈던 얼굴 하나가 떠올랐다. 선전관 시절, 이순신을 만나기 위해 계룡갑사를 찾았을 때 암자까지 길 안내를 해 준 동자승 얼굴이었다.

'그때 일여덟 살쯤이었으니 이제 족히 스무 살은 되었으리라. 눈이 하도 또랑또랑하여 나무칼을 선물로 주었더랬지. 이름이,

이름이……'

"이제 기억나십니까? 소승 월인입니다."

'그래, 월인! 월인이라고 했다. 한데 계룡갑사에 있던 동자승이 구월산까진 무슨 일일까. 어떻게 해서 나를 구했지.'

"큰일 날 뻔하셨습니다. 화적패들이 암수로 나오는 건 당연한 일입니다. 토포대가 산천 지형을 익히기 전에 급습하리라는 것 또한 충분히 예견할 수 있지요. 일찍이 「견도(犬韜)」에서 강태공은 적을 공격하려면 먼저 열네 가지를 살피라 하였습니다. 그중 적군이 지형을 아직 익히지 못하였을 때 칠 수 있다는 구절이 있습니다. 방심하셨던 것 같습니다."

정확한 지적이다.

'『육도삼략』을 읽었는가. 염불이나 외고 불경이나 넘기는 불제자는 아니구나. 그래, 그 눈빛. 그런 눈빛을 가진 이가 평범하게 살아가기는 참 힘들지. 하나 구월산이라니. 어쩌다 구월산에서 나를 구했는가. 월인도 화적패에 가담한 것일까. 여기는 어쩌면 산채가 아닐까.'

다시 혀를 움직여 보았다. 모래를 씹는 것 같았지만 조금씩 턱이 움직였다. 간단한 단어들은 이제 뱉을 수 있었다.

"여기……, 어디……?"

"금란굴(金襴窟)이라고 합니다. 맹독(猛毒)을 치유하고 화적패들 추격을 피하려고 숨었습니다."

'추격을 피하려고?'

하면 이곳은 산채가 아니고 월인도 화적패가 아니었다. 이마에 떨어지는 물방울은 동굴 천장에 고드름처럼 매달린 석주(石柱)에서 흘러내리는 것이었다.

"독을 뽑기 위해 단검으로 상처 부위를 찢었습니다. 메꽃 뿌리(선복근(旋葍根), 쇠붙이에 상한 것을 아물게 하고 끊어진 힘줄을 이어 줌) 즙을 떨어뜨리고 혈갈(血竭, 용혈수(龍血樹)에서 뽑아 낸 한방 지혈제) 가루를 바른 후 동여매어 두었습니다만 곧 왼팔 전체가 아플 겁니다. 제니(薺苨, 뱀이나 벌레한테 물린 것과 독화살에 상한 것을 치료함)를 복용하신다면 달포 안에 부기가 가라앉고 왼팔을 쓰셔도 될 겁니다."

"고……맙소."

빛 망울이 어둠을 삼키며 몰려들었다. 혀에 이어 눈도 조금씩 나아지고 있는 것이다.

"전투……?"

"동굴 밖은 신경 쓰지 마십시오. 선봉을 섰던 별장이 사라졌으니 토포대는 사기가 꺾였을 겁니다. 하나 충분히 기력을 되찾은 후에 나가시면 전화위복하는 계기로 삼을 수 있을 것입니다."

'전화위복하는 계기? 죽거나 포로가 된 줄 알았던 내가 무사히 귀환하면 군졸들에게 더 큰 힘을 줄 수 있다는 말이겠지. 하나를 살피면 셋이나 넷까지 내다보는구나.'

다시 눈꺼풀이 무거워졌다. 빛 망울도 사라지고 왼팔의 가려움도 줄어들었다.

"한숨 푹 주무십시오. 한결 나아질 겁니다."

원균은 밀려오는 졸음을 이길 수 없었다. 이상한 것은 딱딱한

동굴 바닥이 비단 금침보다 편안하다는 사실이다. 뼛속으로 파고
드는 차가운 기운도 없고 된바람도 밀려들지 않았다.

얼마나 잠들었던 것일까.

원균은 다시 눈을 떴다. 흐릿하긴 해도 좌우와 천장에 매달린
기이한 돌들이 보였다. 어떤 놈은 아기를 안은 어머니 같고 어떤
놈은 귀를 쫑긋 세운 토끼를 닮았다. 왼쪽 허리께를 더듬어 나무
칼을 찾아 들었다.

"깨어나셨군요."

중 얼굴 하나가 나무칼 뒤로 쓰윽 깔렸다. 오뚝한 코가 둘로
셋으로 넷으로 보이다가 이내 하나로 모였다. 이마는 넓고 눈은
여전히 반짝거렸다. 볼 살이 거의 없고 턱은 뾰족하며 날카롭다.

'그 귀엽던 동자승이 이렇게 자랐구나.'

원균이 오른팔을 들어올리자 월인이 그 옆구리에 두 팔을 끼워
넣어 동굴 벽에 기대 앉혔다.

"후우우! 고맙소. 생명을 빚졌구려."

원균이 긴 숨을 내쉰 후 고마움부터 표했다.

"이만하길 다행입니다. 잠시만 늦었어도 큰일 날 뻔했습니다."

"부끄럽소. 너무 안이하게 덤비다가 놈들에게 완전히 당해 버
렸어."

"누구라도 물 속에서 복병이 나올 줄은 몰랐을 겁니다. 너무

자책하지 마세요."

원균이 눈을 들었다.

"솔직히 월인 스님을 마음에 담아 두진 못하였소."

월인이 웃으며 말했다.

"하나 그 칼을 만진 후 곧 소승을 기억해 내지 않으셨습니까?"

원균이 나무칼을 내려다보았다.

"그렇구려. 왜 내가 이걸 월인 스님께 드렸을까? 가슴에 품고 싶은 사람이 아니고는 나무칼을 선물하는 법이 없었는데……."

"말씀 낮추십시오, 계룡갑사에서처럼."

"허어, 그럴 수가 있겠소? 그땐 동자승이었으나 지금은 이렇게 장성하지 않았소? 불제자에게 하대를 하는 건 부처님께 예의가 아니라오. 허허."

잔잔한 웃음꽃이 피어올랐다.

"왼팔은 좀 어떻습니까? 이제 통증이 시작되었을 터인데……."

사실이었다. 손가락 하나만 까닥해도 욱신욱신 뼈마디가 쑤시고 살갗이 화끈거렸다. 보통 사람이라면 비명을 지르며 쓰러져 정신을 잃을 상황이었다.

"살아 있다는 물증 아니겠소? 신경 쓰지 마시오. 그보다 어인 일로 구월산 자락에 나타나신 게요? 나는 스님이 화적패와 손을 잡은 줄 알고 걱정했다오. 이곳 역시 산채가 아닐까……."

"손을 잡은 건 맞습니다."

월인이 짧게 답했다. 원균은 제 귀를 의심했다.

"방금 무엇이라 하였소? 손을 잡았다 하였소?"

"그렇습니다. 소승 화적패를 만나기 위해 구월산에 왔습니다."

"화적패를 만나기 위해 왔다? 무엇 때문에?"

"토포군과 맞서지 말고 미리 산채를 떠나라고 충고하기 위해서 지요."

"그 무슨……! 어찌하여 백성의 재물을 빼앗고 인명을 해치는 도적들을 비호하려 한 거요?"

월인이 조금 고개를 들었다.

"그 사람들도 백성입니다."

월인이 단정하듯 말했다.

"그 무슨 해괴한 말이오! 화적패도 백성이라니?"

"모이면 화적이요 흩어지면 백성이라는 속언도 듣지 못하셨습니까? 비록 지금은 화적질을 하고 있으나 산채로 들어오기 전에는 시정 사람들과 다름없는 착한 백성이었습니다. 화적질을 그만두고 산채에서 내려가면 다시 백성이 되는 겁니다."

"어림없는 소리! 놈들이 저지른 흉악한 죄가 뒤돌아 서면 모두 사라진다는 거요? 특히 이 구월산 화적들은 의적이니 뭐니 하며 민심을 어지럽히는 놈들이오. 그런 자들을 감싸고돌다니! 은밀히 화적패를 돕는 흉악한 중들이 있다더니 월인 스님도 그런 패거리에 드셨소?"

"소승을 무엇이라 꾸짖으셔도 괜찮습니다만 흉흉한 민심을 화적패 잘못으로만 돌리지 마십시오. 화적패가 있어서 민심이 흉흉한 것이 아니라 민심이 흉흉해서 화적패가 생기는 겁니다. 세상이 살 만하다면 어느 누가 고향을 떠나 높고 험한 산으로 들어가고 싶겠습니까? 어느 누가 땅을 일구며 가솔들과 사는 행복을 버리고 도적질을 하고 싶겠습니까? 구월산 화적패들을 모두 잡아들이고 산채를 완전히 불태워도 민심은 늘 흉흉할 것이며 근처 건지산(乾止山), 모을산(毛乙山)에서 다시 화적들이 일어날 겁니다. 그때마다 그 사람들을 잡으러 가실 겁니까? 천견(天譴, 하늘의 꾸짖음, 천벌.) 운운하며 그들을 모조리 죽이실 겁니까?"

침묵이 이어졌다. 월인은 원균의 날카로운 시선을 피하지 않았다. 원균이 목소리를 조금 낮추며 자탄하듯 말했다.

"곧고 바르게 자란 줄 알았더니 뒤틀린 소나무 한 그루가 마음밭에 자라고 있었구려. 화적패를 돕는 처지라면 왜 달아나라고 했소? 토포대를 쳐 이길 방책을 의논할 일이지."

월인이 두 눈을 반짝이며 침착하게 답했다. 짙은 눈썹 위에 있는 넓은 이마가 푸른빛을 띠었다.

"그대로 쌍방이 맞붙게 되면 쌍방에 희생이 클 터이니까요. 조선 팔도에서 가장 세가 크고 강한 무리가 구월산 패입니다. 대두령 임꺽정을 모셨다는 자부심까지 양양하지요. 토포대가 아무리 많이 몰려온들 험지 요처에 자리잡은 저 산채를 무너뜨리기는 쉽지 않습니다. 애초에 용맹한 풍산 권관을 특별히 뽑아 넣고 북삼도에서 잔뼈가 굵은 날랜 군졸들로 토포대를 짠 데에는 임꺽정의 잔당을 깨끗이 쓸어버림으로써 민심을 평정하려는 뜻이 숨어 있지요. 구월산 패를 쓸어버리면 다른 산채들은 저절로 움츠러들 테니 말씀입니다. 임호 두령이 소승 말을 들어 산을 내려갔더라면 좋았겠으나, 이제 양쪽이 외나무다리에서 만난 꼴이 되었습니다. 싸움은 치열할 터이고 죽고 다치는 이들도 적지 않을 겁니다. 풍산 권관 원균은 적은 군졸로 많은 적을 멸살한 용장입니다. 패하더라도 굽히지 않고 몇 번이고 악착같이 달려들어 승리하려 할 테지요. 은률(殷栗), 장련(長連) 등 인근 고을 전체가 피로 물들 겁니다. 소승은 이 땅에 아비초열지옥이 펼쳐지는 것을 막고 싶었습니다. 대자대비하신 부처님 은덕이 사해에 두루 퍼지게 하고 싶었습니다."

원균이 오른손으로 이마를 쓸었다. 빛 무리가 희미하게 동굴 안을 비췄다. 입구 쪽을 바라보며 혼잣말처럼 뇌까렸다.

"너무 큰 꿈을 꾸시는군. 스님이 간여할 일이 아니외다. 괜히 나서다가 크게 다치거나 목숨이 위태로울지도 모르오. 구월산에서 얼찡거리지 말고 하삼도로 돌아가시오."

"소승이야 팔도를 떠돌며 깨달음을 구하는 몸이니 염려하지 않으셔도 됩니다. 금란굴을 나간 후엔 어찌하실 작정이신지요?"

"어찌하다니?"

"구월산은 겹겹이 복병으로 가득합니다. 벌써 많은 관군이 죽거나 다치지 않았습니까? 그만 물러나지 않으시렵니까?"

원균이 아랫입술만으로 낮게 웃음을 흘렸다.

"토벌을 하고 아니 하고는 내가 결정할 일이 아니오. 어명에 따라 구월산 화적패를 섬멸하러 온 몸이오. 어명이 바뀌지 않는 한 토포대가 전멸하는 한이 있더라도 싸울 것이오."

"험지(險地)에 적이 먼저 들었을 때에는 싸움을 하는 법이 아니라 했습니다."

원균이 한 호흡 숨을 돌린 후 답했다.

"병법을 아는 내가 어찌 구월산 산줄기와 물줄기에 익숙한 화적들과 싸우는 게 어렵다는 사실을 모르겠소. 하지만 암수는 반짝 재미를 볼 수는 있으나 판 자체를 뒤엎지는 못하오. 차근차근 산세를 읽으며 올라가면 시간은 걸리더라도 놈들 소굴에 반드시 도달할 수 있소. 솔직히 말해 화적들이 처음부터 정면으로 우릴 공격해 왔다면 토벌이 힘들겠다는 마음을 먹었을지 모르겠소. 토포대가 지형을 익히기 전에 승부를 가리겠다고 나서는 것이 가장 두려웠다오. 하나 놈들은 겨울잠 자는 곰처럼 웅크린 채 숨어 기다리고만 있소. 이유는 간단하오. 화적패 두목 놈이 겁을 집어먹은 거요. 나서서 당당하게 승패를 가릴 위인이 못 되는 게지. 어떻게 생각하오? 내 말이 틀렸소?"

"……"

월인은 즉답을 못했다. 대두령 임호의 위인됨까지 파악하고 있는 것이다.

"많은 피를 흘리게 될 겁니다."

"알고 있소."

월인이 안타까운 표정으로 물었다.

"토벌을 멈추지 않는 이유가 단지 어명 때문입니까?"

원균이 눈가에 희미한 웃음을 띠었다 지웠다.

"나는 이기고 싶소. 상대가 누구든 상관없소. 그저 싸워 누르고 싶을 뿐이오."

"때로는 패배함으로써 삶을 아름답게 만들 수 있습니다."

"하하하. 과연 불제자다운 말씀이시군. 하나 나는 늘 삶과 죽음의 갈림길에 서 있는 장수라오. 장수란 승리로 의로움을 증명하는 거요. 그에 얽혀 있는 복잡한 이야기들은 그대 같은 불제자나 공맹의 천경(天經, 변하지 않는 도리)을 따르는 문사들이 맡으시오. 나는 단지 이기면 그만이오."

"지나침은 모자람만 같지 못하다고 했습니다. 구월산 화적패를 소탕하면 황해도 민심이 들끓을 겁니다. 황해도가 흔들리면 평안도와 함경도 역시 위태롭습니다. 구월산만큼 많은 수는 아니지만 그쪽에도 화적들이 있음은 아시지 않습니까? 작은 승리만 몇 번 구하고 큰 승리는 피하시면 아니 되겠습니까?"

월인이 끈덕지게 설득했다. 원균이 동굴 벽을 짚고 천천히 일어섰다.

"스님 뜻은 잘 알았소. 하나 전장에 나선 장수가 어찌 작은 승리만 거두고 큰 승리는 포기할 수 있으리오. 나는 내 식대로 할게요. 관군이 강해야 도적이 생기지 않는 법이오."

월인이 다가서서 부축하려 하자 원균이 오른손을 내밀어 휘휘 저었다.

"아직 움직이시면 아니 됩니다. 상처가 덧나면 목숨이 위험합니다."

"속히 나가지 않으면 선봉을 맡았던 토포대 별장이 죽은 줄 알지 않겠소? 난 가야겠소. 쓰러지는 한이 있더라도 군영에 머물러야 하오."

한 발 내딛던 원균이 양미간을 찌푸렸다. 왼팔뿐만 아니라 다리와 허리까지 쩌릿쩌릿 아파 왔던 것이다.

"아니 됩니다. 제발 하루만이라도 더 쉬세요."

원균은 포기하지 않았다.

"벌써 오래 쉬었소. 어두컴컴한 동굴 속에만 누워 있었더니 햇빛이 보고 싶소."

월인은 원균을 부축하여 동굴 입구까지 조심조심 걸어 나왔다. 눈이 부신 탓에 원균은 오른손으로 양쪽 눈을 가리고 서서 혼잣말을 했다.

"그래, 이거야. 이제야 살아 있다는 걸 느끼겠어."

그러고는 월인에게 고개를 돌려 다정하게 말했다.

"고맙소이다. 스님이 아니었다면 난 벌써 이 세상을 떠났을 게요."

"스스로 맹독을 이겨내신 겁니다."

월인 역시 웃음을 띠며 답했다.

"마지막으로 한 가지만 묻고 싶은데……"

"말씀하시지요."

"날 구해 준 진짜 이유가 뭐요? 화적패와 내응하고 있다면 당연히 나를 산채로 끌고 갔어야 옳지 않소?"

원균은 단숨에 핵심을 찔러 왔다. 둥글둥글 편안하고 호탕한 웃음을 짓다가도 바늘처럼 날카롭게 빈틈을 파고드는 사내. 월인은 지금까지 말한 것들이 부끄러웠다. 본심을 들킬까 봐 계속 말을 빙빙 돌리지 않았는가. 불경에 기대어, 이런저런 지식에 기대어 약점을 찾고 있지 않았는가. 한데 원균은 단숨에 턱밑을 찌르

며 묻는다. '진짜 이유를 말하라. 먼 옛날의 나무칼을 빌미 삼지 말고 네 가슴에 있는 걸 보여 달라.'

제대로 사람을 찾긴 찾은 것이다.

'스무 해 짧은 생애에서 그 누가 이렇게 물었던 적이 있는가. 모두들 좋은 게 좋다는 식이 아니었던가.'

하나 원균은 달랐다. 가면을 벗고 맨얼굴로 만나자는 것이다. 그 얼굴이 흉측하더라도 아름다운 가면보다 백배는 나았다. 이윽 고 월인이 입을 열었다.

"마지막 지푸라기라도 잡는 심정쯤으로 여겨 주십시오."

"마지막 지푸라기?"

"구월산 화적패들도, 두류산과 금강산 땡추들도 이미 병들고 굶주린 중생을 구제할 수 없습니다. 이미 사사로운 이익을 챙기 는 데 너무 맛을 들였습니다."

"하나 나는 일개 무장일 뿐, 중생을 구하자는 월인 스님 뜻을 따를 수 없소이다."

"지금 당장 대의를 도모하자는 건 아닙니다. 다만 우리 인연이 끝나지 않았음을 기억해 주십시오."

이번에는 원균이 침묵했다.

인연이란 단어가 마음 문을 열고 깊숙이 들어왔다. 따지고 보 면 그리 특별한 인연이 아닐 수도 있다. 십몇 년 전 잠시 스쳤다 가 다시 만났다는 것, 그것도 하필 위기에 처한 순간에 만나 생 명을 빚졌다는 게 신기하기는 해도 살다 보면 이렇게 만날 수도 있는 법이다. 지금 원균에게는 월인과 맺은 인연보다는 풍산에서 여진 오랑캐를 막으며 생사지로(生死之路)를 함께 헤맨 군졸들과 맺은 인연이 훨씬 질기고 진했다.

"잊을 리 있겠소. 스님은 내 은인이오. 정처 없이 떠도는 스님을 찾아가는 건 어려울 듯싶으나 스님은 어느 날이든 홀연히 내가 있는 변방에 찾아오실 수 있으리라 보오. 꼭 한 번 오시오. 오늘 진 빚을 갚고 싶소."

월인이 말머리를 돌렸다.

"내려가시지요. 군영까지 모셔다 드리겠습니다."

"아니오. 여기서 헤어집시다. 혹여 가는 길에 화적패들을 만나면 스님 입장만 곤란하지 않겠소. 토포대를 만나더라도 마찬가지고."

원균이 월인의 손등을 한 차례 토닥여 준 후 옆으로 비켜섰다. 월인이 다시 무엇인가 말하려 했지만 턱을 치켜든 원균의 눈을 보고 입을 열지 않았다.

다시 헤어질 때가 된 것이다.

두 손 모아 합장하고 먼저 산길을 걸어 내려갔다. 메추라기 울음소리가 뒤를 따랐다. 원균은 그 뒷모습이 잣나무를 지나서 바위 사이로 완전히 사라질 때까지 금란굴 입구에 서 있었다.

四、화적패를 소탕하고 자비를 베풀고

북이 울린다.

어둠을 찢으며 큰북이 연이어 열아홉 번 산을 흔든다.

그 소리가 채 가시기도 전에 횃불이 이리저리 바쁘게 움직였다. 군막(軍幕) 앞에는 반 벌거숭이가 된 채 두 팔을 등 뒤로 묶인 군졸 열둘이 피 묻은 이마를 땅바닥에 대고 죽은 듯이 꿇어앉아 있었다.

아침밥을 먹기도 전에 군졸들은 무기를 들고 원균의 군막 앞에 집합했다. 선봉의 책무를 맡은 원균은 아침마다 군졸들을 모아놓고 사기를 북돋는 일장 연설을 했지만 오늘은 분위기가 매우 어두웠다. 신천(信川)까지 달아났던 탈영병들을 잡아 온 것이다.

참형을 피할 수 없음을 모두 알고 있었다.

근 한 달 동안 패전에 패전을 거듭하고 있지 않은가. 사기가 땅에 떨어진 군졸들이 더 이상 이탈하는 걸 막기 위해서라도 탈영병들 목을 벨 것이다.

어쩌면 원균이 직접 검을 들지도 모른다. 풍산에서도 탈영병 둘을 책살(磔殺, 기둥에 결박하여 세우고 창으로 찔러 죽이는 형벌)하였다는 풍문이 돌았다. 그중 하나는 원균 목숨을 구해 준 적도 있었는데 냉정하게 죽였다는 것이다.

피갑을 입고 투구를 쓴 원균이 군막을 젖히며 걸어 나왔다. 머리를 박은 군졸들은 부들부들 온몸을 떨었다. 열을 맞춰 선 군졸들도 경직된 표정으로 차마 보지 못하겠다는 듯 눈길을 돌렸다.

금란굴에서 돌아온 지도 벌써 열아흐레가 지났다.

하루도 빼놓지 않고 구월산을 올랐으나 화적패들이 숨은 산채는 찾을 수 없었다. 패전할 수도 있다고 한 월인의 목소리가 귓전을 맴돌았다. 하루하루 지날수록 탈영이 빈번했다. 아무리 부딪쳐도 무너지지 않는 성벽 앞에 선 기분이었다.

금란굴에서 내려와서, 원균은 토포사 최용호 앞에 무릎을 꿇고 중벌을 청했다. 병법에 밝고 기상천외한 방책을 자주 써서 꾀보 장군이란 별명을 가진 최용호가 혀를 차며 꾸짖었다.

"쯧쯧쯧. 복병에게 당하다니, 멍청한지고! 그러니까 무작정 올라가지 말라 하지 않았는가. 화적패는 무식한 여진 오랑캐와는 달라. 구월산을 손바닥 보듯 하는 놈들이란 말일세."

"죽을 죄를 지었습니다."

원균은 고개를 숙인 채 큰 숨을 푸욱푹 내쉬었다. 복병에게 당한 울분이 새삼 북받쳤다.

"원 별장은 이제 물러나 있게. 부딪쳐 힘자랑만 하려 들면 슬슬 피하며 시간을 끄는 화적패를 잡기 힘들어져."

원균이 눈물을 글썽이며 말했다.

"한 번만 더 기회를 주십시오. 화적패의 산채를 꼭 제 손으로 박살내고 싶습니다. 어떤 벌이라도 달게 받겠습니다만 전투에서 빠지라는 군령만은 거두어 주십시오. 소장 목숨을 걸겠습니다."

최용호가 빙긋 웃으며 말꼬리를 잡고 물었다.

"목숨을 걸겠다? 산채를 박살내는 일이라면 어떤 군령도 따르겠다 이 말인가?"

"그렇습니다. 맡겨 주십시오."

최용호는 대곤(大棍) 스무 대로 잘못을 다스린 후, 우선 매일 아침 장졸들을 독려하는 일을 원균에게 맡겼다.

그 다음 날부터 원균은 새벽마다 북을 치게 했다. 첫째 날은 한 번, 둘째 날은 두 번. 그렇게 울린 북이 벌써 열아홉 번에 이르렀다. 북을 쳐서 군영이 있는 위치를 화적패들에게 알리는 것은 위험천만한 일이었다. 그러나 원균은 그렇게 해서라도 자신감을 되찾고 싶었다.

고요연에서 암수를 써서 토포대 선봉을 물리친 이후, 화적패들은 더 이상 관군을 선제공격하지 않았다. 토포대가 물러갈 때까지 웅크릴 모양이었다.

원균이 흙을 모아 두드려 세운 지휘단에 올라섰다.

아직 날이 밝지 않았다. 전후좌우에 세워 둔 횃불 속에서 일렁이는 군졸들 눈동자를 살폈다. 장검을 뽑아 높이 들고 큰 소리로 외쳤다.

"들어라. 우리는 오늘 저 극악무도한 구월산 화적패들 소굴을 점령할 것이니라. 이미 울린 북소리는 승리를 자축하는 승전고다. 각자 군령에 따라 최선을 다해 싸우라. 오늘 밤은 산채에서 맛난 술과 고기로 취하자."

매일 이어진 전투에 지친 군졸들은 너나 할 것 없이 어리둥절한 표정을 지었다. 한 달 가까이 공격하고 또 공격했지만 애꿎은 군졸만 잃었을 뿐 지형을 이용해 완강하게 버티는 화적패를 하나도 죽이지 못했다. 그런데 무슨 수로 산채를 점령하겠다는 말인가. 군졸들을 죽음으로 내몰려고 허풍을 떠는 게 아닐까.

원균이 지휘단에서 내려와 탈영했던 군졸들에게 곧장 걸어갔다. 단칼에 목을 벨 기세였다.

탈영병들은 고개도 들지 못한 채 눈물을 뚝뚝 쏟았다. 걸음을 멈춘 원균이 잠시 가장 왼편에서 떨고 있는 군졸을 쳐다보았다. 뒷목을 말없이 노려보는 걸로 보아 검을 댈 자리를 마지막으로 확인하는 듯했다.

"고개를 들어라."

탈영병은 두려움에 떠느라 원균이 말하는 걸 듣지 못했다.

"고개를 들라니까. 요 무말랭이 같은 놈아!"

그제야 천천히 머리를 들었다. 고양이 앞에 선 생쥐가 따로 없었다.

"요, 용서……를!"

원균이 칼끝을 군졸 목에 갖다 댔다.

"나와 함께 가겠느냐?"

원균이 굵은 음성으로 짧게 물었다. 군졸은 그 말뜻을 몰라 눈만 끔벅거렸다. 줄지어 선 군졸들이 점점 더 웅성거리기 시작했다.

"산채에 가장 먼저 들어가겠느냐고 물었다."

"예! 제, 제가 앞장서겠습니다. 목숨을 바치겠습니다."

원균이 송곳니가 드러날 만큼만 웃었다.

"너더러 화랑 관창(官昌) 흉내를 내라는 게 아니야. 죽기는 누가 죽어? 오늘 우리는 단 한 명도 죽지 않고 적도들 산채를 빼앗을 것이다. 내일 해가 떠오를 때까지 산채에 들어가지 못하면 내가 먼저 자진(自盡)하겠다. 자, 너희들 모두 나와 함께 가겠느냐?"

"목숨을 바치겠습니다."

탈영병들이 약속이라도 한 것처럼 동시에 소리쳤다.

"좋아. 그럼 눈물부터 뚝 그쳐라. 대장부는 눈물을 보이지 않는 법이다."

원균이 참형 대신 용서를 택하자 사기가 급격히 올라갔다. 평소 원균답지 않은 행동을 의아하게 생각하는 군졸도 많았다. 죽을 날이 다가왔노라고 수군거리는 군졸조차 있었다. 하지만 아무도 내놓고 의문을 제기하지는 않았다.

정말로 이상한 일은 아침을 먹은 후 사시(아침 9시)쯤 벌어졌다. 병력을 열두 등분하여 구월산을 에워싸라는 토포사 최용호의 군령이 내려온 것이다.

가뜩이나 화적패들에 비해 숫자가 부족한 판에 군사를 나누어 움직이다니 병법에 맞지 않았다. 군졸들은 고개를 갸웃거리면서도 명령에 따라 바삐 움직였다. 군졸들이 열두 방위에 각각 배치되자 피갑을 입은 열두 장수가 군막에서 차례차례 나왔다. 군복을 벗고 평복으로 갈아입은 후 군막 앞에서 따로 명령을 기다리던 탈영병들은 놀란 입을 다물지 못했다.

장수들이 하나같이 원균을 닮아 있었던 것이다. 부리부리한 눈과 두툼한 입술, 고슴도치처럼 돋아난 턱수염까지 비슷했다.

열두 장수가 각각 용매(龍媒, 준마)를 타고 열두 방위로 사라진 후 진짜 원균이 미복 차림으로 나왔다. 군졸들의 놀란 표정을 살피며 한마디 했다.

"내 오래전부터 분신술을 연마했지. 손오공만큼은 아니 되어도 분신 열두 명 정도는 만들 수 있어."

"……"

군졸들은 벌린 입을 다물지 못했다.

원균이 웃음을 거두고 손뼉을 짧게 쳤다. 탈영했던 군졸들이 원균을 삥 둘러쌌다.

"지금부터 산채를 탈취할 계책을 말해 주마. 그동안 싸움으로 화적패들이 어디에 매복을 심었는지는 대충 윤곽이 잡혔다. 오늘 다른 장졸들은 열두 방향에서 동시에 매복이 있는 곳으로 올라갈 것이다. 크고 작은 전투가 여러 곳에서 벌어지겠지만 절대로 싸워 이기지 말고 무조건 달아나라는 군령이 이미 내렸다. 척석희(擲石戲, 단오절에 두 패로 나누어 돌을 던져서 승부를 내던 싸움)를 하듯 돌 몇 개 던지고 물러날 것이다. 화적패 두목 놈이 아무리 겁쟁이라도 동시에 열두 곳에서 승전보가 올라오면 총공세를 펼 게야. 다른 장졸들은 계획한 대로 패한 척하면서 후퇴할 게고, 우린 그 기회를 노릴 것이다. 충분히 다리를 풀고 있어라. 때가 되면 나를 따라 미친 듯이 산을 타야 할 테니. 알겠느냐?"

"예!"

대답 소리가 우렁찼다.

최용호의 계책은 실행하기가 쉽지 않았다. 열두 곳에서 동시에 패하되 의심을 사지 않고 적을 끌어내도록 하여야 하며, 한편으로는 단번에 화적패의 본거지를 쳐 빼앗을 용기를 지닌 선봉장이 필요했다. 최용호는 적의 시선을 분산시키기 위해 가(假)원균을 쓰기로 했다. 열두 곳에서 가원균이 참패를 겪는 동안 진(眞)원균이 산채를 점령하는 계책이었다.

원균은 기꺼이 목숨을 내걸었다. 적은 군졸을 이끌고 산채로 오르는 일은 지극히 위험했지만, 원균은 콧바람을 풍풍 뿜어내며 오히려 즐거워했다. 그리고 크게 용서받은 자가 크게 공을 세운다며 탈영병을 데리고 올라가기를 원했다.

"그리 하게."

"한 가지 청이 더 있습니다."

"말하게."

"산채를 점령한 후 대두령의 목은 소장이 베겠습니다."

최용호가 고개를 갸웃거렸다.

"적괴(賊魁)의 목을 베는 거야 산채에 제일 먼저 들어갈 원 별장이 응당 할 일이지. 자네가 맡게."

"감사합니다. 장군!"

오시(낮 11시)가 시작되기 직전. 드디어 첫 함성이 메아리쳤다. 제일 먼저 서북방에서 전투가 벌어진 것이다.

'날다람쥐처럼 바위에 붙어 있다가 날아 내리겠지.'

원균은 그쪽 하늘을 바라보며 오른손으로 왼 팔뚝을 주물렀다. 가끔씩 저리고 바늘로 쑤시는 것처럼 아파 왔지만 참고 또 참았다. 매일매일 살얼음 위를 걷는 판에 자리보전을 할 수는 없었다. 곧이어 동남방에서도 함성이 터져 나왔다.

'땅을 파고 복병이 엎드린 다음 그 위에 천을 가리고 다시 흙으로 덮고 있겠지.'

멀리서 긴 창 몇 개만 우선 던져 보라고 일러 두었다. 휙휙 소리를 내며 창이 날아들면 화적패는 견디지 못하고 일어설 것이다.

메아리가 끊이질 않고 들려왔다. 열두 방위에서 제각각 다른 형태로 전투가 시작된 것이다. 원균은 보자기로 둥글게 만 화약을 허리에 감고 군졸들 허리에도 골고루 두르게 했다. 발목에는 작은 부싯돌을 숨겼다. 첫 전투가 벌어진 서북방에서 전령이 왔다.

"완전히 산 아래까지 물러났습니다."

동남방 쪽 전령이 그 뒤를 이었다.

"무사히 후퇴했습니다. 다치거나 죽은 군졸은 없습니다."

원균이 양손을 마주 비비며 군졸들에게 명령했다.

"이제 슬슬 준비들 해. 기회는 한 번뿐이다. 조용히 단숨에 올라가는 거다."

군졸 하나가 물었다.

"복병과 마주치면 어찌합니까?"

"매복이 없는 길로 최대한 길을 살펴 두었다. 하나 그럼에도 화적패와 마주친다면 명령을 기다릴 것 없이 모조리 죽여라. 비명을 지르기 전에 확실히 목숨 줄을 끊어 놔야 한다. 산채에 이를 때까지 만나는 사람은 무조건 죽여. 남자든 여자든 아이든 어른이든 모조리 죽여야 해. 주저하면 우리가 죽는다. 알아들었나?"

"예!"

"망설이는 놈이 눈에 띄면 내가 먼저 그놈 목을 치겠다. 우리 모두의 목숨이 걸린 일이다. 명심 또 명심하렷다."

열두 방위에서 모두 무사히 패퇴했다는 보고가 들어왔다.

원균은 서북풍이 동남풍으로 바뀌기를 기다리는 제갈공명처럼, 화적패가 산허리 아래로 밀고 내려오기를 기다리고 또 기다렸다. 화적패들이 전면 공세를 펴지 않는다면 가유(嘉猷, 훌륭한 계책)는 수포로 돌아가는 것이다.

처음에는 자갈 굴러가는 소리처럼 들렸다. 조금 기다리니 자갈이 바위로 바뀌었고 또 조금 기다리니 함성이 덧보태졌다. 승리를 확신한 화적패가 패잔병을 잡으려고 산을 내려오기 시작한 것이다.

"됐다. 자, 가자."

원균은 열두 군졸을 이끌고 나는 듯이 산을 올랐다.

'정면으로 마주치지만 않으면 된다. 화적패들은 승리에 들떠 있으니 주변을 살피지 않을 것이다. 매복도 없을 것이다. 그냥 지나치기만 하면 곧장 산채에 가 닿을 수 있다.'

앞서 달리던 원균이 걸음을 멈추고 엎드렸다. 뒤따라오던 군졸들도 거의 동시에 바닥에 아랫배를 댔다. 쿵쿵쿵 땅이 울렸다. 화적패 한 무리가 참나무 숲으로 뛰어 내려왔다. 오십 보도 떨어지지 않은 가까운 거리였다. 원균은 장검을 뽑아 차가운 땅바닥에 놓았다.

'화적패에게 발각되면 이곳을 내 무덤으로 각오하고 싸워야겠지.'

군졸들도 제각기 굳은 얼굴로 무기를 꺼냈다.

'지나가라. 제발 성난 멧돼지처럼 지나가라.'

점점 크게 들려오던 발소리가 어느 순간 작아지기 시작했다. 다행히 원균 일행이 숨은 쪽으로는 오지 않은 것이다.

한숨을 크게 내쉰 다음 원균은 다시 일어나 달렸다.

황석골 산채에 도달할 때까지 더 이상 화적패는 만나지 않았다. 거대한 목책이 앞을 막아섰지만 그 아래 대문은 활짝 열려 있었다. 책루(柵壘. 적의 침입을 막으려고 세운 울짱이나 흙벽) 밖에서 어슬렁거리는 문지기 둘을 간단히 죽인 후 단숨에 산채 안으로 들어섰다. 한 달 가까이 쏟은 피땀을 생각하면 어처구니없을 만큼 쉽사리 산채를 점령한 것이다.

가장 먼저 눈에 띈 것은 아이들이었다. 아장아장 걸음마를 시작한 아기부터 제법 어른 목소리를 내는 아이들까지, 스무 명도 넘는 아이들이 대문 안 비교적 넓은 공터에서 뛰놀고 있었다. 빨래를 너는 아낙도 보였고 밥을 짓기 위해 부엌을 오가는 노파도 있었다.

산 아래에는 전투가 벌어져 사람들이 죽고 다치는 중이지만 이곳은 별세계인 양 평화로웠다. 화적패 소굴이 아니라 순박한 농사꾼들 보금자리 같았다. 화적패도 흩어지면 백성이라는 월인의 이야기가 뒤통수를 쳤다.

"불을 지를까요?"

군졸 하나가 조용히 물었다. 원균은 주먹을 쥐었다 펴며 말했다.

"우선 각 집을 돌며 사람들을 모두 산채 밖으로 내보내라."

"예?"

군졸은 낯선 명령에 되묻지 않을 수 없었다.

화적들이 산 아래로 대부분 내려갔다고는 하나 언제 다시 돌아올지 모른다. 따지고 들면 저 아이와 아낙들도 일당이 아닌가. 불을 지르면 자연스럽게 산채 밖으로 달아날 것인데 일부러 쫓아낼 이유가 없는 것이다.

"단 한 사람도 산채 안에 남아 있으면 안 된다. 환자가 있으면 업어서라도 옮겨라. 알겠느냐?"

"명을 따르겠습니다."

갑작스레 토포대가 나타나자 아낙들은 제 아이를 챙기느라 정신이 없었다. 원균은 횃불을 높이 들고 큰 소리로 외쳤다.

"산채를 깡그리 태울 것이다. 떠나라. 산채가 다 탄 후에도 구월산에 남아 있는 자는 화적패 잔당으로 여기고 목을 베겠다. 서둘러라. 어서 내려가라, 어서!"

원균은 산채가 텅 빈 것을 거듭 확인한 다음 완전히 불태우라는 명령을 내렸다. 군졸들은 허리에 두른 화약을 풀어 집집마다 묻은 다음 횃불을 던져 불을 붙였다. 처음엔 구름만 뭉게뭉게 피어올랐지만 꽝음과 함께 화약이 폭발하자 산채는 금방 불길에 휩싸였다.

"자, 이제 저 목책 앞 아름드리 자작나무 숲에 숨는다."

"하산하는 게 아닙니까? 불길을 보고 화적패들이 돌아올 겁니다."

군졸 하나가 묻자 원균이 고개를 끄덕였다.

"그렇다. 그렇기 때문에 여기서 기다려야 한다. 자, 생각들 해보아라. 지금 내쫓은 아이들 중에는 화적패 두목 자식들도 섞여 있을지 모른다. 산채가 불타오르는 소식을 전하려고 백마처럼 뛰어 내려가겠지. 연통을 받자마자 두목은 급히 여기로 달려올 것이다. 물론 다른 화적들도 가솔 걱정을 하며 뒤따르겠지. 하지만 열두 방위로 흩어졌으니 호위병이 많지도 않을 것이다. 또 그자들은 아래에 있고 우리는 이렇게 위에 있으니 이런 기회가 어디 있겠느냐? 이제 기다렸다가 두목이 나타나면 싸워 사로잡으면 된다."

"하나 아낙과 아이들을 모두 방면하신 건 아무래도⋯⋯. 그 수

급만 취하여도……."

원균이 말허리를 자르며 화를 버럭 냈다.

"닥쳐라. 아무리 전공이 좋아도 어찌 죄 없는 이들을 죽일 수 있겠느냐? 지아비를 따라 산채에 온 아낙들은 여필종부일 뿐이다. 또 어린아이들은 죽여 봤자 평생 악몽으로 나타날 뿐이다. 내 말이 고까운 놈은 썩 나서라."

"아, 아닙니다. 뜻을 따르겠습니다."

자작나무에 등을 대고 기다렸다. 월인의 파르라니 깎은 머리가 떠올랐다.

'구월산 산채를 불태우면 다른 산에 화적패들이 모인다고? 화적패들을 쫓아다니며 섬멸하는 건 해결책이 될 수 없다고? 산으로 들어가 도적질을 하지 않도록 미리 백성들을 아끼고 사랑하는 나라가 되어야 한다고? 월인! 그대가 품은 깊은 뜻을 모르는 바는 아니지만 어찌 그 모든 것을 쉽사리 바꿀 수 있겠는가? 나는 변방을 지키는 지극히 하찮은 장수일 뿐. 전쟁터가 내 집이고 전투가 내 일상이오. 그 밖에서 일어나는 일에는 조금도 관심이 없소. 하지만 그대가 내 목숨을 구해 준 보답으로 적어도 이번 싸움에서는 억울한 죽음이 없도록 보살피겠소.'

"옵니다."

망을 보던 군졸이 짧게 말했다. 원균은 장검을 양손으로 쥐었다.

'단숨에 제압하는 거다. 한칼에 두목 놈을 잡지 않으면 위험하다.'

"기다려라, 침착하게!"

원균은 슬쩍 왼쪽 눈만 돌려 수풀을 살폈다. 칼이나 창, 몽둥이를 든 화적 떼가 우르르 올라오고 있었다. 쉰 명은 족히 넘어 보였다. 제일 뒤에 키가 크고 덩치가 좋은 사내가 눈에 띄었다. 쇠몽둥이를 어깨에 걸었다.

'저놈이군. 과연 임꺽정이 살아 돌아왔다고 할 만큼 기골이 장대하구나.'

화적패들은 활활 타오르는 산채로 곧장 달려들었다.

원균은 패거리가 모두 지나갈 때까지 기다렸다가 두목을 향해 몸을 날렸다. 갑자기 옆구리를 걷어차인 임호는 비명도 지르지 못한 채 저만치 나뒹굴었다. 원균이 다시 발뒤꿈치로 명치를 내리찍었다.

앞서 가던 화적들이 돌아섰을 때는 이미 싸움이 끝나 있었다.

원균은 축 늘어진 임호의 목을 팔로 감아 조이며 서너 걸음 나아왔다. 임호의 두 발이 땅에 질질 끌렸다. 원균 주위를 열두 군졸들이 에워쌌고, 다시 그 주위를 화적들이 둘러쌌다. 원균이 두목 턱을 쳐들게 하며 으르렁거렸다.

"이놈들아! 잘 봐라. 너희 놈들이 임꺽정처럼 받들던 두목 놈이 여기 내 손 아래 있다. 게다가 저 불타오르는 네놈들 소굴을 봐라. 구월산 화적패는 오늘로 끝났다. 자, 어서 무기를 버려라. 하면 목숨만은 살려 주마. 끝까지 맞서겠다면 모두 황천길로 보내 주겠다. 무기를 버려라, 어서!"

"아악!"

원균이 팔뚝에 힘을 싣자 임호가 미친 듯이 비명을 질러 댔다. 관자놀이를 제대로 눌린 모양이다. 임호가 두 다리를 버둥대며 소리쳤다.

"무기를 버려! 어서 꿇어라. 나 죽는다. 나 죽어!"

원균은 피식 웃음을 흘렸다.

'이런 겁쟁이를 두목이랍시고 받들다니 참으로 한심하구나. 월인이 구월산 화적패에 왜 실망했는지 알겠다.'

원균은 빙글빙글 두어 바퀴 원을 돌며 애걸하는 두목 모습을 화적들에게 보여 주었다. 그러나 쉽게 무기를 버릴 줄 알았던 화적들은 서로 눈치만 볼 뿐 항복하지 않았다. 저희들은 쉰 명이 넘는데 관군은 원균까지 포함하여 고작 열세 명에 지나지 않았다. 부하들이 무기를 버리지 않자 임호가 더 큰 소리로 외쳤다.

"대두령인 나 임호 말을 거역하겠다는 거야? 어서 무릎을 꿇어라, 어서!"

화적패가 천천히 원을 좁혀 오기 시작했다. 관군을 몰살시키기로 마음을 굳힌 것이다.

'임꺽정이 직접 거느렸던 부하다운 기백이 남아 있구나.'

원균은 결국 꼭꼭 숨겨 두었던 마지막 길을 택했다. 우선 손칼로 목을 찔러 임호를 기절시킨 다음, 재빨리 등 뒤에서 기름이 잔뜩 묻은 단봉을 꺼내 불을 붙였다. 갑작스러운 횃불에 화적패들이 주춤 걸음을 멈추었다.

"오너라. 북망산에 함께 오를 길동무가 되려느냐? 이 피갑 안에 가득 폭약을 둘렀느니라. 얼마든지 오너라. 가자, 같이 이 세상을 하직하고 싶은가? 가자. 함께 가!"

원균이 횃불을 높이 들었다. 군졸들 얼굴에 두려움이 가득 찼다. 자폭하겠다는 것이다. 승리라면 물불을 가리지 않는 원균이 정말 폭약에 불을 댕길지도 몰랐다. 군졸들 얼굴이 겁에 질리자 화적들도 원균 말이 허풍이 아님을 알아차렸다. 화적들은 더 가까이 다가서지도 못하고 물러나지도 않은 채 활활 타오르는 산채만 흘낏흘낏 살폈다. 우지끈. 대두령 처소를 지탱하던 대들보가 무너지는 소리가 들리자마자, 화적들이 일제히 뒤돌아서서 도망치기 시작했다.

대두령도 생포되고 산채도 불타 버린 마당에 목숨을 버릴 까닭이 없는 것이다. 원균은 화적패를 추적하려는 군졸들을 만류했다.

"쫓지 마라. 아직 구월산 곳곳에 매복이 남아 있을 것이다. 함정에 빠지면 목숨이 위태롭다. 두목을 잡았으니 더 큰 욕심은 부리지 마라. 불이 숲으로 옮겨 붙는 것을 막으며 기다리자."

해 질 무렵 열두 방위로 흩어졌던 토포대 장졸들이 모두 산채로 몰려들었다.

칼에 찔린 군졸이 둘, 화살을 맞은 군졸이 셋이었지만, 죽은 군졸은 단 한 명도 없었다. 미리 정한 계책대로 계속 물러나다가 산채가 불타오르는 것을 보고 일제히 역공을 폈던 것이다. 산채를 잃은 화적패는 대항할 힘을 잃고 스스로 무너졌다. 거둬들인 수급만도 일흔일곱 두에 이르렀고 포로로 잡은 수도 일백 명을 훌쩍 넘겼다.

토포사 최용호는 대승을 거둔 경과와 수급 숫자를 간략히 적어

소금에 절인 수급과 함께 한양으로 올려 보냈다. 그리고 탁주와 고기로 승전을 자축하기 시작한 군졸들 앞에 섰다.

"들어라. 이제 구월산에서 화적패는 사라졌다. 우린 여러 번 졌지만 단 한 번 큰 승리로 화적패를 괴멸했다. 곧 모두에게 큰 상이 내릴 것이다. 오늘은 맘껏 먹고 놀아도 좋다. 술과 고기는 얼마든지 대 주마. 마셔라, 오늘 승리를 위해! 취하라, 내일 영광을 위해!"

원균도 콸콸 쏟는 탁주를 마다하지 않고 받아 마셨다. 탈영병이자 결사대였던 열둘은 거듭거듭 고맙다는 절을 하면서 곰비임비 술을 따랐다. 서로 웃고 너울춤(흥에 겨워 팔다리를 내저으며 추는 춤)을 추고 힘을 겨루다 넘어지고 또 부둥켜안은 채 노래를 불렀다. 구월산에 와서 죽은 군졸들 이름을 큰 소리로 부르며 흐느끼기도 했다.

원균은 군졸들을 한 번 더 격려하고 군막으로 돌아왔다. 지독한 피로가 취기와 함께 몰려들었다. 그대로 침상에 엎어져 하루를 꼬박 잠들고 싶었다. 구월산에 든 이후 단 하루도 침상에 등을 대지 않았다. 신발을 벗지도 얼굴을 씻지도 않았다.

침상에 걸터앉아 잠시 눈을 감았다.

"후우!"

긴 한숨이 흘러나왔다. 사기를 북돋아 주기 위해 큰소리는 쳤지만 처음부터 승리를 확신한 것은 아니었다. 열심히 산세를 살피고 진법을 연구했으나 전투에서는 항상 예상 못 할 일들이 벌어진다. 더구나 최용호가 택한 방법은 암수가 아닌가. 화적패가 속지 않는다면 작전은 실패로 돌아간다. 순식간에 적을 속이지 못하면 산채를 점령하는 것도 어렵다. 탈영병들로 결사대를 조직한 것도, 화약 띠를 허리에 감은 것도 자폭까지 염두에 둔 마지막 선택이었다. 그 선택은 옳았다.

'월인!'

그런데 자꾸 그 얼굴이 밟혔다. 한없이 기뻐해도 좋을 순간인데, 자꾸 그 슬픈 눈망울이 떠올랐다. 구월산 산채를 불태운다고 화적패가 없어지겠느냐고 묻던 당돌한 물음이 생각났다.

'그 물음에 왜 내가 답해야 한단 말인가. 나는 군령에 따라 변방을 지키는 장수일 따름이다. 세상을 바꾸는 것은 내 몫이 아니다.'

벌떡 일어나 다시 투구를 쓰고 장검을 들었다.

먼저 산채 왼편으로 걸음을 옮겼다. 두목 임호를 비롯한 화적패가 밧줄로 묶인 채 밤하늘을 바라보며 누워 있었다. 귀수(鬼宿, 사망과 질병, 제사를 주관하는 별자리)가 유독 빛을 더했다. 허락 없이 몸을 일으키면 즉시 목을 베라는 엄명에 따라 군졸들은 검을 들고 화적패를 노려보았다. 찬 기운이 등을 시퍼렇게 물들였지만 한 사람도 일어나지 않았다.

원균은 먼저 밤하늘을 쓰윽 살폈다. 때마침 별똥별 하나가 동남쪽으로 떨어졌다.

"그대로 들어라. 이제 네놈들은 한양으로 압송되어 목이 잘릴 것이다. 일찍이 네놈들은 의적을 자처했지만, 이 세상에 의로운 도적은 없다. 네놈들이 의롭다면 네놈들을 토벌하러 온 관군이 의롭지 못하다는 말이 된다. 그 말은 또한 토벌을 명하신 탑전에까지 불의를 입히는 꼴이다. 어찌 네놈들만 의롭다고 고집하는가? 억울하다고 생각 마라. 원망도 마라. 네놈들이 그동안 죽인 사람들과 빼앗은 재물들을 생각해 보아라. 목이 잘릴 때까지 그동안 저지른 잘못을 뉘우쳐라."

"살려 주십시오. 목숨만, 목숨만······"

대두령 임호가 눈물을 뚝뚝 흘리며 소리쳤다. 원균이 느린 걸음으로 임호 곁으로 갔다. 그러곤 고개를 약간 숙인 채 물었다.

"목숨만 살아서 무엇 하겠느냐? 산채가 완전히 잿더미로 변했을 때, 내가 너라면 부하들에게 사죄하고 자결했을 게다. 한데 살려 달라?"

임호는 지렁이처럼 버둥거리며 애원했다.

"목숨만 살려 주시면 무슨 짓이라도 하겠습니다."

"일어서라."

명령이 떨어지기가 무섭게 임호가 발딱 일어섰다.

"무슨 짓? 무슨 짓을 하겠다는 게냐?"

"구월산을 떠난 화적 패들이 어디로 달아났는지 알고 있습니다. 황해도 곳곳에 숨은 화적 패들 산채를 다 토설하겠습니다."

"그리고?"

원균이 짧고 차갑게 물었다.

"그리고······ 그리고 평안도와 함경도 쪽도 알아낼 수 있습니다. 하삼도에서 큰 세력을 가진 두령들도······"

"조선 팔도 화적들을 모조리 잡겠다는 말이로구나. 토포대 별장이라도 하고 싶은가? 내 자리를 주련?"

임호는 점점 난감한 표정이 되었다. 북삼도 화적 패들을 모조리 고변하여 토벌할 수 있는 공을 세우도록 해 주겠다는데도 원균이 냉담한 반응을 보인 것이다. 원균이 임호를 빙빙 돌며 말했다.

"구월산 화적패가 의적은 아니지만 그래도 의리 하난 있다고 들었다. 대두령 임꺽정을 배신한 서림을 저주하며 한 해 한 번씩 곰의 쓸개를 씹어 삼킨다는 풍문도 있더구나. 한데 제 목숨 하나 살리자고 북삼도 화적패들을 모두 팔겠다? 목숨 수백 개와 네 목숨 하나를 맞바꾸자고? 네깟 놈 목이 그렇게 근수가 많이 나가?"

"그, 그건……"

임호는 양손을 펼쳐 들지도 못하고 내리지도 못한 채 반쯤 벌리고 서서 사시나무처럼 떨었다. 원균이 날카로운 목소리로 계속해서 꾸짖었다.

"죽는 게 두려웠다면 애당초 화적패에 들지 말았어야 옳다. 화적패에 들더라도 두목 자리를 탐하지 말았어야 옳아. 누리고 싶은 것 다 누리고 나서 이제 죽지 않겠다고? 한마디만 해 두지. 절대로 살려 둘 수 없는 놈들이 있어. 자기 하나 살겠다고 가족 팔고 벗 팔고 나라 파는 놈들이지."

원균이 장검을 날려 순식간에 목을 잘랐다. 곁에 선 군졸들도 말릴 틈이 없었다. 원균이 검을 칼집에 넣었다.

"소달구지에 던져 두어라. 잘못을 인정하지 않고 토포대 별장에게 덤빈 벌이다."

가우(駕牛, 수레 끄는 소)가 긴 울음을 토해 냈다.

원균은 다시 걸음을 산채 서쪽으로 옮겼다. 그곳에는 여자와
아이들이 두려움에 떨며 앉아 있었다. 몇몇 아기들은 울음을 터
뜨렸고 또 몇몇 아기들은 깊은 잠에 빠져들었다. 원균을 노려보
며 잔뜩 화난 표정을 짓고 있는 사내아이들도 있었다.

갑자기 사내 아이 둘이 군졸에게 달려들어 장창을 빼앗았다.
어린 아이라고 얕본 것이 화근이었던 것이다. 이미 손발을 맞추
었는지 나머지 아이들도 군졸들을 향해 몸을 날려 드잡이질을 벌
였다. 터진 둑으로 물줄기가 쏟아지듯, 여자와 아이들이 어두운
솔숲을 향해 달아나기 시작했다.

"잡아라. 한 놈도 놓치지 마라!"

원균은 장검을 뽑아들고 내달렸다. 선두에서 달아나는 아이를
붙들어 탈출을 막아야겠다는 생각이 퍼뜩 들었다. 발에 밟히는
아이들을 피해 길 아닌 길로 질주했다.

"어이쿠!"

발을 헛디뎌 비탈을 굴렀다. 다시 몸을 일으켰지만 잠시 방향
을 잃었다. 여자와 아이들의 비명이 터져 나왔다. 군졸들이 도망
치다가 붙잡힌 이들을 때리고 패대기치는 듯했다. 원균은 다시
어둠을 노려보며 걸음을 옮겼다. 숲이 거의 끝나는 곳에서 원균
은 장검을 머리 위로 천천히 들어올린 후 뒤돌아섰다. 산을 내려
가려면 반드시 이 길목을 지나쳐야 한다. 다른 길은 달아나 봤자
낭떠러지다.

'올 것이다. 틀림없이 이 길을 찾아 올 것이다.'

어둠 속에서 타닥 발소리가 나다가 멈췄다. 원균이 곧장 달려 들어 발길질을 했다.

"아얏!"

아이 하나가 가슴을 끌어안고 뒤로 쓰러졌다. 원균이 아이의 가슴을 발로 밟았다. 맨앞에서 달아난 바로 그 더벅머리였다. 원균은 장검을 양손으로 굳게 쥐고 이마까지 들어올렸다. 그런 채 흘긋 어둠을 살폈다. 이 아이의 최후를 어둠 속에서 지켜보는 눈들이 느껴졌다. 양손으로 입을 막고 흘러나오는 울음을 삼키고 있으리라. 원균은 다시 아이를 내려다보았다. 검을 쥔 양손이 부들부들 떨렸다. 힘을 주어 아래로 내리치면 아이의 목은 힘없이 잘릴 것이다.

"에잇!"

원균은 화를 버럭 내며 갑자기 뒤돌아섰다.

아이는 슬금슬금 일어나 뒷걸음질쳤다. 원균이 잡으려 들지 않자 그 옆을 빙 돌아 어두운 비탈을 내려가기 시작했다. 그 뒤로 여자와 아이들 십여 명도 겁에 질린 얼굴로 원균 옆을 지나쳤다.

원균은 고개를 들어 하늘을 바라보았다.

'월인!

괜한 짓을 했다고 탓하겠소. 이 추운 날 돈 한 푼 없이 구월산을 내려간 저이들이 도적질밖에 할 일이 더 있겠느냐고 따질 테요. 하나 그 일까지 내가 살필 수는 없소. 허락 없이 저 사람들을 보낸 것만으로도 발각되면 내 목이 달아날지 모르니까. 풍산에서라면 결코 있을 수 없는 일이었지. 아마 월인 그대가 내 목숨을 구해 준 탓인지도 모르오.

오늘 일은 오늘만의 일, 나는 오로지 싸워서 이기는 승리의 길을 갈 테요. 혹 어디선가 다시 만날 날이 있으면 밤새도록 그간의 무용담을 들려 드리리다.'

五、 봄날, 둘째 형을 만나다

낭창낭창 뻗은 버드나무 가지 사이로 봄볕이 따사롭게 내리쬐었다.

집에서 개울까진 이백 보도 채 떨어지지 않았지만, 이요신은 부축을 받고 오는 동안 두 번이나 숨이 가쁘다며 주저앉아 쉬었다. 한기(寒氣) 때문에 계절에 어울리지 않는 솜옷을 껴입었다.

옆구리에 팔을 끼운 이순신이 눈물 어린 목소리로 권했다.

"형님! 그냥 돌아가서 편히 누워요."

이요신이 턱을 들고 희미하게 웃음을 보였다.

"방은 너무 답답해. 봄볕 받으며 찰랑찰랑 물 흐르는 소릴 듣고 싶구나. 쿨럭!"

또 잔기침을 뱉었다. 작년 봄부터 시작된 가슴병이 점점 악화되고 있었다. 이순신이 등을 내보이며 왼 무릎을 꿇었다.

77

"하면 업히세요."

이요신은 그 등을 손바닥으로 힘없이 밀며 속삭이듯 말했다.

"아니야. 너도 먼 길 오느라 힘들 텐데."

이순신은 고개를 돌려 병색이 완연한 둘째 형 얼굴을 살폈다. 움푹 팬 볼과 이마에 핀 검버섯이 그간의 고통을 드러냈다. 이요신은 겨우 무릎을 짚으며 몸을 일으키다가 다시 중심을 잃고 기우뚱거렸다. 이순신이 황급히 이요신을 감싸 끌어안았다. 이요신이 쓸쓸히 웃었다.

"어제까진 괜찮았는데…… 오늘은 좀 힘들구나. 네 신세를 져야 할까 보다."

이요신은 이순신 등에 업히자마자 오래된 기억 하나를 끄집어냈다.

"순신이 넌 다섯 살도 되기 전에 희신이 형과 날 업겠다며 힘자랑을 했지."

이순신이 맞장구쳤다.

"그랬지요. 그땐 형님들이 참 무거웠습니다. 희신이 형보다 요신이 형이 조금 더 힘들었지요."

"그래. 희신이 형보단 내가 더 키가 컸으니까."

이순신은 버드나무 아래 조심조심 둘째 형을 내려놓았다. 소금쟁이 네댓 마리가 연이어 수면 위를 미끄러져 달렸다. 이요신은 잠시 또 턱을 들고 나뭇가지 사이로 비치는 햇살에 얼굴을 맡겼다.

"봉(菶)과 해(荄)가 많이 컸더군요."

아이들은 지금도 목검을 들고 마당을 나와 개울 근처까지 뛰어다녔다. 이요신이 시선을 돌리지 않은 채 입가에 웃음을 머금었다.

"네가 처음 무과에 나가겠다고 아버지께 말씀드리던 그 밤이 떠오르는구나. 아버지께서 불호령을 하시는데도 넌 뜻을 굽히지 않았지. 아직은 모르지만 저 두 녀석도 무과가 어울릴 듯싶어. 후에 네가 잘 보살펴 다오."

"후에……라뇨? 형님! 하루빨리 기력을 회복하셔야죠. 서애(西厓, 류성룡의 호) 형님도 형님께서 출사하실 날만 기다리고 계세요. 함께 홍문관에서 성현 말씀을 강(講)할 날을 학수고대한다 하셨습니다."

이요신이 고개를 돌려 이순신과 눈을 맞추었다.

"서애가 아직도 미련을 버리지 못하였구나. 하기야 초시(初試)에 합격했다는 풍문을 어디서 들었는지, 대과(大科)를 치르라고 삼 년도 넘게 들볶았지."

"지금도 늦지 않았습니다. 형님 실력이라면 능히 등과하고도 남음이 있습니다. 올해 몸을 추스르고 다시 과거 준비를 하십시오."

이순신 역시 이요신이 등과하기를 바랐다. 건천동 시절부터 류성룡에 뒤지지 않을 만큼 시문에 밝고 글재주가 뛰어났던 형이 아니던가. 하지만 서른을 넘기면서부터 시름시름 앓더니 이젠 바깥출입도 근근이 할 만큼 몸이 쇠약해졌다.

"난 그럴 만한 그릇이 못 된단다. 생원으로 지내는 게 딱 어울리지. 넌 어떠냐? 지난 가을 과장(科場)에서 다친 다리는 뒤탈이 없느냐?"

"괜찮습니다. 제 걱정 말고 형님 몸이나 챙기세요. 형수님 말씀이 약도 잘 드시지 않고 또 밤을 새워 『주역』과 『사기』를 읽으신다면서요? 서책은 조금 미뤄 두시고 건강부터 챙기셔야죠?"

"너나 밤 새워 무경칠서 읽는 버릇부터 고치렴. 아예 진흙으로 병졸을 만들어 나무 판에 붙여 가며 진법을 살핀다 들었어. 밤낮으로 골몰하여 크게 승리하는 진법을 정리해 둔다면서? 한데 왜 한 번도 이 형에게 보여 주지 않았느냐?"

"병서(兵書)들에서 이리저리 취한 겁니다. 대단한 것이 못 됩니다."

"다시 아산으로 돌아온다는 소식을 듣고 이제 네가 마음을 잡는가 보다 했다. 집에 머물며 가솔들도 돌보고 착실히 과거를 준비할 일이지. 왜 또 전라도와 경상도 해안은 떠돌아다니는 게냐?"

아산에 내려온 후 방 씨는 종종 이순신이 걸어갈 길에 대하여 이요신과 의견을 주고받았다. 주로 방 씨가 생각을 밝히면 요신이 몇 가지 충고를 덧붙이곤 했다.

닷새 전, 이순신은 전라 좌수영(全羅左水營)이 있는 여수(麗水) 근방에 가 있다가 심부름 온 돌복을 만났다. 돌복은 방 씨가 수족처럼 부리는 종이었다. 돌복이 내민 방 씨 서찰에는 둘째 아주버니 이요신이 위중하니 속히 돌아오라고 간단히 적혀 있었다.

이순신은 혹여 둘째 형 임종을 보지 못하는 것은 아닐까 전전긍긍하며 꼬박 사흘 밤낮을 걸었다. 그러나 막상 아산에 닿고 보니 이요신은 몸이 안 좋기는 해도 곧 숨이 끊어질 정도는 아니었다. 이순신이 몇 달씩 소식을 끊고 유랑을 하자 방 씨가 남편을 부르고자 시아주버니에게 도움을 청했던 것이다.

"왜인들이 하삼도에 수시로 내왕하며 노략질을 일삼는다는 말은 형님도 들으셨죠? 지난번 금오산 일을 당하고 나니, 과연 경상도와 전라도 실상이 어떠한지 이 눈으로 똑똑히 확인하고 싶었습니다."

"왜인들과 마주치면 싸워 죽이려 했던 게 아니냐?"

이요신이 날카롭게 묻자 이순신은 잠시 주춤했다. 왜구가 다시 노략질을 하러 온다면 누구보다도 먼저 나가 싸울 마음이었던 것이다. 금오산에서 당한 일을 복수하고 싶었다.

"싸워야 할 상황이면 싸울 수도 있겠지요."

이요신은 연초록 버드나무 잎을 따서 개천에 띄웠다.

"순신아! 지금부터 내가 하는 말 새겨듣기 바란다."

이순신은 마음이 불편했다. 이요신이 마치 유언이라도 할 것 같은 분위기였기 때문이다.

"네 인생을 한번 되돌아보렴. 서른 해가 다 되도록 넌 언제나 세상에 울분을 토하며 변두리로만 떠돌았다. 말이 좋아 협객이지 바른 눈으로 보자면 귀한 시간을 헛되이 흘려보낸 세월에 지나지 않는다. 큰형님과 내가 백운(白雲)의 길로 인생행로를 정하는 동안에도 너는 계속 청운(靑雲)도 싫고 백운도 싫다며 천방지축으로 날뛰기만 했다."

이요신 목소리가 점점 엄해졌다. 이순신은 그런 이요신을 아무

말 없이 지켜보았다.

"하나 언제까지나 그런 철부지 노릇을 계속해서는 안 된다. 넌 이제 선택해야 하고, 네 앞에는 두 가지 길이 있다. 하나는 가난과 벗하며 은거한 후 조용히 도(道)를 닦는 백운의 길이고, 하나는 등과하여 세상에 이름을 떨치는 청운의 길이다. 진작부터 나는 네가 형제들 중에서 유일하게 청운의 길을 가리라 믿어 의심치 않았다. 어렸을 때부터 넌 옳고 그름을 따져 묻는 걸 즐겼고, 한번 정한 일이라면 어떤 난관이 와도 꼭 이루고 말았으니까. 아버지는 물론 이제 큰형님과 나까지 백운의 길을 택하였고 막내는 아직 어리니, 우리 집안에서 청운의 길을 갈 사람은 너뿐이다. 협객 짓은 이제 그만하고 더 큰 뜻을 품어 힘써 과거 공부를 해주었으면 좋겠다. 알겠느냐?"

"염려 마십시오. 다음 과거에는 꼭 급제하도록 준비를 잘하겠습니다."

이순신이 선뜻 대답하자 이요신이 말꼬리를 물었다.

"과거 준비를 잘하겠다는 사람이 몇 달씩 남해안을 떠돌아다니는가?"

"과거를 보는 것은 화로부터 백성을 구하기 위함입니다. 먼저 백성의 삶을 살피는 일이 헛된 일이라고는 생각지 않습니다."

"청운의 길을 가기로 작정을 했으면 마음가짐부터 바꾸어야 해. 과거에 급제한 후에도 앙갚음하러 남해안을 떠돌 것이냐? 잘 생각해 보아라. 흐억, 콜록콜록."

말을 하던 이요신이 순간 다시 기침을 토했다. 입을 가린 손에 피가 내비쳤다. 이순신이 걱정스러운 얼굴로 부축을 하려 했지만 이요신이 오른팔을 들어 막았다.

"더군다나 넌 장수를 꿈꾸고 있지 않으냐? 무(武)보다 문(文)을 높이 두는 이 나라에선 감시자를 두어 항상 장수들 언행을 살피고 있다. 잘못 입을 놀렸다간 너는 물론 우리 집안 전체가 완전히 망할 수도 있어. 그러니 더더욱 몸가짐을 새롭게 해야 한다. 어렸을 때처럼 기묘년 일을 들먹이며 억울한 심사를 드러내서는 절대로 안 돼."

"형님 말씀대로 할 테니 제발 말씀 그만하시고 좀 쉬십시오."

그러나 이요신은 요지부동으로 계속해서 꾸짖음을 토해 냈다.

"남해 바닷가에서 왜인 몇 명을 죽인다고 해서 왜구들 노략질이 사라지진 않는다. 그자들로부터 백성을 지키려거든 먼저 병법에 밝고 군무를 제대로 아는 장수가 되어야 해. 왜구의 근거지를 뿌리뽑아 길이 백성을 편하게 할 길을 강구하여야지. 이제부턴 해야 할 일과 해서는 안 되는 일, 또 해야 할 일이라면 무엇을 먼저 하고 무엇을 나중에 할 것인가를 철저히 따져 보아라. 네가 나라 장수가 된다면 우리 가문도 일어날 수 있고 비명에 간 금오산 백성들을 위해 앙갚음도 할 수 있고 이 나라를 굳건히 지킬 수도 있을 것이다. 하나 이제까지처럼 갈 길을 반듯이 하지 않고 혈기대로 살아서는 아무것도 못해. 우리 가문은 이대로 시골구석에서 양반 노릇이나 하다가 가난에 지쳐 더 아래로 추락할 게고……, 가문과 백성과 나라……, 그 모두를 동시에 지켜 내는 유일한 길……"

말을 하던 이요신이 오른쪽 옆구리를 부여잡고 이마가 땅에 닿을 만큼 허리를 숙였다. 숨쉬기가 힘든 듯 가래 끓는 소리와 함께 입으로 바람을 품품 내뿜었다. 신음과 함께 끊임없이 기침을 토하는 그 몸이 더욱 작고 야위어 보였다.

"형님! 들어가요. 방에 가서 이야기해요. 얼른!"

이요신은 억지로 웃음을 지으려고 무척 애썼지만 얼굴이 일그러질 뿐이었다. 이미 사기(死氣)가 온몸으로 파고든 듯했다. 이순신은 안타까운 얼굴로 급히 이요신을 부둥켜안았다.

'아아, 형님! 정말 많이 편찮으셨군요. 이 못난 아우가 병을 더한 듯하여 송구합니다. 까마득한 어린 시절부터 언제나 형님은 제 편이셨습니다. 앞뒤를 모르고 엇나갈 때마다 차분히 손목을 부여잡고 옛 시문과 역사를 설명하며 바른길을 가르쳐 주셨지요. 한데 형님, 철들자 가을이라더니, 이 아우 간신히 마음을 잡았는데 이리 쇠약해지시다니요. 제 앞가림도 못하고 형님께 걱정거리만 안겨 드린 이 못난 아우를 꾸짖어 주십시오. 정말 형님, 제발 다시 일어나셔야 합니다. 그리하여 그 밝은 지혜로 이 어리석은 아우가 걸어갈 길을 돌봐 주셔야 합니다.'

이순신은 이요신을 업고 일어섰다. 개천으로 나올 때보다 더 가벼워진 느낌이었다. 눈이 부신 듯 이요신이 오른손을 펴 눈썹에 대고 속삭였다.

"너한테 너무 무거운 짐을 지우는 것 같아 미안하구나."

"그런 말씀 마세요."

이순신이 성큼 걸음을 떼며 답했다.

"힘들면 서애에게 도움을 청하도록 해. 우리 집안 내력도 소상히 알고 또 어릴 때부터 널 아꼈으니까. 내 미리 서찰을 띄워 두었으니 언제든지 청운의 길에서 의논할 일이 있으면 찾아가렴. 그 길에서 넌 혼자니까 형제나 친지와 함께 가는 다른 이들보다 곱절은 힘들 거야. 서애를 나를 대하듯 존경하고 따르도록 해. 알겠지?"

방에 눕자마자 이요신은 깊은 잠에 빠져들었다. 짧은 개천 나들이도 힘에 겨웠던 것이다.

"형수님, 작은형님은 아주 의지가 굳고 뜻이 곧은 분입니다. 반드시 쾌차하실 겁니다. 너무 걱정 마십시오."

이순신은 형수 김 씨를 위문한 후 대문을 나섰다.

이순신이 집으로 돌아오자, 아내 방 씨가 정갈한 저녁상을 차려 왔다. 아이들은 벌써 이른 저녁을 먹고 방 씨 심부름을 갔다. 아랫마을 강 판윤 집에 가서 바느질감을 받아 오는 일이었다. 이순신은 수저를 들지 않고 아내 얼굴을 바라보았다. 밤을 새워 삯바느질을 하느라 볼 살이 쏙 빠지고 눈 밑에 주름까지 자글거렸다.

"부인! 세 해만 더 고생해 주오. 요신 형님께 반드시 등과하겠다고 약조했다오. 내 이번에는 헛된 길로 새지 않고 열심히 노력하리다."

방 씨가 낮은 목소리로 답했다.

"품고 계신 큰 뜻을 펴시기 위함이라면 서른 해라도 기다릴 수 있사옵니다."

잠시 말을 끊은 방 씨가 말했다.

"한 가지 청이 있습니다."

"무엇이오?"

"작은아주버님 병환이 깊으니, 형님이 병간호 외에 다른 곳에 신경 쓸 겨를이 없으신 것 같습니다. 두 조카를 우리가 거두었으면 합니다만…….. 하루 세 끼 끼니라도 먹이고 싶습니다."

이요신의 두 아들인 봉과 해를 챙기겠다는 뜻이다. 이순신은 방 씨 손을 감싸 쥐며 말했다.

"고맙소. 그렇지 않아도 삐쩍 마른 그 아이들이 자꾸 눈에 밟혔다오. 하나 조카들까지 챙기려면 당신이 더욱 힘들지 않겠소?"

방 씨가 잔잔한 미소를 머금었다. 이순신은 방 씨를 품에 꼬옥 끌어안았다. 집으로 돌아왔다는 느낌이 비로소 가슴을 파고들었다.

六,

웅산에 묻힌 연심
戀心

경상도 웅천현(熊川縣) 북쪽 오 리 밖에 있는 웅산(熊山)에는 예로부터 곰이 많이 살았지만 곰 때문에 다치거나 목숨을 잃는 사람은 드물었다. 이 산을 즐겨 찾는 웅천현 사람들이 곰으로 환생한다는 전설도 그 때문에 생겨난 것이다.

웅산 꼭대기에는 곰을 모시는 신당(神堂)이 있었다.

사월과 시월이면 신당에서 웅신(熊神)을 모시는 제사가 성대히 열렸다. 지극 정성으로 기도를 올리기 위해 신당을 찾는 발길도 줄을 이었다. 사람들은 대부분 아침 일찍 산에 올랐다가 해가 지기 전에 하산했다. 곰이 자주 출몰하는 산에서 밤을 보내는 것이 두려웠던 탓이다. 신당을 돌보는 이도 없어서, 들짐승들 배설물이 바닥에 깔리고 문짝은 아예 떨어져 나갔다. 신당 중앙에 모신 돌로 만든 웅신상(熊神像)도 모로 쓰러져 있기 일쑤였다. 그때마다 웅천현 사람들은 신의 재앙을 두려워했고, 바다에 나간 어부들이 돌아오지 않거나 고기가 잘 잡히지 않으면 웅신의 노여움을 탄 탓이라고 수군거렸다. 그러나 신당을 돌보겠다고 선뜻 나서는 이는 없었다. 산꼭대기에 있는 웅신상을 매일 돌보려면 속세와 인연을 끊고 산으로 들어가야 하기 때문이다.

계유년(1573년) 정월부터 신당에 작은 변화가 생겨났다. 처음에는 그저 바닥이 깨끗하고 천장에 덕지덕지 붙었던 거미줄이 사라진 정도였다. 그러나 이내 튼튼한 문짝이 붙고 마당에 비질한 흔적이 발견되었으며, 봄부터는 웅신상 앞에 놓인 촛불이 꺼지지 않았다. 밤마다 곰들이 모여 신당을 청소한다는 전설이 덧붙었다. 그걸 본 사람은 아무도 없었지만 말이다.

해가 서산으로 떨어지자 이내 어둠이 밀려들었다. 신당에 엎드려 간절히 수태를 염원하는 기도를 올리던 새댁도 서둘러 하산했다. 촛불만이 남아 조용히 타올랐다.

갑자기 촛불이 크게 흔들렸다. 누군가 문을 열고 신당 안으로 들어선 것이다.

"이 야밤에 신당에 가겠다꼬? 치아라, 곰들한테 몹쓸 짓 당하면 우얄라꼬. 보아하니 홑몸도 아인 것 같고. 오늘은 요서 자고 내일 밝을 녘에나 올라가그래이."

약초를 캐서 근근이 연명하는 노파는 저녁밥을 뜨다 말고 박미진을 향해 휘휘 손을 저었다. 노파 집에서부터 신당까지는 인가가 전혀 없었다.

"정말 곰이 많나요?"

"많다뿐이가? 그저께 밤에도 부엌에 몰래 들와가 그릇을 죄다 깨 뻘고 식은 밥을 훔쳐 묵고 달아났다 아이가."

"곰들이 모두 착하다던데……?"

노파가 빠진 앞니를 드러내며 역정을 냈다.

"들짐생은 다 같아. 착한 놈 나쁜 놈이 어디 있노? 웅산 곰들이 눈치가 좀 있제. 운제 집을 비우는지 봐 두었다가 잽싸게 도적질을 하니께 말이야. 야밤에 산길에서 곰을 만나믄 목숨 보전하기 힘들다. 곰 신이 돕는다는 말, 그거 다 거짓부렁이야. 그러니 요서 자라. 알긋제?"

"꼭 가야 해요."

노파가 넘겨짚었다.

"잠자리 값 안 받을 테니 편히 쉬이라."

"만날 사람이 있어서 그래요. 밤에만 신당에 나타난다던걸요."

노파가 구부정하게 허리를 숙인 채 밥상을 내 가며 말했다.

"아서, 야밤에 무슨 사람이 있다고 그라노? 사람이 있으믄 당연히 내 눈에 띄었제. 거긴 아무도 읎다. 배고픈 곰들뿐이라니까."

박미진이 튀어나온 아랫배를 오른손으로 감싸고 왼손으로 바닥을 짚으며 일어섰다.

"잘 먹었어요. 고맙습니다."

노파가 박미진이 입고 있는 때 묻은 붉은 치마와 노란 저고리를 살피며 말했다.

"정말로 꼭 가야겠노? 그럼 쪼매만 기다리라."

광에 다녀온 노파가 댕댕이바구니에서 작은 꿀단지 두 개를 내밀었다.

"무겁더라도 가 가라. 산길에서 곰을 만나믄 고걸 던지라. 꿀이라믄 사족을 못 쓰는 놈들이니까 임시방편은 될 끼다."

"고맙습니다. 값이……?"

박미진이 허리춤에서 주머니를 꺼냈다. 노파가 눈을 부라리며 화를 버럭 냈다.

"퍼뜩 집어넣지 못하긋나, 고이얀!"

야밤에 낯선 길을 걷는 것은 힘든 일이었다. 더구나 부른 배를 싸안고 가파른 산길을 올라야 하는 것이다. 고갯마루에 이르기도 전에 턱 끝까지 숨이 차올랐다. 잠시 걸음을 멈추고 걸어온 길을 되돌아보았다. 어둠에 덮인 길과 숲을 구분하기도 힘들었다.

노량 앞바다에서 겨우 목숨을 건져 서면에 닿았을 때, 차마 가마로 돌아갈 수 없었다. 이순신과 눈을 마주칠 자신이 없었던 것이다.

처음 한 달은 화살에 맞은 등을 치료하느라 누워 지냈다. 항상 몸에 지니고 다녔던 아버지 유품인 상아 낙관 두 개를 맡기고 방을 구했다. 의원을 청할 여유가 없었기에 어부들이 입에서 입으로 전하던 처방에 몸을 맡겨야 했다. 당귀 달인 물을 마시며 매일 상처 부위를 씻어 냈다.

한 달이 지나 몸을 굽힐 만큼 허리가 좋아지자 고성(固城)으로 거처를 옮겼다. 손재주를 살려 삯바느질도 하고 농사일도 나갔다. 가끔 사발을 볼 때마다 금오산 가마와 남궁 선생과 이순신의 얼굴을 떠올렸지만 씁쓸한 웃음과 함께 고개 저을 뿐이었다.

그런데 한 달마다 찾아오던 꽃이 피지 않았다. 보름이 더 지나자 헛구역질이 시작되었다. 아이가 들어선 것이다. 주먹코 얼굴이 밤마다 배를 눌러 댔다.

'지워야 한다. 왜놈 씨를 낳을 순 없어.'

산비탈을 구르고 구르고 또 굴렀다. 간장을 퍼마시기도 하고 다듬잇방망이로 아랫배를 때리기도 했다. 그러나 애가 떨어질 기미는 전혀 보이지 않았다. 다락바위에서 뛰어내린 밤에는 정신을 잃기도 했다. 밤 마실 나온 아이들 눈에 띄어 얼어 죽지는 않았지만 그로부터 사흘 내내 끙끙 앓았다. 환청이 들렸다. 아기 울음소리가 귓전을 떠나지 않았다. 왜 나를 죽이려 하느냐는 원망처럼 들렸다. 살려 달라는 애원처럼 들렸다. 몸살이 낫자마자 밥을 세 공기나 비웠다. 아이를 낳기로 마음을 바꾼 것이다.

따닥.

나뭇가지 부러지는 소리가 들렸다. 박미진은 비척걸음을 옮기다 말고 참나무 뒤에 숨었다.

'산토끼일까? 노루나 너구리일까?'

곰이라는 생각은 애써 지웠다.

'신당은 아직 멀었을까?'

아무리 턱을 치켜들고 위를 살펴도 가늠할 수 없다. 고개 하나만 넘으면 신당인 것 같은데, 벌써 다섯 고개를 넘었지만 여전히 크고 높은 봉우리가 앞을 막아섰다.

'노파 말을 들을 걸 그랬나?'

박미진은 고개를 설레설레 저으며 이마에 흐르는 땀을 손바닥으로 훔쳤다.

'밤마다 신당을 지키는 이가 정말로 스승님이라면 대낮에는 아마 그림자도 구경할 수 없으리라.'

언젠가 스승은 단속사(斷俗寺, 경상남도 산청군 지리산에 있는 절)를 비롯해 즐겨 찾는 사찰과 신당 몇 군데를 들어 이야기한 적이 있었다. 그중에서 가마만 아니라면 평생 숨어 살고 싶다고 말한 곳이 여기 웅산 신당이었다. 갑자기 발길질이 심해졌다. 박미진은 손바닥으로 아랫배를 천천히 누르며 속삭였다.

"아가야! 조금만 참으렴. 곧 스승님을 만나게 될 거야. 착하지."

아기를 낳겠다고 결심하자 등이 다시 아파 왔다. 새살이 돋은 후로 신경 쓰지 않은 것이 잘못이었다. 쇠 독이 파고들어 갈증이 나며 살갗 전체가 벌겋게 부풀어 올랐다. 용하다는 의원을 찾아 약도 쓰고 침도 맞았지만 소용이 없었다.

배가 불러 오자 허리와 등에서 아픔이 몇 곱절 심해졌다. 맥을 짚은 의원들은 하나같이 이런 몸으로는 아이를 낳을 수 없다고 했다. 자궁 밖으로 아이를 밀어낼 힘이 없다는 것이다. 몸을 제대로 움직이지 못하니 뱃속에 든 아이가 점점 더 커졌다.

'스승님께 가자. 스승님만이 나와 이 아기를 살릴 수 있어.'

그렇게 해서 떠난 길이었다. 처녀 몸으로 아이를 가진 부끄러움 따위는 벌써 잊었다. 스승님이라면 따뜻하게 자신을 감싸 주리라. 고성에서 함안(咸安)을 지나 웅천으로 오는 동안 몸은 점점 더 야위어만 갔다. 어제 아침에는 옆구리가 새로 저리듯이 아프며 속곳에 피가 비쳤다.

"엄마!"

난데없이 계집아이 목소리가 들렸다. 박미진은 걸음을 멈추고 주위를 살폈다. 참나무 아래 터빅머리 아이가 깍지 낀 손으로 양무릎을 감싸고 앉아 있었다. 아이는 박미진을 보자 벌떡 일어나서 안길 듯이 달려왔다.

뚜두둑.

이번에는 아주 가까이에서 나뭇가지가 부러졌다. 박미진은 걸음을 멈추고 왼쪽 밤나무 숲을 살폈다. 붉은 눈동자가 두 개, 네 개로 점점 더 많아졌다.

곰이었다.

그중 한 마리가 쓰윽 박미진 앞을 막아섰다. 완전히 자란 큰 곰도 아니고 아기 곰도 아닌, 이제 두 계절만 지나면 어미 품을 떠나야 하는 곰이 앞발을 들고 서 있었다. 박미진은 꿀단지 하나를 힘껏 던졌다. 깜짝 놀라 비껴서는 곰 발 아래 꿀단지가 떨어져 산산조각 났다. 그 소리에 놀란 곰은 더 멀리 물러섰다.

박미진은 재빨리 아이 손목을 붙잡고 뛰었다.

뚜두둑 뚜두두둑.

나뭇가지 부러지는 소리가 계속 따라왔다. 걸음을 멈추고 뒤돌아서서 다시 메숲진 숲을 향해 꿀단지 하나를 마저 던졌다. 그리고 정신없이 산길을 뛰었다. 나뭇가지에 이마와 팔을 긁혔지만 상관하지 않았다.

"아악!"

계집아이가 발을 헛디디며 꼬꾸라졌다. 박미진이 급히 아이를 안아 일으키는 순간, 곰 앞발이 왼쪽 옆구리를 강하게 때렸다. 박미진은 아이와 함께 비탈길을 굴렀다. 이마에서 피가 주르륵 흘러내렸다. 다시 일어나서 아이 손목을 틀어쥐었다. 아픈 줄도 몰랐다.

얼마나 달렸을까. 뒤따라오던 발소리가 사라졌다.

달빛 어린 봉우리 위에 작은 기와집이 보였다. 신당이었다. 드디어 목적지에 닿은 것이다. 도망치던 걸음이 허둥지둥 더 빨라졌다.

'스승님이 안에 계실까? 어떻게 인사를 드리지?'

무슨 일이 있어도 눈물은 보이지 않으리라 다짐했다. 이제 정말 웃을 수 있는 날도 얼마 남지 않은 듯했다.

그때 갑자기 거대한 어둠이 그녀를 덮었다. 지붕도 달도 보이지 않았다. 산등성이에서 본 두 마리 곰과는 비교도 할 수 없을 만큼 어마어마하게 큰 곰이 신당 마당에 서서 노려보고 있었다. 뒤돌아서니 거기도 어둠이었다. 마당에 있는 곰보다 더 큰 곰 한 마리가 어슬렁어슬렁 따라 올라오는 중이었다. 저 앞발에 차이면 뼈가 부서지고 내장이 튀어나올 것이다. 오도 가도 못하는 처지에 놓였다. 등줄기를 타고 식은땀이 흘러내렸다.

"쉬이, 어서 가시게나."

신당 안에서 붉은 옷을 입은 사내가 나오며 곰에게 존대를 했다. 수염이 갈라지고 흰 빛이 반도 넘게 돋아났지만 박미진은 그 목소리를 곧 알아차렸다. 남궁두였다.

남궁두가 대나무 지팡이를 휘휘 돌렸다. 눈을 끔벅 감았다 뜨며 가만히 있으라는 뜻으로 양 손바닥을 머리 위에서 아래로 내렸다.

"자, 뒷마당에 편히 잠자리를 보아 두었으니, 어서 가서 쉬시게나."

박미진을 가로막았던 곰이 두 발을 내리고 뒷마당 쪽으로 천천히 걸음을 옮겼다. 이제 막 마당으로 들어선 곰도 박미진과 아이 곁을 스쳐 뒷마당으로 향했다. 그 엉덩이를 향해 남궁두가 공손히 두 손을 모으고 읍했다.

"드디어 왔구나. 자, 우선 안으로 들자."

신당으로 들어섰다. 은은한 향내가 먼저 코에 닿았다. 흔들리는 불빛 아래에서 박미진은 큰절을 올렸다. 마주 보며 앉은 스승과 제자는 말이 없었다. 반백 년도 더 전에 헤어진 사람들 같았다.

"제가 여기 오리라는 걸 어찌 아셨습니까?"

남궁두가 눈웃음을 지으며 답했다.

"죽지 않았다는 건 벌써 알았지. 천문을 살피니 네 별이 희미하게나마 반짝였으니까. 하나 자꾸 그 빛을 잃어 곧 나를 찾아오리라 여겼다."

"그러셨군요. 한데 이 아이는?"

박미진은 옆에 앉은 계집아이를 보며 물었다. 남궁두가 답했다.

"지난봄 왜구가 노략질을 왔을 때 부모를 잃고 버려진 아이란다. 내가 잠시 거두고 있지. 곧 태인(泰仁) 땅 박 진사(朴進士) 집에 양녀로 들어갈 게야. 눈앞에서 부모가 왜구들 칼날에 무참히 살해된 후론 밤마다 깜짝깜짝 놀라고 또 비몽사몽간에 신당 근처를 돌아다니는데, 오늘은 멀리까지 갔던가 보구나. 이름은 초희(草姬)라고 지었다."

박미진이 고개를 끄덕이며 보조개가 들어가도록 미소를 지어 보였다.

"그랬군요. 근데 정말 절⋯⋯"

남궁두가 말허리를 잘랐다.

"그래, 널 많이 닮았지? 나도 처음 저 아래 솔숲에 숨어 오들오들 떠는 이 아이를 보았을 때 네 이름을 불렀단다. 어쩜 이렇게 닮을 수가 있는지."

"꼭 거울을 보는 것 같네요."

박미진이 말을 끊고 불룩하게 나온 배를 내려다보았다.

"이 아기⋯⋯, 제가 가진⋯⋯."

박미진은 무엇인가를 설명해야 할 것만 같았다. 남궁두가 다시 말허리를 잘랐다.

"되었다. 말하지 않아도 되느니라."

"스, 스승님!"

울지 않으려 했지만 눈물 한 방울이 손등에 떨어졌다. 남궁두가 눈물을 못 본 체하며 목소리를 높였다.

"네 앞길을 가로막던 놈이 바로 어미 곰이란다. 뒤를 따른 곰이 아비 곰이고. 새끼가 두 마리 있는데, 정월에는 내 무릎을 겨우 잡던 놈들이 몰라보게 컸지. 그렇게 네 마리가 함께 뒷마당에서 잠든 모습을 보노라면 '아, 저게 가족이구나.' 하는 생각이 든단다."

박미진이 눈물을 닦으며 웃었다.

"스승님도 한 가족 아니신가요?"

"허허허, 그런가?"

남궁두도 따라 웃었다. 박미진이 눈자위를 심하게 일그러뜨렸다. 갑자기 등에서부터 왼쪽 옆구리가 칼로 찌르듯 아팠던 것이다. 남궁두가 재빨리 일어서서 박미진을 눕혔다. 처음에 박미진은 한사코 앉아 있으려 했다. 지금까지 스승 앞에서 드러누운 적이 없었던 것이다.

"괜찮아. 뱃속에 든 아기를 생각하렴."

박미진이 비스듬히 등을 보이고 누웠다. 그러곤 천천히 저고리를 벗었다. 하얀 등이 나타나는가 싶더니 혹처럼 툭 튀어나와 시커멓게 썩어 들어가는 반점 하나가 나왔다. 진물이 흘러 바닥에 닿았다. 남궁두가 심각한 표정이 되었다.

"당장 피침을 써야겠다. 참을 수 있겠느냐?"

피침(鈹鍼)은 길이가 네 치이고 너비가 두 푼 반으로, 그 끝이 칼끝 모양이라서 큰 고름을 나오게 하는 침이었다. 일명 파침(破鍼)이라 하여 옹종(擁腫, 작은 종기)을 터뜨리고 피고름을 낼 때 주로 썼다.

"그 때문에 온 겁니다."

박미진이 짧게 답했다.

남궁두가 깨끗한 천을 등 밑에 깔았다. 그런 뒤 불에 달군 피침으로 단번에 종기를 찢었다. 누런 진물이 튀어 올라 손등과 얼굴에 묻었다. 남궁두는 닦아 낼 생각도 않고 계속 환부를 찢어 나갔다.

천을 말아 입에 문 박미진은 고통을 참기 위해 턱을 바짝 앞으로 당겼다. 몸을 잘못 놀렸다간 피침이 엉뚱한 부위를 찢을 수도 있었다. 남궁두는 흐르는 땀을 소매로 훔치며 조심조심 썩은 부위를 도려낸 후 그 위에 혈갈 가루를 뿌리고 무명천으로 덮었다.

"침을 놓으마."

남궁두가 피침을 내려놓고 소침을 들었다. 신주(身柱), 영대(靈坮), 합곡(合谷), 위중(委中)에 취혈(取穴)하였다. 박미진은 눈을 지그시 감은 채 스승에게 몸을 통째로 내맡겼다.

"휴우, 이제 다 끝났구나. 잘 참았다. 십전대보탕을 달여 올 터인즉 한숨 자라. 썩은 환부를 보니 그동안 밤낮으로 고생하여 음양이 어그러져 있구나. 먼 길 오느라 피곤도 할 것이고 피침을 맞느라 힘도 들었을 테니 탕제가 다 되면 깨우마. 푹 자."

"고맙습니다. 스승님!"

박미진은 벽을 향해 천천히 돌아누웠다. 피침을 맞은 등이 계속 아팠지만 눈을 감자 왕벌 떼처럼 잠이 몰려들었다. 이곳까지 오는 동안 쌓였던 피로가 한꺼번에 찾아든 것이다.

응애 응애애.

다시 아기 울음소리가 들려왔다. 박미진은 자기가 낳은 아기임을 직감으로 알 수 있었다. 어둠 속에서 흐릿하게 아기를 안은 사람 뒷모습이 보였다.

'누굴까?'

사내가 고개를 돌리며 웃었다. 남궁두였다.

'스승님!'

부르고 싶었지만 말이 나오지 않았다. 또 다른 사내 팔이 보였다. 남궁두는 아기를 그 팔에 넘겨주었다.

'안 돼요. 우리 아기, 우리 아기를 누구에게 넘기시는 거죠.'

사내 얼굴이 보였다. 좁은 이마, 약간 아래로 처진 눈 꼬리, 뭉툭한 코, 유난히 큰 입. 그 왜구였다. 사내는 입을 아귀처럼 벌리며 웃고 있었다. 아기를 품에 안은 것이 너무너무 행복한 듯했다.

다시 두 팔이 나왔다. 오른손에는 가늘고 끝이 납작한 붓을 들었다. 왼손 엄지와 검지는 푸른색과 붉은색 물감이 덕지덕지 묻었다.

'그림쟁이일까?'

아기를 넘겨받은 사내 역시 환하게 웃고 있다. 그런데 그 낯빛이 점점 어두워졌다. 이윽고 눈물을 뚝뚝 쏟자, 아기 울음소리가 갑자기 커졌다.

다시 두 팔이 나왔다. 양손 모두 피가 묻었다. 사내는 갑옷을 입었다. 그 차가운 기운에 놀랐던지 아기는 더욱 자지러질 듯 울어 젖혔다. 넓은 가슴과 단단한 어깨, 길고 가는 목, 그러나 얼굴은 잘 보이지 않았다. 박미진은 그 얼굴이 너무나 보고 싶었다.

'나오세요. 숨어 있지만 말고 이쪽으로 나와요.'

"휴우!"

긴 숨을 몰아쉬며 잠에서 깼다. 크고 맑은 두 눈이 보였다. 초희가 머리맡에서 박미진을 내려다보고 있었던 것이다.

"아, 아기는!"

박미진은 몸을 일으키며 주위를 두리번거렸다. 꿈이었다.

'그런데 이곳은······'

신당이 아니었다. 훨씬 작고 침침했지만 훈훈한 온기가 방 안에 가득했다. 흙벽과 대나무를 겹겹이 어긋나게 붙이고 그 위에 종이를 덧댄 문이 인상적이었다. 종이마다 각양각색으로 새들이 그려져 있다. 상서로운 흰 꿩에서부터 시작해 금슬 좋은 원앙과 수다스러운 꾀꼬리, 꼬리 깃털이 아름다운 공작새와 물고기를 향해 부리를 내리꽂는 물총새도 자리를 차지했다. 새들이 지저귀는 소리가 한꺼번에 귓속을 파고들었다.

초희는 비석처럼 서서 계속 그녀를 쳐다보고 있었다. 표정이 없으니 눈망울이 더욱 커 보였다. 갑자기 눈물 한 줄기가 주르륵 뺨을 타고 흘렀다.

"나 때문에 아픈 거죠?"

박미진은 얼른 초희를 품에 안았다.

"아니란다."

초희가 고개를 약간 들어 다시 눈을 맞추며 말했다.

"내가 숲으로 가지만 않았어도……."

"아니야. 아니야."

박미진은 그 헝클어진 머리를 쓰다듬다가 손을 뗐다. 갑자기 불에 덴 듯 뜨거운 기운이 손바닥으로 확 밀어닥쳤기 때문이다. 박미진은 놀란 눈으로 손바닥과 초희의 얼굴을 번갈아 쳐다보았다. 초희는 여전히 북받치는 슬픔을 누르지 못하고 울먹거렸다.

"나 때문에 나 때문에…… 아기가 죽었어요."

박미진은 제 귀를 의심했다.

'아기가 죽다니?'

양손으로 아랫배를 감싸며 초희에게 날카롭게 물었다.

"얘야! 무슨 말이니, 그게?"

갑자기 초희가 펄썩 주저앉았다가 곧 뒤로 쓰러졌다. 남궁두가 십전대보탕을 들고 문을 연 것은 그 순간이었다.

"깼느냐? 아니!"

남궁두는 황급히 초희를 품에 안고 들어올렸다. 그리고 천천히 박미진 옆에 뉘었다.

"네 곁에서 병간호를 하겠다기에 그냥 뒀더니 피곤했던가 보구나."

박미진은 방금 초희가 한 말을 물으려다가 그만두었다.

"여기는 어딘지요?"

"내 집이란다. 신당은 닭 울 녘부터 사람들 발길이 잦아서 이곳으로 옮겼다."

남궁두가 이곳으로 안아 옮기는데도 잠에서 깨어나지 못했던 것이다.

"먼저 이것부터 마셔라."

박미진이 십전대보탕을 마시는 동안 남궁두는 얼굴을 찬찬히 뜯어보았다.

피부는 꺼칠하고 볼에 살이 쏙 빠졌다. 환처에서 나온 진물 양이 너무 많았다. 일반적으로 비인(肥人, 뚱뚱한 사람)은 농이 많고 수인(瘦人, 야윈 사람)은 농이 적은데, 수척한 사람이 농이 많을 때에는 기육(肌肉, 근육)이 패괴(敗壞, 부서지고 무너짐)된 것이니 좋지 않은 증상이었다. 이마엔 주름까지 잡혔고 검은 기미가 얼굴 가득 앉았다. 자주 약사발에서 입을 떼고 잔기침을 해 댔다. 숨이 고르지 못한 탓이다. 피침으로 썩어 들어가는 부위를 일시 걷어 내긴 했지만 이미 병은 온몸으로 번져 있었다.

'한 달만 일찍 왔더라도……'

남궁두는 웃음으로 슬픈 마음을 애써 가렸다. 박미진이 약사발을 내려놓다가 문득 다시 들었다.

'이건 제가 만든 거네요. 스승님 몰래 이 연꽃무늬를 찍어 넣었는데. 보시고도 깨지 않으셨군요. 스승님께서 이걸 가지고 계시다니.'

남궁두가 그 마음을 읽은 듯 입을 열었다.

"잘 만든 몇 개는 따로 모아 금오산 할미 바위 아래 동굴에 숨겨 두었단다. 가마는 불타고 사발은 모두 깨지거나 빼앗겼지만, 겨우 이렇게 몇 갠 건졌지."

칭찬에 인색한 스승이었다. 밤을 새워 사발을 빚고 구워서 내놓아도 단번에 깨뜨린 적이 많았다. 소은우는 가끔 칭찬을 들었지만 박미진은 사발을 내놓기도 전에 대나무 지팡이로 머리부터 맞았다. 호탕하게 웃고 개구쟁이처럼 장난을 치며 술에 절어 사는 스승이었지만 사발 앞에서는 무서울 만큼 차갑고 빈틈이 없었다. 그런데 그 스승이 지금 솜씨를 칭찬하고 있는 것이다.

"스승님!"

두 눈에 눈물이 글썽거렸다. 아기를 가진 후로 부쩍 눈물이 잦았다. 늘 남장을 하고 남자들 시선을 단칼에 잘라 온 박미진으로서는 놀라운 변화였다.

"자자, 누워라. 힘들지?"

남궁두가 약사발을 왼쪽으로 밀어 놓으며 말했다.

"아니에요. 스승님! 꼭 드릴 말씀이 있어요. 제가 가진 이 아이는 그날 가마가 불에 탈 때……"

"기쁜 소식이 있단다."

남궁두가 다시 말허리를 잘랐다.

"네 아버지가 작년 십이월에 신원되었다는구나. 조정에서 논의를 거쳐 관작을 추증할 계획이라고 한다."

박미진이 깜짝 놀라며 확인하듯 물었다.

"정말이세요? 정말 아버지가 신원되셨나요?"

박미진이 두 눈에서 닭똥 같은 눈물을 뚝뚝 흘렸다. 애써 손으로 그 눈물을 가리지 않았다. 뺨을 타고 흘러내린 눈물은 입술을 지나서 턱에 닿았다. 처마에서 빗물이 떨어지듯 지난 아픔이 흘러내렸다. 그 소식을 듣자 갑자기 이순신 얼굴이 밀물처럼 가슴 속으로 흘러들었다.

'왜 여해 사형에게 그토록 마음이 끌렸을까. 노골적으로 접근해 온 천무직이나 부끄러운 듯 끝없이 관심을 보여 온 소은우도 물리치지 않았던가.'

노량 바다에서 살아난 후 박미진은 더욱 이순신을 그리워했다.

남궁두에게 계속 꾸중을 당하면서도 굽힐 줄 모르고 뻗대던 혈기와 그 뒤에 숨겨 놓은 좌절을 보고 나자 왠지 도와주고 싶고 다가서고 싶었다. 정암 조광조를 따르다가 불행하게 말년을 보낸 조부의 유산 때문에 괴로워하는 모습에, 윤원형을 비판하다 억울하게 죽은 아버지 박남경이 겹치며 마음이 끌렸다. 그 마음은 급기야 사무침으로 변하여 밤 꿈을 온통 물들였다.

왜인에게 치욕을 당한 후에는 이순신을 잊으려 부단히 애를 썼다. 이순신 앞에 모습을 드러내기는 죽기보다 싫었다. 하지만 헛된 일이었다. 날이 갈수록 그 곧은 모습이 눈에 선했고, 그 따스한 숨결이 귀에 닿았다.

과거에 떨어져 실의를 안고 다시 스승을 찾아 금오산으로 내려왔을 이순신이 눈에 밟혔다. 왜장을 향해 화살을 날렸던 그때 분노에 차 있었을 눈망울이 눈에 선했다. 재로 변한 가마에서 남궁두를 부르며 꺼이꺼이 울음을 토하는 부르튼 입술까지 잡힐 듯 떠올라 보였다.

'사형! 저승에 가서도 결코 잊지 못할 겁니다. 그 맑고 따뜻한 품, 그 긴 손가락과 어둡고 슬픈 눈망울, 유난히 흰 목덜미…….

아, 한 번만 더 볼 수 있다면……. 그러나 저는 다시는 당신 앞에 설 수 없습니다. 이승에 있을 시간이 얼마 남지 않았습니다. 이제 마지막으로 할 일은 이 아이를 무사히 낳는 겁니다. 스승님을 찾아온 것은 부질없는 이 목숨을 살리기 위해서가 아니라 곧 태어날 아이에게 밝은 빛을 보여 주고 싶어섭니다. 어미 없이 자라날 이 아이가 과연 어찌 될까요? 혹여 제가 기억나신다면 이 아이를 돌아보아 주십시오. 곧고 바르게 자랄 수 있도록 부디 보살펴 주십시오.'

"스승님! 부탁이 있습니다."

남궁두가 천천히 고개를 끄덕였다. 박미진은 가쁜 숨을 더 이상 참지 못하고 자리에 누웠다. 아랫배가 갑자기 출렁거리며 아파 왔다.

"이 아이에게 좋은 부모를 찾아 주십시오. 금오산 일도, 부모의 내력도 알지 못하는 곳에서 행복하게 자랄 수 있도록……."

잔기침을 뱉어 냈다. 검은 피가 섞여 나왔다.

"약한 소리 마라. 더 이상 말을 하면 힘이 드니 한숨 더 자라."

아랫배가 점점 더 아파 왔다. 박미진은 양손으로 눈물을 닦으며 겨우 말을 뱉었다.

"아닙니다……, 스승님. 제 병은 제가 더 잘 알아요……. 이 아이가 자라는 걸…… 가끔 살펴 주세요……. 불행하지 않게……, 행복하게……, 아악!"

배를 잡고 뒹굴기 시작했다. 초희가 왼손으로 박미진의 오른손을 힘껏 쥐었다. 놀라서 달아날 만도 한데 굳은 얼굴로 아랫배를 노려보듯 했다. 붉은 피가 허벅지를 타고 내렸다. 갑자기 초희가 오른손을 아랫배에 갖다 댔다. 뜨거운 기운이 배와 허리 그리고 다리를 감쌌다. 박미진은 몸이 조금 떠오르는 것을 느꼈다. 그리고 눈앞이 하얗게 바뀌었다가 곧 어둠이 밀려들었다. 사산(死産)이었다.

초희를 구하려다 곰 앞발에 옆구리를 맞았던 게 치명적이었다. 남궁두가 하문(下門)에서 이미 죽은 아기를 끄집어냈다. 탁한 피가 뚝뚝 떨어졌다. 초희가 맑게 웃으며 손을 뻗어 아기 왼손을 잡아 쥐었다. 남궁두가 미리 준비한 가위로 탯줄을 잘랐다.

"이, 이런!"

갑자기 박미진이 온몸을 격렬하게 떨기 시작했다. 남궁두는 급히 침을 들고 박미진 머리를 찔렀다. 경황 중에 죽은 아기는 초희 품으로 넘어왔다. 초희는 엄마처럼 아기를 꼭 껴안았다.

"욱."

구토를 한 박미진이 목을 뒤로 젖히며 숨을 돌이켰다.

"아가! 아가야!"

정신을 되찾은 박미진은 고개를 좌우로 저으며 아기를 찾았다. 초희 품에 안긴 아기를 보고 손을 쭉 뻗었다. 그러나 초희가 한 걸음 물러서는 바람에 닿지 않았다.

"아기! 내 아기……, 내 아기!"

박미진은 또 정신을 잃었다. 남궁두가 온갖 침술을 다 동원했지만 다시는 깨어나지 못했다. 엄마와 아기가 같은 날 함께 숨을 거둔 것이다. 남궁두는 망연자실 엉덩방아를 찧으며 주저앉았고

초희는 죽은 아기를 꼭 안고 너울너울 나비춤을 추었다. 그러다 곧 무릎이 꺾이면서 쓰러졌다.

초희는 한 달 내내 열병을 앓았고, 다시 정신을 차렸을 때는 그때까지 살아 온 삶을 하나도 기억하지 못했다. 남궁두는 차라리 다행으로 여겼다. 태인으로 가서 박 진사 딸로 완전히 새로운 인생을 살 수 있게 된 것이다.

七. 서른들, 용문(龍門)에 오르다

병자년(1576년) 이월, 식년 무과가 열렸다.

"다음 사람을 들이게."

강서 시관 정탁(鄭琢)이 얼굴을 찡그리며 붓을 놓았다. 벌써 일곱 명이나 맞은편 의자에 앉았지만 눈에 쏙 들어오는 이가 없었다. 무경칠서는 간혹 외우기도 했지만 사서오경(四書五經)에 이르면 얼굴이 붉어지고 말을 더듬거나 아예 고개를 숙이기 일쑤였다. 정탁은 뒤에 앉은 정언(正言) 이원익(李元翼)에게 물었다.

"이 정언이 보기엔 어떠한가?"

응시자들 됨됨이를 살피던 이원익이 둥글둥글하게 답했다.

"잘하는 이도 있고 못하는 이도 있네요."

비판은 삼키고 칭찬은 인색하지 않아 호인이란 평가가 늘 따라다녔다. 스물한 살이나 더 많은 정탁이 어떤 마음을 품었는지 혜

아리지 못한 상황에서 응시자들에 대한 평가를 섣불리 내릴 수는 없었다. 정탁이 혀를 차며 다시 물었다.

"앞서 나간 일곱 명 중 등과시킬 사람이 있겠느냐는 뜻일세."

이원익이 그제야 답했다.

"아직까진 없습니다."

"이렇게 인물이 없어서야……, 쯧쯧!"

정탁이 혀를 차며 『소학』을 펼쳤다.

이원익은 오늘 아침에 류성룡이 보낸 서찰을 받았다. 선조의 각별한 총애를 입으며 젊은 문신들을 이끌고 있는 류성룡은 삼 년 전 부친상을 당해 낙향한 뒤 아직 조정으로 돌아오지 않고 있었다.

'이순신이라고 했지.'

류성룡은 서찰에서 세 번이나 그 이름을 강조했다. 장차 이 나라 군영을 이끌 재목이라는 것이다.

'그토록 무예와 학문이 뛰어난데, 왜 서른두 살이 될 때까지 등과하지 못했을까?'

이원익이 고개를 갸웃거리는데 코가 오뚝하고 눈망울이 깊은 사내가 방으로 들어섰다. 사내는 공손히 시관들에게 읍한 다음 정탁과 마주보며 앉았다. 정탁이 응시자 명부를 보며 물었다.

"보인(保人) 이순신. 창신교위 이정의 셋째 아들로 충청도 아산에서 왔군. 을사년생이니 서른두 살이고. 서책은 가까이하는 편인가?"

정탁이 퉁명스럽게 물었다. 이번에도 별 볼일 없는 사내라면 빨리 내쫓는 편이 낫겠다고 여기는 듯했다.

"성현이 가르친 바를 매일 배우지 않는다면 어찌 천강(天綱, 하늘이 정한 바른 기강)을 엄숙히하며 살아갈 수 있겠습니까?"

이순신이 되묻자 정탁은 잠시 당황했다. 응시자들 중에서 시관에게 물음을 던진 이는 이순신이 처음이었다.

'이놈 봐라!'

정탁이 두 눈을 번쩍 떴다. 무경칠서와 사서오경에서 한 책씩 묻고 난 연후에 다른 서책을 따지는 것이 순서지만 정탁은 눈앞에 펼쳐진 『소학』부터 묻기 시작했다.

"재앙을 가져오는 다섯 가지 큰 잘못을 외워 보겠는가? 「유씨가훈(柳氏家訓)」에 있느니라."

이순신이 막힘없이 답했다.

"첫째는 편안함만을 추구하여 담박한 생활을 좋아하지 않는 겁니다. 둘째는 공맹의 도리를 알지 못하고 성현의 가르침을 좋아하지 않는 겁니다. 셋째는 자신보다 나은 사람을 미워하고 아첨하는 자를 좋아하는 겁니다. 넷째는 노는 걸 좋아하고 술을 즐겨 마시는 겁니다. 다섯째는 높은 벼슬을 얻기 위해 아첨하는 겁니다."

정탁이 고개를 끄덕이며 다시 물었다.

"장량(張良)이 황석공(黃石公)으로부터 받은 『삼략(三略)』은 읽었겠지? 장량은 또한 신선인 적송자(赤松子)와 용거(龍車, 신선이 타는 수레)를 타며 놀았다 하니 죽지 않고 영원히 살았을지도 모른다. 어찌 생각하는가?"

이번에도 이순신은 정탁의 물음이 끝나자마자 답했다.

"『통감강목(通鑑綱目)』을 보면 장량이 한나라 혜제 6년 임자년(기원전 189년)에 죽었다고 기록되어 있습니다. 장량이 아무리 병법이 뛰어나도 분명 사람이니 어찌 죽지 않고 영원히 살 수 있겠습니까?"

'『통감강목』까지?'

정탁이 고개를 돌려 이원익을 보았다. 더 물을 것이 있으면 하라는 뜻이었다. 이원익은 류성룡의 이마를 떠올리며 엉뚱한 질문을 시작했다.

"『동문선』을 혹시 읽은 적은 있는가?"

『동문선』은 성종 시절 서거정(徐居正)이 편찬한 시문집이다. 신라에서부터 성종 대왕까지 조선에서 나온 탁월한 시문들이 담겼는데, 문신이라면 모를까 이순신처럼 무과에 응시하는 이가 일람(一覽)하기에는 벅찬 책이었다. 그러나 이순신은 이요신과 함께 『동문선』을 두루 살핀 적이 있었다.

"있습니다."

이원익이 여유를 주지 않고 다시 물었다.

"『동문선』에서 변방 풍경을 담은 시를 한 수 외울 수 있는가?"

"용재(慵齋, 성현의 호) 대감이 쓴 칠언고시 「호가곡(胡笳曲)」을 읊겠습니다."

석 점, 넉 점 북두성 밝고	三點四點北斗明
한 박(拍), 두 박 오랑캐 피리 소리.	一拍兩拍胡笳聲

피리 소리 흐르는 성(城)에 서리 가득하니,	胡笳聲中霜滿城
변방 사람 듣고 눈물을 줄줄,	邊人聽之淚縱橫
달 아래 고향 집 생각, 너무나도 그립네.	思家步月難爲情

"용재 대감 시를 좋아하는가?"

"특별히 좋아하는 건 아니나 두루 읽었습니다."

"하면 용재 대감이 남긴 문장 중에서 천하를 다스리는 이치에 관한 글이 있던가?"

이원익은 계속 이순신을 몰아세웠다. 식년 문과가 열리는 과장에서도 이런 물음에 선뜻 답하는 이는 드물다. 이 사내가 얼마나 대단하기에 류성룡의 마음을 온통 빼앗았는지 궁금했던 것이다. '무부가 글줄이나 읽었다 한들' 하고 깔보는 마음도 있었다. 이순신은 이원익이 비웃는 걸 눈치 채기라도 한 듯 이렇게 되물었다.

"물론 있습니다. 혹시 『부휴자담론(浮休子談論)』을 읽으셨는지요?"

이원익 얼굴이 벌겋게 달아올랐다. 서목은 들었으나 그 내용은 언뜻 떠오르지 않았던 것이다.

"그 서책은 왜 묻는가?"

정탁이 대신 끼어들었다. 이순신이 공손하면서도 분명하게 답했다.

"그 서책에서 용재 대감은 부휴자 입을 빌려 천하를 다스리는 이치를 다음과 같이 지적하십니다. '천하를 다스림에 방도가 있

으니 오직 공정할 따름이다. 임금은 공정해야 하니, 작위를 내리
는 것이 공정하고 상을 내리는 것이 공정하며 형벌을 쓰는 것이
공정하고 법을 지키는 것이 공정해야 한다. 신하도 공정해야 하
니, 관청 일을 함에 사사로운 일을 꾀하지 않고 공공장소에서 사
사로운 이익을 말하지 않으며 공적인 관직에 임하여 사사로운 은
혜를 베풀지 않고 공변된 의리를 따라 사사로운 욕심에 빠지지
않아야 한다. 임금이 공정하면 나라가 다스려지고 사사로우면
나라가 어지러워진다. 신하가 공정하면 몸이 편안하고 사사로우
면 몸이 위태해진다.' 공정함보다 더 중요한 이치는 없을 듯합
니다."

이원익이 굳은 얼굴로 물었다.

"하면 신하 중에서 공정한 이로 누굴 꼽을 수 있겠는가?"

이순신이 이원익과 눈을 맞추며 입가에 옅은 미소까지 지어 보
였다.

"부휴자가 한 말을 한 번 더 인용해 보고자 합니다. '신하 중
에 공정한 이로는 순 임금의 신하 우(禹)와 우 임금의 신하 직
(稷)만 한 이가 없었다. 우 임금이 신하로 있을 때 치수(治水)를
급한 일로 여겨 제때 일을 해내지 못할까 걱정하였고, 직은 농사
일을 급한 일로 여겨 다른 일을 할 겨를이 없었다. 차라리 자기
집안에 손해가 생길지언정 나라의 중요한 사업을 무너지게 하는
일은 차마 하지 않았다. 자기 재산을 잃게 될지언정 백성들을 다
치게 하는 일은 하지 않았다. 이 때문에 임금은 그들에게 일을
맡기고 의심하지 않았으며, 신하는 일을 하면서 다른 마음을 품

지 않았다. 지금 선비 된 자들은 그렇지 않아 벼슬길에 오르자마자 자기의 사사로운 이익에 힘써 작게는 뇌물을 받고 크게는 가렴주구를 행하며, 파리처럼 앵앵거리고 승냥이처럼 탐을 내어 끝을 모른다.'"

"무엄하구나. 조정 신료들이 사사로운 이익에나 힘쓰는 어리석은 무리란 말인가?"

이순신이 지지 않고 짧게 답했다.

"소생은 부휴자가 한 말을 옮겼을 뿐입니다."

정탁이 이원익에게 눈짓을 보낸 후 말했다.

"알겠네. 그만 나가 보게."

이순신이 문을 닫고 나가자 정탁은 기쁨을 참지 못하고 자리에서 일어섰다.

"이순신! 사리 분별이 분명하고 박학한 사람이로다."

그제야 이원익은 류성룡과 이순신의 인연을 이야기했다.

"전 수찬 류성룡과 함께 건천동에서 어린 시절을 보냈다 합니다."

"서애와 말인가? 비범한 이유가 다 있었군그래."

"하나 무예 솜씨 또한 글 솜씨만큼이나 뛰어난지는 모르는 일입니다."

"그야 그렇지만…… 무예까지 뛰어나다면 참으로 동량이 될 무인을 등과시키는 게요. 이순신, 이순신이라!"

이원익이 사족처럼 물었다.

"한데 저토록 시문에 능한 이가 왜 문과가 아니라 무과에 응시했을까요?"

정탁이 펼쳐 둔『소학』을 덮고 자리에서 일어섰다.

"이 정언은 별것이 다 궁금하구려. 식년 무과에 온 사람을 식년 문과로 가라 할 수는 없는 노릇 아니오? 우린 응시자들 중에 뛰어난 이를 가려 뽑으면 그만이오. 벌써 점심때가 다 되었군. 점심이나 먹은 후에 다음 사람을 보도록 하십시다."

"그렇게 하시지요."

며칠 후 등과자 명단이 발표되었다. 서울 출신의 사복(司僕) 문명신(文命新)이 갑과 일등에 뽑혔고 이순신은 병과 사등에 이름을 올렸다. 서른두 살에 맞이한 첫 광영이었다.

八, 악습惡習을 뚫은 화살 하나

융복 차림으로 부지런히 걷던 이순신이 느티나무 아래 걸음을 멈추었다.

햇살이 아주 따사로운 봄날이었다.

병자년(1576년) 십이월 함경도에서도 험하기로 소문난 삼수(三水) 동구비보(童仇非堡)에 종구품 권관으로 갔다가 햇수로 삼 년 만에 훈련원 봉사가 되어 한양으로 돌아온 것이다. 훈련원에 배속되자마자 인사(人事)를 맡으면서 기사와 기창 훈련을 전담하였다.

"여해!"

류성룡이 오른손을 흔들며 종종걸음으로 다가왔다. 이순신도 밝게 웃으며 읍하였다.

"형님! 그간 평안하셨는지요?"

117

"이 사람! 얼굴이 몰라보게 거칠어졌구먼. 삼수에서 고생이 이만저만 아니었나 보이."

"아닙니다. 북풍이 매섭고 겨울엔 눈이 많이 내려 조금 힘들긴 했지만, 변방을 지키는 장수라면 응당 겪는 일인 걸요."

"함경도 여러 장수들 가운데 자네 활솜씨가 으뜸이라는 소식을 함경 감사(咸鏡監司) 이후백(李後白) 대감에게 듣긴 했으이. 휘하 초병들 활솜씨 역시 자네 덕분에 몰라보게 좋아졌다더군. 이제 도성으로 왔으니, 훈련원 장졸들 무예 실력이 나아질 일만 남았으이."

류성룡이 주변을 둘러보며 물었다.

"한데 왜 예서 만나자고 한 건가? 좋은 술과 아름다운 춤, 흥겨운 가락이 있는 곳도 많거늘……."

류성룡은 이순신이 도성으로 돌아오자마자 만나자는 전갈을 넣었다. 그러나 처음엔 새로 맡은 공무를 파악할 시기라서 잠시 미루었으면 좋겠다는 답이 왔다. 저녁에 만나서 술이라도 한잔 들며 회포를 풀자는 서찰을 닷새 후에 또 보내자, 저녁을 함께하기는 어렵겠고 점심 때 잠시 건천동 느티나무 아래에서 뵈올 수 있으면 한다는 연통이 온 것이다.

"형님 얼굴을 뵐 수 있는 곳일진대 산해진미 그득한 식점이면 어떻고 또 이곳 느티나무 아래면 어떻습니까. 아직 제 공무를 자세히 살피지도 못했고, 또 인사를 담당하는 훈련원 봉사가 사사로이 조정 신료와 저녁을 먹으며 술을 마시는 것은 가급적 피하는 것이 좋을 듯하여……."

류성룡이 말허리를 잘랐다.

"허어, 아무리 그래도 그렇지. 술 한잔도 아니 된다 이 말인가?"

"막상 이 자리로 오고 보니 하루에도 청탁이 한두 번씩 들어옵니다. 이럴 때 형님과 만나는 것이 오히려 형님께 누가 될 수도 있겠다고 생각했지요."

"자네답구먼. 그래서 조용히 둘만 저녁에 만나는 자리는 피하고 이렇게 벌건 대낮에 건천동 거리에서 만나자고 한 게로구먼. 인사를 맡은 이들이 다 자네처럼 강직하다면 이 나라엔 뛰어난 인재들이 그득할 게야. 술 한잔 못하는 게 아쉽긴 하나 자네 뜻대로 열심히 하게."

"이 느티나무 기억나지 않으십니까?"

이순신이 아름드리 느티나무를 손바닥으로 툭툭 치며 물었다. 류성룡이 고개를 갸웃거리며 되물었다.

"건천동에서 우리가 함께 뛰놀 때부터 여기 있던 나무가 아닌가?"

"서애 형님이 이 느티나무 아래에서 처음 치우 이야기를 해 주셨지요."

"아, 그랬나!"

류성룡은 치우 발자국을 찾아 나섰던 그 여름밤이 떠올랐다. 목멱산에 치우 발자국이 있다고 강변한 것은 원균이지만, 치우가 얼마나 크고 무공이 강했는가를 들려준 것은 류성룡이었다. 이순신이 빙긋 웃으며 말을 이어 갔다.

"삼수에서 북방 밤하늘을 우러르던 겨울이었습니다. 처음으로 장수가 되고 싶었던 적이 언제였을까 떠올려 보았답니다. 이 느티나무 아래에서 서애 형님으로부터 치우 이야기를 들었을 때, 장수로 사는 것도 퍽 멋지겠다고 생각했습니다. 꼭 한번 형님과 이 느티나무 아래에 와 보고 싶었지요."

류성룡이 이순신 곁으로 와서 느티나무를 짚고 올려다보며 말했다.

"나는 여해 자네가 평중 때문에 장수의 꿈을 꾸기 시작한 게 아닐까 생각했네. 평중은 어렸을 때부터 장수가 되겠다고 입버릇처럼 말했으니까. 한데 내 이야기를 듣고 장수의 삶을 처음으로 살폈다니 놀랍군. 그때 자네에게 치우 얘기 말고 공맹이나 주자의 삶을 들려줬다면 지금쯤 나와 함께 홍문관 앞뜰을 거닐고 있었을까. 하하하, 농담일세."

이순신도 조용히 따라 웃었다. 류성룡이 그 꺼칠꺼칠한 볼과 피딱지가 앉은 입술을 바라보며 충고했다.

"훈련원 생활이 쉽지만은 않을 거야. 동구비보에서야 초병들 잘 거느리고 야인들과 맞서 싸우면 되지만, 훈련원은 그보다 훨씬 복잡해. 제각각 조정 중신들과 연줄이 닿아 있는 장수들이 거의 대부분이라고 보면 되네. 자네도 방금 말했듯이 국법에 어긋난 청탁도 많고 부당한 군령도 있지. 자네 힘으로 바로잡기 힘들면 언제든 내게 연통을 넣게."

"그 말씀 감사합니다. 하나 제 공무를 형님과 의논하는 것 역시 옳은 일은 아닌 듯합니다. 연줄이란 공무를 사사롭게 의논하는 데서 비롯하니까요."

류성룡이 이순신 어깨를 가볍게 붙잡았다 놓으며 고개를 한 번 저었다.

"아, 알았네. 등과하기 전부터 의협(義俠)을 자처한 여해란 걸 깜빡 잊었구먼. 하나 너무 곧기만 하면 부러지는 법. 훈련원 봉사인 자네가 해결하기에 벅찬 일이 반드시 있을 걸세. 자네 힘으로 최선을 다해 보고 그래도 안 되면 날 찾아 주게. 기다림세."

훈련원 봉사 박대송(朴大松)이 대문 앞까지 나와 서성거리다가 이순신을 보고 곧장 달려왔다. 일곱 살 어린 박대송은 과거에 급제하자마자 훈련원 봉사로 임명되었기에 이순신이 겪었던 함경도 생활을 매우 흥미롭게 물어 오곤 했다.

"이 봉사! 병조 정랑(兵曹正郎)께서 기다리고 계신다오. 노발대발 화가 많이 나셨소. 무슨 큰 잘못이라도 범한 게요?"

이순신이 대답 대신 성큼 대문 안으로 걸어 들어갔다.

"이노옴! 감히 내 명을 거역해? 그러고도 살아남기를 바라느냐?"

조복을 말끔히 차려 입은 병조 정랑 서익(徐益)은 방으로 들어오는 이순신을 보자마자 고함부터 질러 댔다. 이순신은 읍하여 예의를 갖춘 후 차분히 물었다.

"미리 연통도 주시지 않고 어인 일이십니까?"

"뭐라? 어인 일이냐고? 그걸 몰라서 묻는 게야?"

이순신이 단정히 답했다.

"모르겠습니다."

서익이 혀를 차 댔다.

"몰라? 삼수에서 제 고집만 세우는 놈이 왔다더니 정말 어쩔수가 없군. 모르겠다면 내 일러 주지. 훈련원 봉사 남종(南種)을 참군(參軍)으로 승진시키는 공문을 지어 올리라는 명을 받지 않았다고 할 텐가?"

남종은 훈련원에서 벌어지는 크고 작은 일을 서익에게 미리 알리고 사사로이 의논하는 위인이었다.

"장수들 승진 관련 공문은 이미 어제 병조로 올려 보냈습니다."

서익이 품에서 서찰 한 장을 꺼냈다. 겉봉을 열고 종이를 펴탁자 위에 폈다.

"똑똑히 보아라. 이게 어제 네가 올린 공문이렷다?"

이순신이 공문 끝에 적힌 수결(手決)과 필체를 확인한 후 답했다.

"그렇습니다. 한데 왜 이 공문을 되가져오셨습니까? 잘못된 부분이라도 있습니까?"

"잘못되어도 크게 잘못되었지. 네가 올린 글에는 남종이란 이름조차 없지 않느냐? 내 친히 말했거늘 남종을 승진 명부에서 네 멋대로 뺀 까닭이 무엇이냐?"

이순신이 두 눈에 힘을 잔뜩 넣고 딱 부러지게 답했다.

"소장 멋대로 뺀 것이 아닙니다. 이번엔 남종이 승진할 차례가 아닙니다. 아무 공도 없는 자를 월천(越薦, 순서를 앞질러 추천함)하면 다른 장수들이 피해를 입게 됩니다."

"허어! 내가 특별히 남종을 부탁하지 않았느냐? 이제 와서 이런 식으로 날 욕보이려 드는가?"

"그때도 법도에 따라 처결하겠다고 말씀드렸습니다."

서익이 혀를 끌끌 찼다.

"그야 남들 보는 앞에선 그리 말하지만, 병조 정랑 뜻에 따라 장수들 한두 명쯤은 승진을 더하는 게 지금까지 관례였어. 한데 이 오랜 관례를 자네가 지금 깨겠다는 것인가?"

이순신이 지지 않고 맞받아쳤다.

"소장은 법이 정하는 대로 공무를 볼 뿐입니다. 관례가 법에 어긋난다면, 그 관례는 따를 필요가 없다 보옵니다. 소장이 올린 공문이 잘못되었다면 정식으로 소장을 병조에 고변하고 잡아들여 문초를 하십시오."

서익이 목청을 높였다.

"자꾸 법, 법 하지 마라. 삼수 골짜기에서 썩다 와 도성 사정을 잘 모르나 본데, 앞으로 장수 노릇 제대로 하려면 관례를 중히 여기고 모나지 않게 처신해야 할 게다. 상관인 나를 죄인으로 몰면 네 앞날이 평안하리라고 보는가? 이 공문을 당장 다시 고쳐 쓰도록 해."

서익이 중필(中筆)을 들어 이순신에게 내밀었다.

"못합니다."

이순신이 한 걸음 물러서며 거절할 뜻을 분명히했다.

"어서 받아 쥐지 못할까."

서익이 오른 손목을 잡아끌어 붓을 쥐어 주려 했다.

"이것 놓으십시오."

이순신이 오른손을 힘껏 뿌리쳤다. 서익은 그 힘에 밀려 엉덩 방아를 찧었다. 허공을 빙글빙글 돌던 중필이 단학흉배(單鶴胸背) 에 닿아 호랑이 머리를 시커멓게 물들였다.

"이놈이 정말!"

서익이 벌떡 일어서서 주먹을 날렸다. 이순신이 그 주먹을 왼 손으로 꽉 잡아 쥐고 버텼다. 서익은 얼굴이 벌겋게 달아올랐다.

"악, 아악!"

갑자기 서익이 비명을 내질렀다. 이순신이 아귀에 힘을 더하자 당해 내지 못한 것이다.

"두고 보자. 오늘 일은 반드시 갚아 줄 것이야."

서익이 손목을 부여잡고 방을 나서자마자 마당에서 서성이던 박대송이 뛰어들어 왔다.

"이 봉사! 앞으로 이 일을 어찌 하려고 그러오? 남종이 참군에 오르든 말든 그게 이 봉사와 무슨 상관이 있단 말이오? 눈 딱 감 고 넘기면 그만인 것을, 병조 정랑 심기를 불편케 하여 무슨 득 이 있다고……. 어서 당장 뒤따라가오. 가서 돈수백배 사죄하고 남종을 참군으로 올리겠다고 말씀드리시오. 어서!"

이순신은 바닥에 떨어진 중필을 집어 제자리에 올려놓은 다음 벽에 걸린 흑각궁과 전동을 집어 들었다.

"이 봉사! 시간이 없소. 당장 내일이라도 이 봉사를 파직할지도 모르오."

이순신이 의복을 다시 한 번 고쳐 살핀 후 박대송에게 한 마디 했다.

"난 서 정랑에게 용서를 구할 일이 없소. 잘못이 없는데 어찌 파직을 당한단 말이오? 군졸들에게 각궁(角弓) 쏘는 시범을 보이기로 했으니 먼저 가겠소."

이순신은 나흘마다 한 차례씩 장졸들에게 각궁을 가르쳐야 했다. 오늘은 그 네 번째 시간이다.

"지금 각궁 시범이 문제가 아니란 걸 왜 모르시오? 벼슬을 잃고 나서 후회해도 소용이 없소."

이순신은 더 이상 말을 않고 군졸들이 기다리는 사장(射場)으로 향했다. 방금 전 서익과 언성을 높이고 다툰 사람이라고는 볼 수 없을 만큼 걸음걸이가 단정하고 힘이 넘쳤다.

군졸 쉰 명이 호기심 어린 눈으로 이순신을 쳐다보았다. 함경 감사 이후백이 보는 앞에서 활을 들어 삼백 보 밖에 어슬렁거리던 호랑이 목을 맞혔다는 풍문을 전해 들은 것이다.

이순신은 군졸들을 일렬로 세워 한 사람 한 사람마다 활 쏘는 자세를 고쳐 주었다. 자세 교정이 끝난 후에는 나무 그늘에 불러 모은 후 질문을 받았다. 시범만 한 번 보여 주고는 반복해서 활을 쏘고 말을 달리게 하며 호통만 쳐 대는 다른 장수들과는 확실히 달랐다.

처음에는 군졸들이 서먹서먹했는지 질문도 못 했다. 그러나 계속해서 이순신이 편안하고 자상하게 활을 쏘는 법과 활에 얽힌 일화들을 들려주자 지난번부터는 곧잘 질문을 던졌다. 오늘은 더욱 분위기가 좋았다.

키가 멀대처럼 큰 군졸이 먼저 물었다.

"과녁을 쏠 때와 짐승을 쏠 때, 또 사람을 쏠 때 다른 점이 있습니까?"

이순신이 답했다.

"활을 쏠 때는 맞히는 데에만 집중해야 한다. 살아 있느냐 죽었느냐, 사람이냐 짐승이냐, 움직이느냐 멈춰 있느냐를 따져서는 아니 된다."

다른 군졸이 물었다.

"검술이나 봉술에 비해 궁술에서 가장 큰 어려움은 무엇입니까?"

"참고 또 참는 인내다. 검술이나 봉술은 나아가 싸우면 되지만, 궁술은 적이 먼저 최대한 가까이 다가올 때까지 기다려야 한다. 그 고요를 참지 못하고 섣불리 화살을 날렸다간 대패를 면할 수 없다."

군졸들이 일제히 고개를 끄덕였다.

답을 끝마친 이순신은 사대(射臺)로 올라섰다. 전동에서 철전을 하나 뽑아 흑각궁에 걸었다. 이백 보 너머에 놓인 알과녁을 힘차게 노려보았다. 류성룡이 온화하게 미소 짓는 모습이 스치고 난 자리에 서익이 날카로운 눈초리로 노려보는 모습이 머물렀다.

'관례를 따르렷다! 네까짓 게 무엇인데 관례를 따르지 않는 것

이냐.'

맞바람을 가르며 날아간 화살이 알과녁에 박혔다. 고전기가 흔들리자 군졸들이 탄성을 올렸다. 다시 화살을 뽑아 드는 이순신은 손놀림에 조금도 흐트러짐이 없었다. 오백 년 묵은 느티나무처럼 한결같은 모습이었다.

九. 발포에서 벼슬을 잃다

이순신은 훈련원 봉사로 근무한 지 여덟 달 만에 충청 병사(忠
淸兵使) 아래 군관으로 자리를 옮겼다. 궁술 배우는 재미에 한창
빠져 있던 훈련원 군졸들은 이순신이 전출 가는 걸 아쉬워하며
한강까지 배웅을 나왔다. 병영이 있는 충청도 해미(海美)로 내려
가서도 이순신의 자세는 흔들림이 없었다. 공무를 볼 때에는 청
렴하고 강직했고, 장졸들에게 무예를 가르침에 있어서는 자상하
고 빈틈 없었다.

이듬해인 경진년(1580년) 초여름.

이순신은 전라도 흥양현(興陽縣)에 있는 발포 만호(鉢浦萬戶)로
임명되었다. 충청 병영 장수들은 남해안에 있는 발포가 왜구들
침입이 잦은 궁벽한 고을이라면서 이순신을 걱정해 주었다. 그러
나 짐을 싸는 이순신은 손놀림이 무척 날렵했고 얼굴도 매우 상

기되어 있었다. 드디어 수군 장수가 되어 왜적과 직접 맞서 싸울 수 있는 곳으로 내려가는 것이다.

'이놈들! 기다리고 있어라. 금오산 백성들의 피 맺힌 원한을 갚아 주마. 얼씬하는 날에는 한 놈 남김없이 싹 쓸어 주리라.'

발포에 닿자마자 이순신은 무너진 성벽을 쌓고 군졸들을 더욱 엄하게 훈련했다. 왜구와 맞서 싸워도 지지 않을 강병으로 키워 내기 위해서였다.

그러나 왜구들과 전투를 벌일 기회는 쉽게 찾아오지 않았다. 근처에 있는 녹도(鹿島)와 여도(呂島)에는 두 차례씩 왜구가 출몰했지만 발포에는 얼씬도 않았던 것이다. 도움을 청하는 공문을 받고 녹도까지 나가기도 했지만 이미 왜선은 경상도 바다로 사라지고 난 후였다.

발포에서도 이순신의 강직한 고집은 이름이 났다. 관례일지라도 법에 맞지 않으면 과감하게 무시했으며, 군령(軍令)일지라도 이유 없이 백성들에게 피해를 주는 부당한 일이라면 결코 따르지 않았다. 무슨 일을 할 때든 그 일이 의로운 일인가를 재삼재사 따져서 행동에 절대로 그늘이 없도록 했다.

발포 관아 앞에 선 오동나무는 이순신의 강직함을 보여 주는 증거물이었다. 전라 좌수사(全羅左水使) 성박(成鎛)이 그 나무를 베어 거문고를 만들어 올리라고 명하자 이순신은 그 일의 사사로움을 지적하면서 단칼에 거절했던 것이다. 성박이 이순신을 좌수영으로 불러들여 화를 내며 꾸짖었을 때, 이순신은 담담하게 이렇게 답했다.

"장군께서 아무리 전라 좌수사라 할지라도 휘하 군영에 있는 관아 기물을 마음대로 운용하는 것은 법에 어긋나는 일입니다. 그 일이 오랜 관례였다고 해도 이제 잘못을 바로잡아야만 합니다."

사사건건 법을 내세우고 의를 따지는 이순신이 껄끄러웠던 전라 좌수사 성박과 그 후임인 이용(李軾)은 이순신을 다른 곳으로 전출하거나 파직하려고 했다. 이용은 고과(考課, 이조나 병조에서 일 년에 두 차례씩 관원의 공과를 조사하는 일)를 할 때 이순신에게 가장 낮은 평점을 주었지만, 때마침 전라도 도사(都事)로 와 있던 중봉(重峯) 조헌(趙憲)이 그 부당한 고과를 정정하기도 했다. 쉽지 않은 세월이었다.

그렇게 발포에서 한 해 반이 지난 임오년(1582년) 정월. 훈련원 참군으로 자리를 옮긴 박대송으로부터 서찰이 왔다. 이순신에게 인사 청탁을 했다가 수모를 당한 서익이 열흘 전 군기 경차관(軍器敬差官, 각 병영에 있는 군 장비를 검사하여 상벌을 정하는 임시 벼슬)으로 임명되어 떠났다는 것이다. 전라도 병영을 돌고 있을 테니 미리 대비를 하라는 우정 어린 편지였다.

이순신은 그 서찰을 아래로 내리고 손수 그린 흥양현 지도를 서안에 올려놓았다. 지도를 살피던 이순신의 눈길이 유주산(楡朱山)에서 멈추었다. 작년 한 해 이 산에서 실종된 사람만도 남자가 셋, 여자가 넷이었다.

날발이 무릎을 꿇은 채 하문을 기다렸다. 이순신이 은밀하게 내린 명을 받들어 실종자들 집을 돌아보고 오는 길이었다.

"그 여자들이 서로 전혀 모르는 사이다, 이 말이지? 확실한가?"

"그렇습니다. 전혀 내왕이 없었습니다."

이순신은 사라진 여자들의 면면을 떠올려 보았다. 김 진사 만딸, 박 생원네 몸종, 남의 밭을 부치며 사는 과부 엄 씨, 홍양현 관아 이방의 어미 남 씨. 나이도 다르고 신분도 제각각이었다.

"새벽에 약수를 뜨려고 산에 오른 것도 맞고?"

"예!"

"알겠다. 곧장 군졸 열 명을 데리고 그 약수터에 가 있어라. 나도 곧 뒤따라가마."

이순신은 벌써 닷새째 날발과 함께 감천(甘泉) 약수터에서 밤을 보냈다. 날발은 온종일 감천을 지켰고 이순신도 낮 동안 공무를 본 후 밤길을 달려갔다. 날발이 나간 후 이순신은 지도를 뒤집었다.

五, 七, 九, 十一.

숫자들이 적혀 있다. 붓을 들어 그 다음에 '十一'을 써 넣었다.

이순신은 보름 전에도 홍양 현감을 만나서 왜구들 침입에 대비할 것을 역설했다. 그러나 홍양 현감과 동석한 장수들은 겨울엔 노략질이 줄어든다며 사서 걱정 말라고 웃어 넘겼다. 발포 만호가 조화옹(造化翁)도 아닌데 왜구가 언제 오는가를 어찌 알 수 있느냐고도 했다. 유주산에서 사라진 실종자들을 재조사하자는 주

장도 묵살했다. 가끔 천등산(天燈山), 장기산(張機山), 유주산 일
대에 나타나는 호랑이 짓일 가능성이 크다는 것이다.

'왜놈들이다. 틀림없이 왜놈들이야.'

이순신은 올해 들어 네 차례 있었던 노략질과 여자들이 사라진
달이 일치한다는 것을 깨달았다. 오월, 칠월, 구월, 십일월 초에
여자들이 감천 근방에서 사라지고, 그 달 말에 왜선이 녹도와 여
도 근방을 각각 두 차례씩 습격했던 것이다. 그 간격을 따르면
정월 초에 다섯 번째 실종자가 감천에서 생겨야 한다. 이순신은
그 현장을 덮칠 계획이었다.

황혼 무렵, 이순신은 흑각궁과 전동을 챙겨 메고 장검을 든 채
유주산으로 향했다. 감천을 가운데 두고 다섯 명씩 두 패로 나뉘
어 좌우로 매복했다. 군졸들은 표정에 불만이 가득했고 대답도
무뚝뚝했다. 굳이 발포를 지키는 수군이 유주산까지 맡아 고생할
까닭이 없는 것이다. 닷새나 감천을 지켰지만 허리에 좋다는 약
수를 담으러 오는 백성들이 새벽부터 밤늦게까지 걸음할 뿐이었
다. 물론 흥양 현감이 주장한 호랑이의 흔적도 찾을 수 없었다.
그만 하산하고 싶었지만 만호가 몸소 함께 밤을 지새우고 있으니
우는 소리도 못했다.

'왜선이 전라도 땅까지 들어오는 것이 문제다. 전라 좌수사와
오관 오포 장졸들이 있지만 제각각 흩어져 있기 때문에 높은 파
도에 배를 숨기고 들어오는 왜선을 잡지 못한다. 오관 오포 장졸
들이 함께 모여 진법 훈련을 하고 서로 가장 약한 부분을 확인하
고 지킨다면, 어찌 왜구가 예까지 들어올 수 있으랴. 하나 지난

일년 반 동안 오관 오포의 군선을 모두 동원한 진법 훈련은 단 한 차례도 없었다. 좌수사와 오관 오포 장수들이 좌수영이 있는 여수에 모여 술자리 한 번 가지면 그것으로 진법 훈련이 끝나는 판이다. 이래서는 안 된다. 내가 전라 좌수사라면 적어도 두 달에 한 번은 오관 오포 군선들을 이끌고 전라 좌도 바다를 누비리라. 왜선들이 얼씬도 못하도록 방비를 철저히 하리라. 기회만 온다면, 기회만 온다면.'

밤이 점점 깊어 가자 사람들 발길도 끊어지고 감천을 살피던 군졸들 눈망울도 점점 흐릿해졌다. 졸음이 밀려와 눈을 부비고 하품을 해 대는 이들이 늘어났다. 이순신이 장검을 쳐들고 엄히 꾸짖었다.

"졸지 마라. 졸면 죽는다. 눈을 크게 뜨고 주위를 살펴라. 조는 놈은 장(杖) 스무 대를 치겠다."

경고를 마친 이순신은 홀로 비탈길을 기어올랐다. 감천 주위를 크게 한 바퀴 돈 다음 유주산 꼭대기에 올라 사방을 살피기 위함이었다. 캄캄한 밤에 산을 오르는 것은 매우 힘들었다. 길을 잃고 헤매다 고사목(枯死木)에 걸려 뒹군 적도 많았고 더듬더듬 길을 찾다 낭떠러지에서 멈춘 적도 있었다.

'참고 또 참겠다. 이깟 추위와 졸음쯤은 아무것도 아니다. 기다리겠다. 네놈들이 스스로 찾아들 때까지.'

유주산을 휘이 돌아 다시 감천으로 향하니 어느새 새벽이 가까웠다. 감발을 했지만 발가락에 감각이 없다. 무릎도 시리고 귀도 떨어져 나갈 듯 아리다.

이순신이 급히 소나무 뒤에 몸을 숨겼다. 인기척이 난 것이다.

두런두런 이야기를 나누며 작은 물동이를 머리에 인 아낙 둘이 나타났다. 새벽부터 약수를 길러 나온 것이다. 이순신이 고개를 들어 감천 왼편을 살폈다. 아낙들을 발견하고 안심하는 날발의 얼굴이 어둠 속에서 언뜻 나타났다 사라졌다.

감천에 도착한 아낙들이 물동이를 머리에서 내려놓았다. 패랭이를 쓴 사내 둘이 어둠 속에서 불쑥 솟아난 것은 순간이었다. 장졸들이 잠시 한눈을 판 사이에 어느새 다가와 있었던 것이다.

'왔다!'

이순신은 침착하게 전동에서 철전을 꺼내 흑각궁에 걸었다.

사내들은 아낙들이 비명을 지를 겨를도 없이 오른손으로 입을 틀어막았다. 그들은 왼손으로 아낙들의 옷고름을 빠르게 풀어헤쳐 젖가슴을 움켜쥐었다.

날발을 비롯한 군졸들 열 명이 동시에 사내들을 에워쌌다. 두 사내는 눈에 놀라움과 두려움이 그득했다. 날발이 짧게 명령했다.

"순순히 오라를 받아!"

짧은 침묵이 흘렀다. 사내들은 서로 눈길을 주고받은 다음, 갑자기 아낙들을 확 뿌리치면서 옷 속에 감춘 칼을 뽑아 들어 앞선 군졸을 베었다.

"왜구다."

군졸들이 주춤거리는 순간 왜인들이 왼쪽으로 내달렸다. 숲으로 몸을 숨겨 달아날 작정이었다. 발 빠른 날발이 허공을 날아서 두 사람 뒤통수를 동시에 걷어찼다. 군졸들이 달려들어 고꾸라진 그자들을 오라로 꽁꽁 묶었다.

'제법인걸.'

이순신이 미소를 지으며 일어서 나가려다가 다시 봄을 웅크렸다. 산비탈에서 서늘한 살기(殺氣)가 번뜩였던 것이다.

왜인 둘을 사로잡아 의기양양하던 군졸들 뒤를 왜인들의 한패거리가 표창을 날리며 급습했다. 허벅지와 어깨에 표창을 맞은 군졸들이 비명을 지르며 쓰러졌다. 겨우 표창을 피한 군졸들은 창과 검을 휘두르며 왜인들과 맞섰다. 새로 나타난 자들은 열 명이 넘었다. 날발이 창을 휘두르며 분투했지만 역부족이었다. 조금 더 지체하면 군졸 열 명이 몰살당할 위기였다. 이순신이 드디어 시위를 당겼다.

휘익!

바람을 가르며 철전 하나가 막 왜도를 뽑아 쳐든 왜인 이마에 정확하게 꽂혔다. 쿵 소리와 함께 쓰러진 동료를 돌아보는 다른 왜인들 이마에도 연이어 화살이 박혔다. 순식간에 네 명, 다섯 명이 쓰러지자 왜인들은 몸을 낮추고 나무나 바위 뒤에 숨었다. 그 틈에 날발이 부상당한 군졸과 아낙들을 이끌고 옆으로 몸을 피했다. 왜인들 역시 저희 동료의 시체를 들쳐업고 비탈길을 넘어 달아났다. 왜인들이 완전히 사라지기를 기다려 이순신은 감천으로 나갔다. 날발이 달려와서 보고했다.

"다친 군졸이 네 명이지만 목숨엔 지장이 없습니다."

"여인들은 무사한가?"

"조금 놀랐을 뿐입니다. 대장님이 저들 목숨을 모두 구하신 겁니다. 한데 왜놈들이 나타날 줄 어찌 아셨습니까?"

이순신이 대답 대신 고개를 들어 다친 군졸들과 그때까지도 벌벌벌 떨고 있는 아낙들을 살폈다.

'왜놈들을 모조리 죽이지 못하고 살려 보내다니 분하고 분하다! 하나 화를 당할 뻔한 여인들을 구했으니 오늘은 이 정도로 물러가자. 다시는 함부로 조선 땅을 노략질할 마음을 못 먹게 하리라.'

이순신은 발포로 돌아온 후 다시 군졸들 상처를 일일이 살폈다. 무기를 확인하니 장창 둘이 부러졌고 장검 하나는 이가 빠졌다. 이순신은 상한 무기를 다시 벼리게 하고 그 새벽에 있었던 전투를 자세히 적어 전라 좌수사와 흥양 현감에게 보냈다.

군기 경차관 서익이 발포로 들이닥친 것은 다음 날 아침이었다. 관사 앞뜰에 있는 오동나무를 손바닥으로 문지르며 서익은 히죽 웃었다.

"이 나무인가? 전(前) 전라 좌수사 성박이 베어 가려 했다가 이 만호에게 혼이 났다는 오동나무가."

서익은 답변을 기다리지도 않고 바로 일렀다.

"군기고(軍器庫)로 가세나."

이순신이 묵묵히 앞서 걸으며 서익 일행을 안내했다. 군기 대장과 무기고에 진열된 창과 활, 방패와 북 등을 대조하던 서익이 장검 하나가 부족함을 짚어 냈다.

"검 한 자루가 어디로 갔는가?"

"날이 상해서 다시 벼리러 보냈습니다."

"날이 상하다니? 병기를 어떻게 다루었기에 함부로 상하게 한단 말이야?"

"어제 유주산에서 왜구와 교전이 있었습니다."

"유주산? 수군 만호가 무엇하러 산에 가서 왜구와 싸운단 게야. 흥양현에 왜구가 왔다는 이야기는 못 들었는데. 이런, 이 장창들은 아예 반으로 뚝 부러졌구먼."

서익이 양손에 장창을 들고 흔들어 댔다.

"이미 전라 좌수사와 흥양 현감께 공문을 올렸습니다. 가서 확인하시면 부상병이 생긴 연유와 무기들이 파손된 까닭을 아실 겁니다. 그 공문 초안을 보여드릴 수도 있습니다."

서익이 고개를 외로 꼬며 내뱉었다.

"국법에 정한 대로일세. 난 자네가 왜구와 얼마나 잘 싸우는가를 보러 온 것이 아니라 발포 무기고가 얼마나 훌륭하게 정비되어 있는지를 보러 온 거야. 여기서 본 그대로를 적어 병조에 올릴 걸세. 덧붙일 일이 있거든 따로 장계를 올리도록 하게."

서익이 군기고를 벗어나려 하자 날발이 그 앞을 쓰윽 막아섰다. 온몸을 던져 왜인들과 맞서느라 이마가 찢어지고 오른 뺨이 시퍼렇게 부어올랐다.

"못 가십니다."

"이놈이 어딜 감히 막아서는 것인가? 썩 비키지 못해!"

서익이 호통을 쳤지만 날발은 오히려 한 걸음 더 다가서며 목청을 높였다.

"다친 군졸들을 보고 가십시오. 어제 새벽에 얼마나 치열한 전투를 치렀는지 아실 겁니다."

서익이 코웃음을 쳤다.

"허어, 그 말을 지금 나보고 믿으라는 건가? 발포 소속 군졸이라면 응당 발포 만호에게 유리한 증언을 할 게 뻔한 것을."

"잠시만 시간을 주십시오. 어제 목숨을 구한 두 아낙을 이 자리로 데리고 오겠습니다."

"이놈아! 오늘 중으로 녹도와 여도를 다 돌아보아야 한다. 한가하게 발포에서 노닥거릴 여유가 없어. 썩 비켜라."

"그래도!"

서익이 날발의 가슴을 밀며 나가려 하자, 날발이 허리에 힘을 주고 버텼다. 서익 뒤에 서 있던 이순신이 날발에게 명령했다.

"어서 비켜 드려라."

날발이 이순신을 쳐다보았다.

'대장! 이대로 보내면 억울한 누명을 쓰게 됩니다.'

이순신이 거듭 고개를 젓자 날발이 왼쪽으로 몸을 틀며 길을 내주었다. 서익이 재빨리 그 사이로 빠져나갔다.

보름 후, 이순신은 군기(軍器)를 제대로 보수하지 않았다는 죄로 파직되었다. 이순신은 간단히 짐을 꾸려 발포를 떠났다. 군졸과 백성들은 흥양현까지 따라오며 이별을 아쉬워했다.

하루하고도 반나절을 꼬박 걸어 전라도를 지나 충청도 땅으로 접어들 즈음, 그때까지 울분을 참고 있던 날발이 한마디 했다.

"대장! 그때 군기 경차관을 그렇게 보내는 것이 아니었습니다.

대장은 잘못한 일이 하나도 없지 않습니까?"

이순신이 날발을 돌아보며 타이르듯 말했다.

"세상일은 반드시 올바름으로 돌아오는 법! 옳은 일을 했으면 그것으로 된 게다. 남 탓은 해서 무엇 하겠느냐. 벼슬이야 또 할 기회가 있겠지. 날발아! 자, 어서 가자꾸나. 오늘밤까진 백암리에 닿아야지."

十、 여진의 춤추는 보석, 무옥

조산 만호 원균은 두만강을 건너 야인들이 모여 사는 마을을
은밀히 살피고 있었다.

"저기가 니탕개(尼湯介)가 있는 강존(剛尊) 마을입니다."

야인 복장을 한 매부리코 최명이 말했다.

"저 우리에 있는. 많은 말들은 다 뭔가?"

"니탕개가 거느린 기병들이 타는 말입니다."

곰보 조용식이 답했다. 둘 다 풍산 권관 시절부터 거느렸던 군
관이다. 원균은 조산 만호로 돌아오자마자 두 사람을 다시 자기
밑으로 데리고 왔다.

북병영에서 기우제를 베풀며 단선(斷扇, 비가 오기를 바라는 마음에
서 부채를 들고 다니지 못하게 금하는 명령)까지 했던 계미년(1583년)
정월부터 여진족 추장 니탕개는 부하 수천 명을 이끌고 두만강을

넘나들었다. 곡식과 의복을 빼앗기 위한 단순한 노략질이 아니라 육진(六鎭)을 한꺼번에 삼키려는 전초전 성격이 강했다.

원균은 북병사에게 장계를 올려 강존 마을 염탐을 자원했다.

"저 말들을 흩어 놓아야겠군."

최명과 조용식이 두 눈을 크게 떴다. 겨우 셋이서 어찌 야인들 수백 명이 지키는 강존 마을을 공략할 수 있겠는가. 그러나 두 사람은 염탐만 끝내고 돌아가자고 권유할 수 없었다. 원균이 누구인가. 한번 뱉은 말은 목숨을 걸어서라도 지키고야 마는 무미호(無尾虎)가 아닌가.

"생각해 두신 게 있습니까?"

최명이 짧게 물었다. 원균이 가슴을 쭉 펴고 답했다.

"암, 있고말고. 최 군관은 저 우리까지 조용히 내려가서 기다리고 있게. 나는 말을 한 필 구해 언덕 위로 달리겠네. 하면 말 우리를 지키는 군졸들이 날 잡으려고 달려올 게야. 그때 적당히 분위기를 봐서 우리를 열고 불을 질러 말들이 뛰쳐나가도록 만들게. 조 군관은 급히 강을 건너가서 군졸들을 더 차출해 와. 말을 잘 다루는 자들이어야 해. 수심이 얕은 곳으로 말들을 이끌어 데리고 가는 거다. 어때?"

"위험합니다. 그러다가 잡히면 장군만 화를 당하십니다."

조용식의 얽은 코가 더욱 빨개졌다. 긴장하면 코부터 긁어 대는 습성 때문이다.

"화근은 미리 싹을 잘라 내야 해. 조선 강토를 유린하는 데 쓰일 말들을 보고 나서 그냥 두고 갈 수는 없어. 걱정 말고 자네들이나 무사히 달아나도록 해. 강을 건너와 잠시 쉬었던 향나무 아래에서 오늘밤 술시(오후 7~9시)쯤 만나세. 혹 자시가 지나도 내가 오지 않거든 먼저 가도록 하고."

"차라리 같이 움직이시죠."

최명도 원균이 미끼가 되는 것을 막고 싶었다.

"셋이서 함께 다닌다고 뾰족한 수가 나나? 아니야. 지금으로선 이게 최선이야. 최 군관, 그리고 조 군관! 멋들어지게 놈들 말을 쫓아 버리는 걸로 먼저 기선을 제압하자고. 자, 어서 가서 기다리게."

원균이 흰 구절초 꽃을 꺾으며 일어섰다.

"알겠습니다. 조심하십시오."

최명이 강촌 마을로 내려가고 조용식이 두만강 건너로 떠나자 원균은 검은딱새 울음소리가 시끄러운 참나무 숲을 살폈다. 두만강에서 강촌 마을까지 뻗은 가장 가까운 길이다. 참고 기다리면 말 한 필쯤 빼앗는 것은 어려운 일이 아니다. 기어오르기에 적당한 나무 하나를 골랐다. 양손에 침을 퉤퉤 뱉고 바지에 쓰윽 문지른 다음 느릿느릿 나무를 올라 길 쪽으로 반 넘게 뻗은 가지 위에 걸터앉았다. 두 다리를 허공에 가볍게 흔들었다.

멀리서 흙먼지를 일으키며 말 두 필이 달려왔다. 머리를 곱게 땋아 내리고 채찍을 휘두르는 모습이 아무래도 여자들인 듯싶었다. 여자들은 좁은 숲길로 접어들자 속도를 늦추었다.

'야인들은 여자도 말에 능하다더니 사실이군그래.'

백마가 지나가고 그 뒤를 따르는 흑마가 원균 발아래까지 왔다.

원균은 가볍게 몸을 날려 흑마에 탄 여자 뒷목을 쳐 혼절시킨 다음 오른팔로 허리를 둘러 안았다. 그러곤 왼손으로 말고삐를 쥔 채 마른 덤불 위로 여자를 툭 던졌다. 인기척을 느낀 백마 주인이 고개를 돌렸다. 원균이 웃으며 오른손을 흔들어 주었다. 단검이 날아든 것은 그 순간이었다. 안장에 배를 대고 넙죽 엎드리지 않았다면 가슴에 박혔을 것이다. 다시 단검이 날아왔을 때는 아예 말 옆구리 쪽으로 잠시 몸을 내렸다가 올라왔다. 마상 무예라면 누구에게도 지지 않을 자신이 있었다.

갑자기 백마가 달리기 시작했다. 아마도 남은 단검이 없는 모양이다. 여자는 왼손으로 고삐를 틀어쥔 채 고개를 돌려 원균을 살피면서 질주했다.

'달리기 시합을 하자고? 조오치.'

원균 역시 엉덩이를 들고 허리를 낮추며 달리기 시작했다. 백마가 아무리 발놀림이 날렵해도 수많은 전장에서 말을 다루어 온 원균의 솜씨에는 미치지 못했다. 점점 거리가 좁혀졌다. 숲을 채 벗어나기도 전에 따라잡힐 것만 같았다. 거리를 확인하는 여자 얼굴에 당황하는 빛이 역력했다. 채 스물이 안 된 앳된 얼굴이었다.

둘 사이에 거리가 십 보도 남지 않았을 때 원균이 오른손을 벌렸다. 그리고 백마를 추월하면서 허리를 감싸 쥐고 잡아당겼다. 여자 몸이 흑마 쪽으로 옮겨오자마자 낮게 뻗은 나뭇가지가 백마 머리를 스쳐 할퀴고 지나갔다. 하마터면 그 가지에 걸려 목이 부러졌을 터였다. 심하게 몸부림치며 저항하던 야인 소녀는 그 사실을 깨달은 듯 갑자기 잠잠해졌다. 원균이 슬쩍 여자를 내려다보았다. 눈이 마주쳤다.

'도와주려고?'

원균이 웃으며 고개만 끄덕였다.

안장에 여자를 앉힌 다음 언덕을 올랐다. 팔목에 찬 금 팔찌와 목에 두른 은 목걸이가 예사롭지 않았다. 남장을 했지만 아름다운 얼굴이다. 조개 같은 이와 작고 도톰한 입술은 숨결을 빨아당길 것만 같고 젖살이 오른 통통한 볼은 손으로 비빌 때마다 빨개졌다. 원균이 언덕 위에 모습을 드러내자마자 강존 마을에 남아 있던 사내들이 모두 무기를 들고 쏟아져 나왔다. 길게 뿔피리를 불며 사람을 더 모으기도 했다.

"엄청나군."

원균이 혀를 내두르고 있는데 여자가 갑자기 동북쪽을 가리켰다. 두만강과는 정반대 방향이다.

"저쪽으로 피하라고?"

그 말을 알아듣기라도 하듯 여자가 계속 고개를 끄덕였다. 원균은 망설였다. 함정일지도 모른다. 두만강에서 멀어질수록 돌아올 길은 멀고 험하다. 다시 호수처럼 맑은 여자 눈망울을 살폈다.

"알겠다."

원균은 여자가 가리키는 대로 동북쪽으로 말을 달리기 시작했다. 말을 탄 사내들 십여 명이 맹렬히 쫓아왔다. 동북쪽 언덕을 넘어서니 바위산이 앞을 가로막았다. 여자가 손으로 다시 좁은 산길을 가리켰다. 실족하면 크게 다치거나 죽을 만큼 가팔랐다.

"꼭 저곳으로 가야 하나?"

이번에도 여자가 고개를 끄덕였다. 산길로 접어들기 위해 호박 모양으로 생긴 큰 바위 사이로 흑마를 몰았다. 고삐를 급히 틀어 쥐지 않았으면 앞으로 쓰러질 뻔했다. 갑자기 내리막길이 펼쳐졌던 것이다. 겨우 균형을 잡고 조심조심 내려가려는데 돌산을 스쳐 평원을 달리는 말발굽 소리가 들렸다. 말을 타고 돌산에 숨으리라고는 예상 못한 것이다.

그러나 돌연 멀리서 부르짖는 목소리가 나더니 말발굽 소리가 다시 되돌아왔다.

'들킨 걸까?'

놀란 듯 여자 눈이 커다래졌다. 소리를 지르지는 않았지만 안장에서 엉덩이를 들고 양손으로 하늘을 동시에 가리켰다. 검은 연기가 피어올랐다.

"기특한 녀석! 딱 맞춰 불을 질렀군."

강촌 마을에서 솟아오른 연기를 보고 말머리를 돌린 추격자들의 말발굽 소리가 완전히 사라진 후에. 원균은 돌산을 벗어났다. 곧 밤이 찾아왔고 여자가 가리키는 대로 마을을 멀리 돌아 두만강으로 향했다. 술시가 되기 전에 향나무 아래에 도착했다. 최명과 조용식은 벌써 와서 기다리고 있었다. 나룻배 한 척이 달빛과 함께 흔들렸다.

"돌아오셨군요."

최명이 반갑게 맞았다. 조용식이 원균과 함께 말에서 내린 야인 처녀를 살피며 물었다.

"이 계집은 누굽니까? 왜 여기까지 데려오신 겁니까?"

최명이 조용식 옆구리를 쿡쿡 찔러 댔다. 원균이 나룻배를 슬쩍 보고 물었다.

"말들은 다 몰아 왔는가?"

"여부가 있겠습니까. 마을 사내들이 죄다 언덕으로 빠져나간 틈에 우리 문을 열고 불을 질렀습니다. 모조리 몰아내어 두만강을 건넸습니다."

"고생했다. 자, 그럼 가자."

원균이 성큼 강가로 걸음을 옮겼다. 조용식이 야인 처녀와 흑마를 보며 물었다.

"저 계집은 어찌 합니까?"

"어찌 하다니?"

원균이 걸음을 멈추고 고개만 돌렸다.

"그냥 예서 풀어 주는 겁니까? 마을 사내들이 언덕으로 달려나간 건 저 계집을 구하기 위해서입니다. 몸에 지닌 패물을 보건대 틀림없이 니탕개와 가까운 계집입니다. 끌고 가서 물고를 내면 많은 걸 얻어낼 수 있습니다. 데리고 가죠?"

최명도 매부리코를 벌렁거리며 거들었다.

"계집이 돌아가면 우리가 저들을 염탐하러 왔던 줄 알게 됩니다. 곰보 말대로 우선 데리고 강을 건넌 다음 이후 일을 생각하시는 게……."

"닥쳐라. 계집을 끌고 가서 동태를 살필 만큼 나 원균은 옹졸하지 않다. 계집을 끌고 가면 이기고 끌고 가지 않으면 질 싸움이라면 하지 않겠다. 이번 전투는 어쨌든 우리가 이긴다. 계집이 돌아가 무엇이라고 떠들든 우리가 이기도록 되어 있어."

원균이 배에 오르자 최명과 조용식도 더 이상 토를 달지 못하고 승선했다. 원균은 흑마 옆에 서 있는 처녀를 향해 말했다.

"돌아가거라. 다음에 만나면 네 목을 벨 테다."

여자는 말을 알아듣기라도 한 것처럼 말에 올랐다. 그리고 원균 일행이 탄 배가 두만강을 건너기도 전에 어둠 속으로 사라졌다.

그로부터 보름 후, 대대적인 토벌전이 벌어졌다. 조선군은 원균을 길잡이로 삼아 강존 마을을 불바다로 만들고 돌아왔다. 욱일승천하던 니탕개의 기세를 단번에 꺾은 전투였다.

군막으로 돌아온 원균은 지독한 돌림병에 걸렸다.

온몸이 퉁퉁 붓고 계속 설사를 해 댔다. 푸닥거리를 하러 막사로 찾아온 박수무당은 여진족 악귀들이 위와 장을 갉아먹는 중이라고 했다. 후방으로 옮겨 치료를 받도록 권했으나 원균은 부득부득 막사에 남겠다고 했다. 복수의 칼을 가는 니탕개가 두만강을 건너올지도 모르는 판에 군졸들을 버리고 물러날 수는 없었다.

고열과 냉기로 만신창이가 된 몸을 제대로 가누지도 못한 채 열흘이 흘러갔다. 헛소리를 지껄이는 횟수가 점점 더 늘었고 어떤 날은 피똥을 싸기까지 했다. 군졸들 사기가 겨울 두만강처럼 꽁꽁 얼어붙었다. 원균은 꿈과 생시를 헤매면서 이승과 저승의 경계를 넘나들었다. 이마와 양 볼에는 죽음의 기미가 가득했다.

바다 안개 속에서 홀연 여의주를 문 응룡(應龍, 날개 달린 용)이 나타나 머리를 조아렸다. 원균을 태운 응룡은 막사를 뚫고 하늘로 치솟아 복숭아꽃이 만발한 정원에 이르렀다. 장검을 빼어 들고 좌우를 둘러보았다. 낮고 장중한 목소리가 들려왔다.

"싸워 이길 수 있느냐?"

거대한 흑곰 한 마리가 앞에 나타났다. 단칼에 목을 베었다. 풍악과 함께 흑곰 시체가 사라졌다.

"싸워 이길 수 있느냐?"

천 년 묵은 구렁이가 혀를 날름거리며 돌진했다. 칼을 뽑아 머리에 꽂았다. 풍악과 함께 걸쭉한 목소리가 다시 원균을 휘감았다.

"싸워 이길 수 있느냐?"

번쩍이는 빛과 함께 거대한 옥구슬 하나가 굴러 왔다. 뒷걸음질치며 칼을 휘둘렀지만 옥구슬을 막을 도리가 없었다. 옥구슬에 깔려 죽을 지경에 이르렀을 때 눈을 떴다. 신비하고 이상한 꿈이었다. 손을 뻗어 물을 마시려는데 문득 낯선 인기척이 느껴졌다.

살기(殺氣).

시퍼렇게 날이 선 단도가 심장을 노리고 있었다.

"헛!"

원균은 비호처럼 공중으로 몸을 날리며 자객 손을 걷어찼다. 단도가 허공을 가로질러 원균이 방금 누워 있던 침상에 꽂혔다. 자객의 사지를 제압한 후 가슴을 깔고 앉았다. 자객이 벗어나려 발버둥을 쳤지만 원균을 당하지 못했다.

"이곳까지 단신으로 숨어들다니, 대담한 놈이군. 필시 니탕개가 보냈으렷다……. 아, 아니, 넌!"

자객이 두른 복면을 벗기자, 덥수룩한 수염 대신 백옥같이 고운 볼과 산딸기 같은 입술이 드러났다. 강존 마을을 염탐하러 갔을 때 만났던 야인 처녀였다.

"워, 원수, 죽여라!"

여자는 서툰 조선말로 원균을 저주하며 침을 뱉었다. 원균은 얼굴에 묻은 침을 천천히 닦아내며 헛웃음을 흘렸다. 갓 스물을 넘겼을까. 짙은 눈썹과 고운 턱이 평양 기생 뺨치게 아름다웠다.

"나를 죽이고 싶으냐?"

"……"

원균은 침상에 떨어진 단도를 집어서 여자에게 건넸다.

"어디, 네가 하고 싶은 대로 해 보렴. 그 칼이 내 심장을 뚫을 수 있다고 생각하느냐? 조선 장수는 하늘이 돌보시느니라. 네깟 야인 계집 손에 죽을 내가 아니다. 전쟁은 사내들 몫이다. 너 같은 계집이 노닐 곳이 못 되니 어서 두만강을 건너 네 부모가 사는 곳으로 돌아가거라. 다시는 이따위 무모한 짓을 벌이지 마라. 알겠느냐?"

여자는 손에 쥔 단도와 원균 얼굴을 번갈아 쳐다보았다. 그리고 아랫입술을 깨물며 무엇인가 이야기를 꺼내려다가 훌쩍 자리를 떴다.

야인 처녀 무옥(舞玉)이 돌아온 것은 그로부터 엿새가 지난 후였다. 백주 대낮에 원균이 머무는 막사로 걸어 들어온 것이다. 그때 원균은 완전히 정신을 잃은 채 시시각각 다가오는 죽음에 허덕이고 있었다. 무옥은 손에 푸른 물이 뚝뚝 떨어지는 이름 모를 풀 몇 포기를 들고 있었다. 그 풀을 햇빛에 말린 후 물에 풀어 입술에 적셨다. 이왕 죽을 목숨, 지푸라기라도 잡는 심정으로 장졸들은 무옥을 말리지 않고 야인들 비방(秘方)에 마지막 기대를 걸었다.

다음 날부터 당장 약효가 나타났다.

무옥은 원균 곁에서 묵묵히 열흘을 버텼다. 마침내 원균이 자리를 털고 일어섰을 때, 무옥은 원균이 누웠던 침상에 쓰러져 꼬박 이틀을 잤다.

무옥은 니탕개의 배다른 동생이었다. 몇 번이나 되돌려 보내려 했지만 끝까지 원균 곁에 머무르기를 고집했다. 처음으로 마음을 허락한 남자와 평생을 사는 게 여진 풍습이라고 했다. 원균은 무옥의 첫사랑이었던 것이다.

十一、 울지내를 잡고 질책 당하고

된바람이 두만강 꽁꽁 얼어붙게 만든 계미년(1583년) 초겨울부터 울지내(鬱只乃)가 이끄는 야인들의 노략질이 시작되었다. 경원(慶源)과 경흥(慶興)의 피해가 특히 심각해서 얼어붙은 강을 건너온 야인들이 재물을 빼앗는 것은 물론이고 조선 백성들을 붙잡아 포로로 끌고 갔다. 함경 북병사 김우서(金禹瑞)는 목책을 높이 쌓고 몰려오는 야인들을 철저히 막으라는 군령을 육진에 내렸다.

"대장! 준비를 마쳤습니다."

"알겠다."

평복 차림에 늑대 가죽을 어깨에 두른 건원보(乾元堡) 권관 이순신이 방에서 나왔다. 해가 뉘엿뉘엿 지고 있었다. 경원부에서 동쪽으로 사십오 리나 떨어진 건원보는 야인들과 수시로 교전을 벌이는 보루였다.

임오년(1582년) 정월에 발포 만호에서 파직된 이순신은 넉 달 만에 훈련원 봉사로 복직했다. 이듬해인 계미년 여름에는 함경 남병사의 군관으로 옮겼다가 초겨울에 다시 건원보 권관이 된 것이다. 등과한 지 어언 칠 년, 불혹을 코앞에 두었지만, 이순신은 가장 낮은 벼슬인 종구품에서 다시 시작해야만 했다.

"조용히 따르라!"

이순신은 날발을 비롯한 다섯 군졸을 데리고 안원(安原) 쪽으로 올라갔다. 군졸들도 마찬가지로 평복에 패랭이를 썼다. 강 건너 야인들에게 들키지 않도록 골짜기와 능선을 타고 이동했다. 등짐을 지고 산을 타는 것은 쉽지 않았다.

"대체 이 안에 뭐가 든 게야?"

"어휴, 무겁네, 무거워."

군졸들은 저만치 앞서가는 이순신 귀에 들리지 않도록 눈치를 흘끔흘끔 보며 짜증을 부렸다. 뒤따라 걷던 날발이 어느새 그 등 뒤로 다가와 속삭였다.

"귀한 게 들었으니 함부로 다루지 마오."

안원에 도착하여 잠시 쉬니 날이 밝았다. 아침을 먹고 나서 이순신은 꽁꽁 얼어붙은 두만강을 따라 다시 건원보로 내려왔다. 야인들이 급습할 것을 대비하여 날발이 앞서 달리면서 주위를 살피고 군졸들도 빠르게 그 뒤를 따랐다. 이순신은 건원보에 도착하자마자 등짐을 모아 군기고에 넣은 후 크고 튼튼한 쇠를 채웠다.

나흘 후 저물 무렵에 다시 군졸 열 명을 평복으로 갈아입혀 같은 방식으로 안원까지 갔다가 내려왔다. 또 나흘 후엔 스무 명에게 등짐을 지웠다.

그 사이 은덩이를 등에 진 장사치들이 안원에서 건원보로 나흘마다 찾아든다는 풍문이 퍼져 나갔다. 건원보 군기고에 은덩이를 고이 모아 두었다가 은밀히 한양으로 보낸다더라는 이야기도 사족처럼 덧붙었다. 누가 낸 소문인지는 아무도 몰랐다.

다시 나흘 후, 마흔 명을 이끌고 안원에 갔다가 건원보로 돌아온 이순신이 군졸들을 군기고 앞에 불러 모았다.

"잘 들어라. 오늘밤 울지내가 이끄는 야인들이 이곳을 칠 것이다."

군졸들 눈이 왕방울처럼 커졌다. 야인 중에서도 잔인하기로 악명이 높은 울지내가 건원보에 들이친다는 것이다. 날발이 놀란 군졸들 눈을 보며 빙그레 웃었다. 이순신이 말했다.

"두려워 마라. 오늘밤 우린 울지내를 사로잡을 것이다. 내가 시키는 대로 하면 아무도 죽지 않고 각자 큰 포상을 받으리라."

다저녁때부터 몰려들기 시작한 먹구름이 기어이 어둠 속으로 함박눈을 뿌렸다. 눈이 내리자 날씨는 더욱 추워져 강이 더욱 꽁꽁 얼어붙었다. 번을 서는 초병들은 양손을 호호 불며 발을 동동 굴렀다. 이런 날은 뜨뜻한 아랫목에 배를 대고 일찍 잠자리에 드는 것이 상책이었다.

"엄청 쏟아지는군."

장창을 옆구리에 끼고 양손을 아예 바지춤에 넣은 껑다리가 캄캄한 밤하늘을 흘끔 올려다보며 말했다. 곁에 선 뚱보가 어깨를 흔들어 눈을 털어 내며 받았다.

"글쎄 말이야. 이런 날 무슨 전투가 있다고……."

"쉿!"

껑다리가 주위를 살피며 말을 잘랐다.

"어딜 함부로 주둥아릴 놀리는 게야. 언행이 유달리 신중한 이 권관이 무턱대고 오늘밤 야인들이 온다고 주장할 리 없어. 내일이면 금방 들통 날 흰소리를 할 사람이 아니라 이 말이야."

뚱보가 양 볼에 바람을 잔뜩 넣은 채 버텼다.

"이 권관이 신이라도 되나? 어떻게 오늘밤 일을 미리 알 수 있어? 그것도 울……."

뚱보가 '울지내'라는 이름 석 자를 뱉기도 전에 누군가 그 어깨를 짚었다. 사방을 훤히 살필 수 있는 언덕에 목책이 서 있었지만, 뚱보와 껑다리는 그 사내가 접근하는 것을 몰랐다.

"이제 되었소. 그만 내려갑시다."

날발이었다. 정식으로 건원보에 배속된 군졸이 아니라 남병영이 있는 북청(北靑)에서부터 이 권관을 따라온 청년이었다. 들개보다도 더 빨리 달려 날발이라고 불렀다. 껑다리가 장창을 바로 세워 들며 말했다.

"내일 새벽에나 번을 교대하기로 되어 있소."

"지금 내려오라는 군령이오."

뚱보가 물었다.

"하면 상번(上番, 근무를 하러 들어오는 군사)은 어디 있소? 날발, 그대가 상번 대신 온 거요?"

날발은 혼자였다. 최소한 두 명 이상 짝을 이루어 목책을 지키는 법이다.

"아니오. 상번은 없소."

날발이 짧게 답했다. 꺽다리가 이해할 수 없다는 표정으로 다시 물었다.

"상번이 없다니? 목책을 그냥 비워 두고 내려간단 말이오? 오늘밤 전투가 있다고 이 권관께서 말씀하지 않으셨소? 번을 서는 군졸을 늘려도 부족한 판에 목책을 비우라?"

"관아로 돌아갈 필요도, 군기고에 장창을 반납할 필요도 없소. 지금 곧장 나와 함께 군기고 뒷산으로 올라가는 겁니다. 다른 군졸들도 그곳에서 기다리고 있소."

꺽다리와 뚱보가 마주 보며 고개를 흔들었다.

'목책도 지키지 말고 군기고도 비운 채 산으로 피하라고?'

"자. 갑시다."

세 사람은 목책을 세워 둔 언덕을 내려와서 군기고를 지나 이순신이 머무는 숙소를 뒤로하고 남쪽으로 걸음을 옮겼다. 제일 뒤에서 뒤뚱뒤뚱 걷던 뚱보가 혼잣말처럼 뇌까렸다.

"웬 불을 이리 훤하게 밝혀 두었지? 저 짚단은 또 뭐고?"

꺽다리가 목을 주욱 빼고 주위를 살폈다. 처마 밑에서 타오르는 횃불은 함박눈과 된바람에도 꺼지지 않도록 둥글게 바람막이를 하였다. 일정한 간격을 두고 마른 짚단이 무덤처럼 수북이 쌓여 있었다.

"자, 어서 각궁을 들고 참호에 들어가 있어라."

이순신이 꺽다리와 뚱보의 어깨를 꾹 눌러 격려했다. 각궁과 전동을 어깨에 멘 군졸들이 길게 판 참호에 웅크리고 앉아 추위를 피하고 있었다.

"날발! 준비해라. 곧 올 게다."

날발이 읍한 다음 건원보에서 가장 용감한 군졸 다섯 명을 데리고 다시 산을 내려갔다. 그 군졸들이 허리에 맨 굵은 올가미가 걸음을 옮길 때마다 경쾌하게 흔들렸다. 이순신은 다시 참호로 들어가서 금방 목책에서 내려온 뚱보 곁에 앉았다. 추위도 더위도 남보다 많이 타는 뚱보는 양손을 호호 불며 덜덜덜 떨었다. 이순신이 뚱보 어깨에 팔을 두르며 말했다.

"내게 기대라."

"아, 아닙니다."

뚱보는 깜짝 놀라며 일어서려 했다.

"괜찮다. 이렇게 추운 날에는 서로 체온에 의지하여 이겨내야 한다. 나는 권관이고 너는 군졸이지만, 크게 보면 우린 다같이 함경도를 지키는 전우(戰友)다. 전우가 전우를 돕지 않는다면 누가 돕겠는가. 걱정 말고 어서 바짝 다가앉아라. 손을 계속 이렇게 비벼. 손가락이 얼면 시위를 당기기 힘들다."

그래도 뚱보가 주저하자, 이순신은 어깨동무를 하듯 팔을 뻗어 뚱보를 반 강제로 끌어당겼다. 이순신을 바라보는 군졸들 표정이 한층 따뜻하고 밝아졌다. 이순신은 그들 한 사람 한 사람과 눈을 맞추었다. 그 어떤 멋진 연설보다도 자신감에 가득 찬 이 권관 눈길이 군졸들에게 큰 힘을 주었다.

"옵니다!"

고개만 내밀고 근방을 살피던 꺽다리가 다급히 보고했다.

함박눈은 이미 그쳐 있었다. 이순신이 흑각궁을 들고 꺽다리 옆에 섰다. 양 팔꿈치와 턱을 땅바닥에 대고 얼어붙은 두만강을 바라보았다. 틀림없이 어둠에 묻혀 무엇인가가 다가왔다. 검은 그림자들이 두만강을 건너 곧장 군기고 쪽으로 방향을 잡아 움직이고 있었다.

이순신이 궁대에서 철전 열 발을 꺼내 오른편에 가지런히 놓았다. 철전 끝에는 날카로운 화살촉 아래로 기름을 듬뿍 바른 헝겊 뭉치가 둘둘 말려 있었다. 이순신이 오른손을 들어 손바닥이 아래로 향하도록 천천히 내렸다.

'기다려라! 바위처럼 자중하라!'

이순신에게 매일 각궁 쏘는 법을 익힌 군졸들은 야인들에 대한 두려움을 잘 이겨냈다. 불화살 공격이 성공하려면 가장 큰 피해를 입힐 수 있는 지점까지 적들을 철저히 유인해야 한다. 서둘러 불화살을 쏘았다가는 조선 군졸들이 잠복한 위치만 노출할 뿐이다.

이순신은 다시 고개를 들고 마지막으로 불화살을 쏠 지점을 확인했다. 이 순간을 위해 한 달 가까이 책략을 짜고, 또 한 달 넘게 은밀히 유황과 염초를 구하고, 또 한 달 넘게 고려 말 탁월한

지장(智將)이자 발명가였던 최무선(崔茂宣)이 쓴 『화약수련법(火藥
修鍊法)』과 『화포법(火砲法)』을 들추며 직접 폭약을 만들었으며,
군졸들에게 그 무거운 돌덩이를 지워 안원을 네 차례나 왕복했던
것이다.

"와아아아!"

군기고를 이백 보쯤 남기고 함성이 터져 나왔다. 움직임을 감
추고 숨어 접근하던 야인들이 본색을 드러낸 것이다. 야인들은
창이나 칼 혹은 몽둥이를 휘두르며 돌진했다. 삼백 명은 족히 넘
어 보였다. 야인들은 곧 군기고는 물론이고 관아가 텅 빈 것을
알아차렸다. 함성을 멈추고 잠시 복병을 살피던 야인들은 인기척
이 전혀 없자 허리를 주욱 펴고 웃음을 터뜨렸다. 건원보 장졸들
이 겁을 집어먹고 줄행랑을 놓았다고 생각한 것이다.

굳게 잠긴 군기고 문이 부서지고 야인들이 우르르 몰려 들어갔
다. 그러곤 등짐을 하나씩 지고 웃는 얼굴로 걸어 나왔다.

이순신이 오른손을 들어올려 주먹을 쥐었다. 이순신만 바라보
며 신호를 기다리던 군졸들이 일제히 화살에 철전을 걸었다. 이
순신이 천천히 활시위를 당겼다. 군기고 앞에 놓인 짚단을 노려
보며 숨을 멈추었다.

무기고에 들어갔던 야인들이 모두 나오는 순간, 이순신이 쏜
불화살이 어둠을 갈랐다. 그와 동시에 다른 불화살들도 하늘을
날아 곳곳에 쌓아 둔 짚단에 옮겨 붙었다. 깜짝 놀란 야인들이
몸을 숨기기도 전에 펑, 펑. 소리와 함께 땅이 흔들리고 하늘이
울렸다. 짚단 아래 숨겨 둔 폭약이 열을 받아 터진 것이다. 날카

로운 쇳조각이 날자 팔과 다리가 떨어져 나가고 머리가 터진 시체들이 이리저리 흩어졌다.

겨우 정신을 차린 야인들은 전의를 잃고 두만강 쪽을 향해 달리기 시작했다. 그 와중에도 등짐을 던져 버리지는 않았다. 귀한 은덩이가 들어 있다는 풍문을 굳게 믿은 것이다.

이순신은 다시 철전을 들어 흑각궁에 걸었다. 그리고 등짐 진 야인들 중에서 선두에 선 사내를 노려보았다. 다른 야인들보다 머리 하나는 더 크고 검은 두건을 썼다. 풍문으로 들은 울지내 모습과 흡사했다.

등짐이 보름달만큼 크게 보이는 순간 다시 시위를 놓았다. 불화살은 정확하게 등짐에 박혀 흔들리다가 이내 폭발했다. 군졸들이 쏜 불화살도 일제히 등짐을 향해 날아갔고, 마찬가지로 큰 폭발이 이어졌다. 등짐에도 마찬가지로 폭약과 철편이 담겨 있었던 것이다.

몸 성히 움직이는 야인의 수는 이제 급격히 줄어들었다. 거의 이백 명이 죽거나 다치고, 백 명 정도만이 겨우 두만강을 향해 달렸다.

이순신이 참호 위로 훌쩍 올라서며 외쳤다.

"돌격!"

군졸들이 일제히 산 아래로 뛰어 내려갔다. 전의를 상실한 야인들은 등을 보인 채 달아나기에 바빴다. 달리면서 이순신은 각궁을 쏘아 등짐을 맞췄다. 펑. 펑. 폭약이 계속 터졌다.

"쫓아라. 한 놈도 강을 건너지 못하게 하라."

선두에서 달아나던 검은 두건이 휙 돌아서서 장검을 휘휘 머리 위로 돌렸다. 그러자 뒤따르던 이들이 뿔뿔이 흩어졌다.

'저놈!'

이순신은 곧장 검은 두건을 향해 내달렸다. 좌우에서 달려가던 야인들을 철전으로 쏘아 쓰러뜨렸다. 순식간에 여섯 명이 쓰러져 나뒹굴었다. 이제 검은 두건을 호위하는 야인은 다섯 명도 되지 않았다.

얼음 위를 날아온 강바람이 휘익 얼굴을 때렸다. 야인들 걸음이 더욱 빨라졌다. 강만 건너면 목숨을 구할 수 있는 것이다.

그때 갑자기 울지내를 비롯한 야인들 몸이 공중으로 부웅 떠올랐다. 미리 잠복하고 있던 날발과 군졸들이 길목에 놓아둔 올가미를 일제히 들어올렸던 것이다. 이순신은 감나무 가지에 대롱대롱 거꾸로 매달린 야인들에게 다가섰다. 지난봄 울지내에게 잡혀갔다 탈출한 군졸 하나가 검은 두건을 벗기고 얼굴을 확인했다.

"울지내가 분명합니다."

이순신이 차가운 눈으로 울지내를 노려보았다. 흙먼지와 그을음투성이가 된 야인 두목이 장검을 쉴 새 없이 휘두르며 고함을 버럭버럭 질러 댔다. 날발이 손을 쳐 검을 떨어뜨렸다. 이순신은 오른 주먹을 불끈 쥔 채 바위처럼 서 있었다. 두 눈은 분노로 이글거렸지만 주먹을 내지르거나 발길질을 하지는 않았다. 침착하게 고개를 돌려 날발에게 명령했다.

"야인들 시체는 따로 모으고, 다친 자들은 상처를 치료해 주어라. 이놈이 제풀에 지치면 끌어내어 옥에 가둬 둬라. 내일 날이 밝는 대로 북병영으로 압송한다."

"예, 대장!"

이순신은 곧장 숙소로 돌아갔다. 건원보 소속 군졸은 전사자는
물론 다친 사람도 하나 없었다. 완벽한 승리였다. 지필묵을 꺼내
서안 앞에 앉았다. 그리고 그동안 있었던 경과를 자세히 적기 시
작했다. 북병사 김우서에게 대승을 알리는 글이었다.

닷새 후, 북병영으로 급히 오라는 전갈이 왔다.

이순신은 날발과 함께 서둘러 북병영이 있는 경성으로 향했다.
이순신이 읍을 하여 예의를 갖추기도 전에 북병사 김우서는 호통
부터 쳐 댔다.

"울지내가 두만강을 건너 목책을 넘어오도록 내버려 둔 이유가
무엇인가? 목숨을 걸고 목책을 엄중히 지키라는 군령을 내리지
않았는가?"

이순신이 침착하게 답했다.

"울지내를 붙잡기 위해서였습니다. 워낙 머리가 좋고 신중한
놈이라 그저 목책을 지키는 것으로는 노략질을 막아낼 수 없었습
니다."

"그만!"

김우서가 말을 자르고, 이순신이 적어 올린 글을 꺼내 폈다.
다시 눈으로 훑은 다음 물었다.

"울지내를 유인하기 위해 안원까지 군졸들을 이끌고 몰래 갔다가 얼어붙은 강으로 내려오기를 반복했단 말이지?"

"그렇습니다. 건원보로 은덩이가 모이고 있다는 풍문을 퍼뜨린 후 직접 등짐을 지고 옮기는 시늉을 한 겁니다. 등짐 수를 매번 배로 늘렸습니다. 물론 그 등짐에는 은덩이 대신 돌덩이가 들어 있었습니다. 아무리 의심 많은 울지내라고 해도 건원보 군기고에 가득 쌓인 은덩이를 그냥 둘 수는 없었을 겁니다. 더구나 곧 도성으로 그 은덩이들을 옮긴다는 소식을 듣고는 목이 탔을 것입니다. 군기고 입구 쪽 등짐 두 개만 은덩이를 넣어 두고 나머지는 폭약과 철편을 채웠습니다. 또 군기고 주위에도 폭약을 묻고 마른 짚단을 쌓았습니다. 군졸들을 둘로 나누어 배치하여 한쪽은 참호를 파고 기다렸다가 불화살을 쏘며 돌진하는 임무를 맡고, 나머지 한쪽은 올가미를 치고 두만강에 매복해 있다가 달아나는 울지내를 정면에서 생포하는 일을 맡게 하였습니다."

김우서가 수염을 쓸며 감탄했다.

"참으로 대단한 계책이구나, 이 권관! 그대가 원하는 대로 한 치도 어긋나지 않고 전투가 벌어진 게로군. 그래서 울지내도 붙잡고 건원보 군졸은 단 한 사람도 다치지 않았군그래."

"……"

이순신은 즉답을 하지 않았다. 그 감탄이 칭찬으로 들리지 않았던 것이다. 왠지 모를 비웃음이 그 아래에 깔려 있는 듯했다. 김우서가 속내를 감추지 못하고 이순신을 꾸짖었다.

"전공이 그렇게도 탐이 났던가? 울지내를 생포할 계책이 섰으면 내게 미리 알려 의논했어야지? 일을 저질러 놓고 이제 울지내를 생포하였으니 장계를 올려 포상을 받도록 해 달라 이건가?"

"포상은 필요 없습니다."

이순신이 잘라 말했다.

"경원과 경흥에 사는 백성들이 이제 울지내가 이끄는 야인들로부터 노략질을 당하지 않게 되었으니, 소장은 그것으로 충분합니다. 장군께 미리 의논드리지 못한 것은 건원보 현지 상황이 급박하게 돌아갔기 때문입니다. 목책을 지키기만 했다면 벌써 큰 전투가 벌어져 많은 사상자가 났을 겁니다."

그 말이 김우서를 더욱 화나게 했다.

"내 군령을 따랐다면 크게 졌을 거라 이 말인가?"

"소장은 군령을 어겼다고 생각하지 않습니다. 다만 울지내를 생포할 수 있는 계책을 짜서 소장 나름대로 써 보았을 뿐입니다. 이번 전투에 잘못이 있다면 소장이 그 벌을 받겠습니다."

이순신이 한 발도 물러서지 않고 또박또박 따지듯 답했다. 김우서는 점점 자신이 궁지로 몰리는 듯한 느낌이 들었다. 기분이 더욱 상했다.

'벌을 받겠다고? 종구품 권관 따위가 감히 북병사인 내게 이렇게 대들어도 되는 것인가.'

"그만 물러가라. 다시는 마음대로 허황한 계책을 쓰지 마라. 내게 반드시 사전 보고를 하고 허락을 받으라. 앞으로 또 이런 짓을 할 텐가?"

김우서는 그 정도 훈계로 체면을 세우고 이야기를 마무리하고 싫었다. 그런데 잠시 시선을 내리고 침묵하던 이순신이 물러서지 않고 버텼다.

"또 이런 기회가 있다면…… 소장은 똑같은 계략으로 울지내를 잡겠습니다."

"감히……, 감히!"

김우서는 자리를 박차고 일어나 양손을 부들부들 떨었다.

해가 바뀌었지만 이순신에게는 포상이 내려오지 않았다. 울지내를 잡은 공만큼이나 북병사가 내린 군령을 따르지 않은 과(過)도 크다고 북병사가 장계를 올렸기 때문이라는 풍문이 돌았다. 이순신은 건원보 목책에 서서 묵묵히 얼어붙은 두만강을 노려볼 뿐이었다.

十二, 아버지를 이해하기 위하여

갑신년(1584년) 정월.

흑마가 무서운 속도로 질주했지만 건원보 권관 이순신은 채찍을 때리고 또 때렸다. 불혹에 접어들자마자 날아든 천만 뜻밖의 비보가 눈과 귀를 막고 가슴을 할퀴었다.

나흘 밤 나흘 낮을 꼬박 달렸는데도 아직 충청도 지경에 들지 못했다. 두만강이 굽어보이는 경원(慶源) 아래 건원보에서 출발하여 함경도 부령(富寧), 경성, 정평(定平), 덕원(德源)를 거쳐 강원도 금화(金化)를 지났다. 작년 십일월에 이미 장례를 치렀으니 서둘러 달려 봐야 무엇 하느냐며, 자식 된 도리는 해야 하지만 몸을 축내지는 말라는 함경도 순찰사 정언신 대감의 서찰도 역참에서 받아 보았다. 할고(割股, 허벅지 살을 베어 병든 부모를 위해 바침)는 고사하고 장례에도 참석하지 못한 천하의 죄인이었다.

167

쇠기러기 떼가 이순신보다 먼저 남쪽 하늘로 날아갔다. 아들이 마흔 줄에 접어들었으니 그 아비가 죽는 것이 기이한 일은 아니다. 그러나 더 이상 아버지에게 말을 건네지 못한다는 사실을 받아들이기 힘들었다. 청년 시절의 지독했던 방황은 어디서 출발했던가. 바로 아버지였다. 할아버지가 보인 의로운 삶을 본받지 않고 서울에서 아산으로 낙향했던 아버지가 싫었다. 아버지가 부르면 산이나 들로 달아났고, 공맹의 도리를 물으면 짐짓 모른 체했다. 그렇게 반항하면서 미움을 키웠지만 그만큼 또 아버지와 터놓고 이야기할 날이 있으리라 기대했다.

등과한 후 아산에 내려갔을 때, 아버지 이정은 자랑스러운 낯은커녕 근심 어린 눈빛으로 셋째 아들을 바라보았다. 회신, 요신 두 형이 기뻐하며 축하주를 권할 때도 아버지는 조용히 자리를 피했다. 다음 날 아침 문안을 위해 안방에 들어가니 아버지는 이미 낚싯대를 들고 길을 나선 후였다. 칭찬은 아니더라도 한마디 덕담은 기대했건만 셋째 아들과 마주 앉는 것조차 피했던 것이다.

겉보기에는 여유 있고 넉넉하며 부드러운 호인이었지만, 이정은 금강석보다 단단한 껍질로 속을 보호한 채 한뉘를 살았다. 이제 영원히 벗길 수 없는 죽음이라는 껍질이 그 위에 하나 더 씌워졌다.

이정이 돌아갔음을 전한 방 씨의 서찰은 짧고 단정했다. 이순신이 받을 충격을 예상하여 최대한 슬픔과 고통을 등 뒤로 감춘 것이다.

'작년 십일월에…… 돌아가셨다고……, 돌아가셨다고……, 돌

아가셨다고……'

병영에 보고하고 말에 오를 때도 침착함을 잃지 않았다. 조문하는 동료들에게 하나하나 다르게 답할 정도였다. 그러나 일단 말 엉덩이를 채찍으로 때리며 달려 나가는 순간부터 눈앞이 캄캄했다. 가슴이 뛰고 열이 오르며 허벅지가 당겼다. 잠시 말에서 내려 쉴 수도 있었지만 이순신은 계속 달렸다. 절대로 멈추지 말라는 명령을 받은 전령처럼.

경진년(1580년)에 둘째 형 요신이 먼저 세상을 하직했고, 신사년(1581년)에는 큰형 희신마저 뒤를 따랐다. 이순신은 직분에 충실하느라 두 형의 임종을 지키지 못했다. 그리고 이제 또다시 해를 넘겨서야 아버지 부음을 접한 것이다.

이틀을 더 달려 아산에 닿았다. 고향 집 대문은 평소처럼 열려 있었다. 아버지는 훔쳐 갈 것도 없는 집에 문단속이 웬 말이냐며 해가 떠 있는 동안에는 늘 대문을 열어 두게 했다. 그때 이순신은 낚싯대를 든 아버지가 문소리 하나 내지 않고 사라지기 위해 대문을 닫지 못하게 하는 것이라고 생각했다. 아버지에게 집은 마지막 기착지가 아니라 잠시 머물다 떠나는 역참이었다.

"서방님! 잠시 쉬었다 가세요. 천리 길을 오셨는데 밥이라도 한술 뜨셔야죠."

소복 차림을 한 방 씨가 권했다.

"아니오. 먼저 아버지를 뵙는 게 급하오."

이순신은 상복으로 갈아입자마자 큰아들 회를 앞세우고 무덤으로 향했다. 이희신의 맏아들인 장조카 뇌(蕾)와 이요신의 맏아

들 봉이 무덤 옆 소나무 아래 초막(草幕)에서 나왔다. 말을 건네
는 것보다 네댓 걸음 물러서는 것으로 이순신을 무덤 앞으로 이
끌었다.

"아버지! 많이, 정말 많이 늦었습니다."

큰절을 두 번 올리고 길게 곡을 하는 동안, 이뇌와 이봉, 이회
는 겨울 하늘을 쳐다보았다. 조카들은 눈이 쑥 들어가고 볼이 옴
폭 패었으며 입술 양끝이 터져 딱지가 앉았다. 두 달 남짓 찬바
람을 이기며 초막을 지키느라 몸이 더욱 나빠진 것이다. 이순신
이 눈물을 닦고 마음을 가라앉힐 때까지 기다렸다. 초막에 마주
앉자마자 이순신은 두 조카와 큰아들에게 말했다.

"이젠 내가 초막에 있겠다. 너희들은 내려가 쉬어라."

이요신을 꼭 닮은 이봉이 고집을 부렸다.

"아닙니다. 숙부님! 먼 길 오시느라 피로하실 터인데 오늘은
저희들이 초막을 지키겠습니다. 하산하시지요."

"내려가래도!"

이순신이 짐짓 언성을 높였다. 이뇌와 이회는 자리에서 일어섰
지만 이봉은 끝까지 뜻을 꺾지 않았다. 이순신도 더 이상 강권할
수 없었다. 이봉의 목소리를 들을 때마다 형 요신에 대한 그리움
이 쑥쑥 자라났다.

숙부와 조카의 대화는 길게 이어지지 못했다. 그날 밤 이봉의
감환이 더친 것이다. 열이 펄펄 끓고 등과 목에 붉은 반점까지
생겼다. 하산을 권했지만 내일 아침 날이 밝은 후에 움직이겠다
며 버텼다. 얇은 무명 이불 한 장을 덮어 쓰고 돌아누운 어깨가

안쓰러웠다. 이순신은 목까지 이불을 올려 덮어 주며 이봉의 마른 얼굴을 쳐다보았다. 그 위로 이요신의 웃는 얼굴이 겹쳤다.

'형님!

언젠가 아버지는 "요신이는 꼭 날 닮았어."라고 말씀하셨지요. 그때는 요신 형님처럼 열심히 서책을 읽고 시문을 공부하는 사람이 어찌 음풍농월로 세상을 떠도는 아버지와 닮을 수 있을까 생각했습니다. 하나 돌이켜 생각하니 아버지 말씀이 틀리지도 않은 듯합니다. 희신 형님은 애초부터 청운의 길에 관심이 없으셨지만, 요신 형님은 서애 형님과 나란히 홍문관에 들 것을 믿어 의심치 않았지요. 서애 형님은 요신 형님이 등과하지 않고 충청도 땅에서 육빙(六憑, 이규보가 「시마문(詩魔文)」에서 말한, 인생을 살 때 참고해야 할 여섯 가지)이나 논하다 돌아가신 것을 지금도 애석하게 생각하십니다. 아버지처럼 낚시를 하든, 형님처럼 조용히 난을 치든 속 깊은 근심은 하나였습니다. 사도(斯道)를 온 세상에 퍼뜨리려고 애쓰다가 헛되이 실패하느니 차라리 마음을 닦는 데 힘쓸 뿐 아예 그 길에 들지 않겠다는 단호함. 하지만 이 아우는 끝내 미련을 버리지 못했습니다.'

이순신은 발을 걷고 천천히 초막 밖으로 나섰다.

눈안개가 된새바람을 타고 꽁꽁 언 붉은 봉분 위로 흩날렸다. 동에서 서로 흐르는 먹장구름이 별들을 잠시 품었다가 토해 냈다. 이순신은 봉분을 둘러싼 소나무들을 따라 원을 그리며 돌았다. 한 바퀴를 돌고 또 다시 한 바퀴를 돌자 눈발이 제법 굵어졌다. 봉분 위로 떨어져 사라지던 눈들이 차츰 흰빛을 내며 쌓이기 시작했다. 초막에 친 발 사이로 등잔 불빛이 언뜻언뜻 내비칠 때마다 봉분을 바라보는 이순신 얼굴이 더욱 검고 어두워졌다.

무릎을 꿇었다. 상석 찬 돌 위에 이마를 대고 눈을 감았다. 아버지 임종을 지키지 못한 자책이 발끝에서부터 무릎을 타고 허리를 지나 뒤통수까지 올라왔다.

"울지 마라, 애야!"

고개를 들었다. 어느샌가 융복을 입고 흑각궁을 든 사내가 곁에 서 있었다.

"아버지! 오늘은 왜 낚싯대가 아니라 흑각궁을 드셨습니까? 한데 전동은 어디 두셨습니까?"

이정은 깍짓손으로 시위를 당겼다 놓았다.

"낚시든 활이든 다를 바 없단다. 기억을 잘 더듬어 보아라. 내가 언제 낚시로 건진 물고기를 집에 가져온 적이 있더냐? 물고기를 낚고 다시 방생(放生)했을 따름이니라. 활도 마찬가지다. 활을 들고 들짐승을 겨눌지언정 화살로 생명을 앗지는 않는다. 나는 다만 푸른 비단처럼 흩어지는 새벽안개를 헤치고 붉은 비단처럼 뛰노는 잉어를 찾았을 뿐이다."

"어쨌든 물고기를 잡고 들짐승을 죽이고 싶다는 마음을 품은 게 아닙니까? 차라리 무엇도 마음에 두지 않고 허허롭게 연못을 거닐거나 숲을 오르내리느니만 못합니다. 아니 그렇습니까?"

이순신은 가슴 깊이 묻어 두었던 물음 하나를 던졌다. 아버지는 잠시 붉은 봉분을 내려다보았다.

"네 말이 옳다. 하나 나는 공맹과 같은 성현이 아니다. 평범하고 겁 많은 촌부에 지나지 않아. 나는 물고기들 생명과 짐승들 목숨을 빼앗지 않는 것 정도만 할 수 있다. 그보다 더 큰 일은 하고 싶지 않다. 나는 평화롭게 살고 싶었어. 아무도 죽이지 않고 아무도 다치게 하지 않으면서."

이정은 늘 웃었다. 끼니를 이을 식량이 떨어졌다는 아내 변 씨 말을 듣고도 웃었고 이순신이 과거에 떨어졌다는 연통을 받고도 다만 웃었다. 이순신은 그 한결같은 웃음이 싫었다. 때론 화도 내고 울기도 하고 소리도 지르는 아버지를 보고 싶었다. 모든 것에 초연한 듯한 그 달관이 불편했는지도 모른다.

"왜 저희 형제들에게 아버지처럼 살 것을 강요하셨습니까?"

이순신이 목소리를 높였다.

"강요라니? 난 너희들에게 날 따라오라고 말한 적 없다."

"하나 늘 웃으셨지 않습니까? '환로(宦路, 벼슬길)를 포기하고 이렇게 사는 거란다.' 하고 말없이 강요하신 겁니다. 두 형님과 아우가 청운의 꿈을 접은 건 아버지 때문입니다."

"나 때문이라고? 너희들에게 청운의 길로 들어서지 말라고 한 적 없다. 내가 사는 법을 자식들에게까지 숨겨야 하겠느냐? 자식이 아버지 삶을 보고 배우는 건 당연한 일이다."

"그렇게 웃으신다고 아버지께서 안으신 상처를 저희들이 알지 못할 거라 생각하셨습니까? 건천동을 떠나는 순간부터 소자는 시골에서 죽은 듯 지내는 것이 아버지가 마지막으로 선택한 길임을 알았습니다. 두문동에 숨은 은사들처럼 한뉘를 사시려 한 것이지요. 아버지가 더 자주 웃을수록 소자는 아픔이 더 깊어지셨구나 여겼습니다. 아버지는 늘 스스로 고통을 기르셨습니다. 그럼으로써 할아버지를 용서 않으려 하셨지요."

"용서하지 않다니? 무슨 해괴망측한 말이냐? 자식이 어찌 그 아비를 용서하고 아니 할 수 있단 말이냐? 아버지는 아버지일 따름이다. 아버지가 무슨 말을 하고 어떤 행동을 하든 믿고 받드는 것이 자식 된 도리야."

"아산에 숨어 지내는 것으로 정녕 자식 된 도리를 다할 수 있습니까? 사림과 한마음 한 몸을 자처하는 새 군왕이 등극하시고 숨어 있던 인물들이 모두 도성으로 올라갔습니다. 왜 유독 아버지만 불행한 과거에 갇혀 상경하지 않으셨습니까? 아버지는 출사가 늦었더라도 저희 형제는 충분히 등과할 기회가 있었습니다. 국록(國祿)을 먹는 길로 접어들려 하는데 어찌 허락을 구하지 않을 수 있습니까? 낚싯대를 흔드시는 것으로 아버지는 그 길이 탐탁치 않음을 드러내셨습니다. 그건 가지 말라는 말보다 더 큰 강요였지요."

"하지만 셋째, 너는 등과하지 않았느냐? 내가 아무리 막아도 몸을 무리 중에 우뚝 세우고 이름을 천하에 떨치는 길〔立身揚名〕로 나서지 않았느냐? 너희 모두가 상경을 고집했다면 내 어찌 막을 수 있었겠느냐? 입신출세가 너희들 자유이듯 단사두갱(簞食豆羹) 역시 너희들이 택한 것이다."

"하지만 넷 중 겨우 하나입니다. 또 그 하나가 등과했다는 소식을 접하고 실망하셨음을 소자는 알고 있었습니다."

"실망이라니, 당치 않다. 나는 네가 자랑스러웠다. 약관(弱冠, 스무 살)도 아니고 이립(而立, 서른 살)을 훌쩍 넘긴 나인데도 당당히 등과하지 않았느냐. 요신이 날 닮았다 했지만 사실 날 가장 많이 닮은 건 바로 너다."

"아닙니다. 소자는 아버지를 닮지 않았습니다."

"허허허, 그렇게 말하고 싶겠지. 하나 등과하기 전 네 언행은 내 청년 시절과 너무나도 비슷했다. 네 어미가 걱정을 해도 난 오히려 느긋했지. 저렇게 방황하다 길을 정할 거라고 믿었기 때문이다. 날 닮았다면 틀림없이 언젠가는 결정을 내릴 것이고 또 결정했으면 그 길을 끝까지 갈 거라고 생각했다. 과연 넌 나를 실망시키지 않았어. 일에 미치면 식음을 전폐하는 것도, 마음은 급하면서도 뒷짐을 지고 시간을 버는 것도 다 나를 닮은 거란다. 애야, 이제 말해 보아라, 가족들 곁을 떠나 변방을 떠도는 삶의 쓰디쓴 고통을. 등과한 지 벌써 팔 년이 지나지 않았느냐. 모조리 다 들어 주마."

이순신의 목소리가 순간 딱딱하게 굳어졌다.

"쓰디쓴 고통이라고요! 등과 후 함경도에서 충청도로, 다시 전라도로 조선 팔도를 떠돌면서 소자가 어떤 어려움을 겪었는지를 떠올려 보라는 것이겠지요. 세상에 나가 봐야 별 볼일 없다는 뜻이겠지요. 아버지 말씀이 옳으십니다. 지난 팔 년 동안 세상에 의를 세우고 바름을 퍼뜨리며 백성을 편안하게 하려고 밤낮으로 애썼습니다만 돌아온 것은 좌천과 질책과 파직뿐이었습니다. 훈련원에서 봉사로 인사를 담당하던 시절, 병조 정랑 서익 대감이

지인(知人)을 참군(參軍)으로 승진시키려 공문을 만들라 하였습니다. 그것을 거절한 탓에 여덟 달 만에 충청 병사의 군관으로 좌천되었습니다. 발포 만호 시절 오동나무를 베려는 전라 좌수사를 막은 일이나, 서익이 다시 군기 경차관으로 내려와 무기가 상한 것을 트집잡은 탓에 파직된 일 모두 아버지도 아시지요. 평중 형님이 말하더군요. 원칙을 지키는 것은 옳다. 그러나 이 모든 일은 사람이 하는 것이니, 항의한 후엔 어울려 우굉(牛觥, 소뿔로 만든 술잔)을 기울여라. 한 잔 한 잔 마시는 술이 느는 만큼 그 사람들도 진심을 알아줄 것이다. 하나 아버지, 소자는 마음이 맞지 않는 사람과는 냉수 한 사발도 나눠 마시고 싶지 않습니다. 마음에 사특함이 없이 언행을 올바르게 하였을진대 무엇 때문에 사사로운 정으로 이해를 구하여야 합니까. 나아갈 때 협(俠)을 생각하고 들어올 때 의(義)를 곱씹으면서, 오직 나라의 기둥과 서까래를 바로 세우고 백성을 편안하게 하는 일에 매진하면 그뿐입니다. 백성을 위해 목숨을 바치는 것, 그것이 바로 장수가 할 일이지요."

이정이 한 걸음 물러선 후 고개를 설레설레 저으며 긴 한숨을 내쉬었다.

"날 닮은 줄 알았더니 이제 보니 네 할아버지와 똑같구나. 『소학』을 끼고 살 때부터 불안했다. 정암 조광조 선생이 걸어갔던 올곧고 거침없는 삶을 흠모하는 게냐. 그 삶은 아름답고 부끄러움이 없지만 그만큼 힘겹고 위태롭다. 모든 장수들이 왼쪽 길로 갈 때 너 혼자 오른쪽 길로 가겠다는 것과 다르지 않아. 꼭 처음부터 그렇게 외로운 길을 택해야 하겠느냐. 좌천과 파직으로 서른 줄을 훌쩍 보냈는데 불혹을 넘겨서도 미관말직(微官末職)으로 변방을 떠돌 셈이냐. 넌 그렇다 쳐도 가솔들은 또 어찌할 것이냐. 한 번이라도 가장 노릇을 제대로 해야 하지 않느냐. 만인이 널 탐탁지 않게 여기면 네게도 잘못이 있는 게다. 홀로 살아가는 세상이 아니지 않느냐."

이순신은 두 눈을 크게 뜨고 항변했다.

"하면 수사나 병사가 될 때까지 등을 굽히고 시류에 맞추어 비굴하게 살란 말씀이십니까. 불의를 눈감고 윗사람에게 뇌물을 바쳐 북삼도에서 도성 근처로 올라오란 말씀이십니까. 그렇게 오물을 뒤집어쓴 채 수사나 병사가 된들 어찌 장졸들을 제대로 통솔할 수 있겠습니까. 그리할 순 없습니다."

이정이 말했다.

"허허허. 그래서 할아버지를 닮았다는 게다. 조금만 부드럽게 조금만 천천히 하시라는 권유를 물리치셨지. 이제 불혹으로 접어들었으니 네 길은 네가 알아서 가거라. 다만 한 걸음 내디딜 때마다 가솔들 얼굴을 떠올리기 바란다. 가솔들이 네 발목을 잡아서도 아니 되지만 그렇다고 너 혼자뿐이라는 생각으로 살지는 말란 뜻이다."

"알겠습니다."

이순신은 그 정도에서 이야기를 마무리 짓고 싶었다. 아버지 말처럼, 이제 불혹으로 접어들지 않았는가. 조상 탓 부모 탓 할 나이가 한참이나 지난 것이다. 이정도 그 마음을 헤아린 듯 따뜻하게 웃어 보였다.

"이제 떠날 때가 되었구나. 너무 자책하지 말고 추운데 몸 잘 챙겨라. 너는 이제 집안의 기둥이다."

"어디로 가십니까?"

"얘야! 내가 갈 자리와 네가 머물 자리는 이미 정해져 있단다. 같은 자리에 있을 때 이런저런 이야기를 나누지 못한 것이 아쉽구나. 하나 그 아쉬움은 이제 접고 앞만 보고 달려가거라."

이순신이 다급하게 물었다.

"잠시만, 한마디만 더…… . 소자를 용서해 주시는 겁니까?"

이정이 잦아드는 목소리로 말했다.

"용서를 구할 쪽은 오히려 나란다. 고맙구나. 이제 편히 떠날 수 있게 되었어."

붉은 안개가 갑자기 몰려와 이정의 몸을 휘감았다.

"아버지!"

고함을 치며 잠에서 깨어났다. 초막을 나온 이봉이 어깨를 뒤에서 짚었다.

"괜찮으십니까, 숙부님? 엄동설한에 밖에서 주무시면 큰일 납니다. 어서 들어가십시오."

이순신이 돌아서며 이봉을 끌어안았다. 갑작스러운 행동에 한 걸음 뒤로 물러섰던 이봉이 가만히 숙부 등을 감싸 안았다. 초막에서 지샌 첫 밤은 그렇게 지나갔다.

十三. 혼례와 맞닿은 불행의 그림자

정해년(1587년) 봄.

"아씨! 힘들어도 조금만 참으셔요. 이제 곧 하늘같은 낭군님을 뵈올 테니까요. 선녀가 따로 없네. 아이 예뻐라! 아이 예뻐라!"

유모 진안댁이 남도 노랫가락에 맞춰 사설을 늘어놓았다. 연지와 곤지를 붙인 박초희도 방그레 웃음을 보였다. 신랑이 벌써 초례청에 당도했다는 기별이 왔다. 허리께로 내려온 대대(大帶)를 가슴까지 끌어올렸다. 자주색 비단에 꽃무늬를 박고 끝에 구슬을 단 앞 댕기가 앞으로 쏠렸다. 자수와 칠보로 장식한 도투락댕기가 무거워 자꾸만 턱이 들렸다. 그 위에 칠보화관까지 씌우자 박초희는 진안댁 팔을 붙들며 우는소릴 해 댔다.

"꼭 이걸 해야 해요?"

"낭군님 보실 건데, 암, 해야지요."

진안댁이 웃으며 화관을 머리에 고정시키려고 애썼다. 녹색 비단에 홍색 단감을 댄 당의(唐衣)는 올해 열여섯 살인 박초희를 제법 나이 들어 보이게 했다. 진안댁이 양팔을 잡고 천천히 일으켜 세우다가 눈물을 찔끔 짜 댔다.

"정말, 정말 선녀처럼 고우시네요. 아씨! 잘 사셔야 해요, 시어른 잘 모시고 낭군 사랑 받으면서 행복하게. 아셨죠?"

박초희도 따라서 눈물을 글썽거렸다. 매사에 엄격한 어머니보다 진안댁 품에서 많은 정을 받고 자란 탓이다.

"왜 울어요? 자주자주 올게요."

"그런 말씀 마세요. 오늘 떠나면 죽어도 시집 귀신이 되는 겁니다. 태인에는 올 생각을 마세요. 아셨죠?"

"그래도……."

"아씨! 정말 행복하셔야 해요."

박초희는 이상한 느낌이 들었다.

'진안댁이 왜 자꾸 행복을 말하는 걸까? 지금도 나는 충분히 행복한데.'

속히 대례청으로 나오라는 전갈이 왔다. 박초희는 부축을 받으며 방을 나섰다. 갑자기 박초희가 왼쪽으로 휘청했다. 진안댁이 팔을 꼭 붙들며 물었다.

"괜찮아요, 아씨?"

박초희가 천천히 고개를 끄덕였다.

"또 아기 손이 보였나요?"

차갑고 푸른 손이다. 피가 군데군데 묻어 있었지만 징그럽다는 느낌은 없었다. 오히려 피를 닦고 그 손을 쥐고 싶었다. 손을 뻗어 마주 쥐면 이내 손가락 열 개가 꼼지락거릴 듯했다. 그러나 손을 내밀면 그 손은 그만 불덩이가 되어 갑자기 성난 곰처럼 달려들었다. 미친개도 아니고 호랑이도 아닌 곰이다. 열흘에 한 번씩은 꼭 그 아기 손이 보였다.

"오늘 혼례를 치르면 아씨는 진짜 아기를 낳을 거예요. 고 꼬물대는 손도 쥐실 거구요. 그럼 아기 손도 보이지 않겠지요."

"정말 그럴까요, 유모?"

"그렇고말고요."

신랑인 생원 조창국(曺昌國)은 벌써 대례상 동쪽에 서 있었다. 주례자가 홀기(笏記, 식순)에 따라 외쳤다.

"신부 출(新婦出)!"

박초희는 진안댁 도움을 받아 대례상 서쪽에 섰다.

"신랑 정면(新郎正面)!"

비로소 신랑과 마주 보며 천천히 고개를 들었다. 조창국은 박초희보다 다섯 살이 많았다. 전라도 보성(寶城) 갑부 집 아들로 이 년 전인 열여덟 살에 이미 생원시에 합격한 글재주 뛰어난 서생이었다. 박초희는 고개를 숙인 채 눈만 들어 신랑 얼굴을 살폈다. 사모를 쓰고 단령(團領, 깃을 둥글게 만든 조선 시대 관복.)을 입은 사내는 피부가 희고 눈웃음이 매력적이다.

'아! 저 사람이 내 낭군이시구나.'

가슴이 콩닥콩닥 뛰었다. 어젯밤 아버지 박 진사가 한 말이 떠올랐다.

"늘 겸손하게 시어른 잘 모시고 남편 뜻 잘 따르도록 해라. 넌 똑똑한 아이니까 잘하리라 이 아비는 믿는다."

매사에 빈틈이 없고 차가운 성격인 어머니 용 씨에 비해 다정다감한 아버지는 학문에 뜻이 깊어 고을에서 존경을 받았다. 다섯 오빠는 고명딸인 박초희를 늘 아끼고 귀여워해 주었다. 박초희는 어려서부터 하나를 가르치면 열을 알 만큼 총명했고 양귀비 뺨칠 만큼 미모도 뛰어났다. 오빠들 어깨 너머로 글을 깨우쳐서 사서삼경은 물론이고 『사기(史記)』와 『한서(漢書)』까지 두루 읽었다. 박 진사는 고명딸이 지나치게 똑똑한 것을 탐탁치 않게 여겼으나 글공부 하는 것을 드러내 놓고 나무라지는 않았다.

교배례(交拜禮)는 일사천리로 진행되었다. 주례자가 한마디 할 때마다 박초희는 진안댁이 이끄는 대로 꿇어앉기도 하고 손을 씻기도 하며 절하기도 하고 절을 받기도 했다. 잔을 주고받는 근배례(졸杯禮)로 넘어갔다.

"거배상호부상부하(擧杯相互夫上婦下)!"

신랑 표주박은 높이, 신부 표주박은 낮게 서로 넘겨 바꾸어 술을 마셨다.

"예필철상(禮畢撤床)!"

혼례가 끝나고 대례상을 물린 후 박초희는 다시 방으로 돌아갔다.

"아씨! 다리 많이 아프시죠? 이리 내 보세요."

진안댁은 방문을 닫자마자 다리를 쭉 뻗게 하여 주물렀다.

"됐어요. 괜찮아요."

박초희는 무릎을 굽히려 했으나 진안댁의 손아귀 힘을 당하지 못했다. 허벅지가 당기고 발목이 몹시 시렸다.

"애야! 아비다."

갑자기 박 진사의 목소리가 들렸다. 급히 일어선 진안댁은 박초희가 두 발을 치마 속에 감춘 걸 확인한 다음 방문을 열었다. 박 진사와 용 씨가 나란히 들어왔다.

"채비를 해서 바로 떠나야겠다."

"이렇게 빨리 가나요? 하룻밤을 보내고……."

용 씨가 말허리를 잘랐다.

"예서 보성까지 가려면 한참이란다. 지금 떠나도 내일 아침이나 되어야 당도할 게야. 내일 점심에 시댁 어르신들이 폐백을 받으시겠다니 조금도 지체할 수 없어."

박 진사도 좋은 말로 박초희를 달랬다.

"그래, 조 참봉과 나는 어려서부터 동문수학한 사이니 널 딸처럼 아끼고 위해 줄 게다. 어려운 일이 있더라도 잘 참고 견뎌라. 알겠느냐?"

"예, 아버지!"

"오라비들이 마을 어귀까진 배웅할 게다. 우리는 대문 앞까지만 나갈 게고."

송별 수순을 듣자 갑자기 눈물이 쏟아졌다. 부모 형제와 헤어진다는 사실이 이제야 실감이 났다.

"눈물 바람은 오늘로 끝이다. 이젠 행복해야지."

다시 행복이란 단어가 귀를 파고들었다. 박초희는 마지막 절을 올렸다.

꽃가마에 타고 나니 한결 마음에 푸근해졌다. 말에 오른 신랑 조창국이 가마 가까이 다가와서 허리를 숙이고 속삭였다.

"부인, 이제 출발하오. 힘들면 말하시오. 쉬어 갈 테니."

다섯 오빠와 헤어져 정읍으로 접어들었다. 장성, 광주(光州)에 이르니 해가 완전히 졌다. 조창국이 다시 가마로 와서 말했다.

"객관(客館)에서 첫날밤을 보낼 수는 없으니 바로 화순으로 내려가겠소. 불편하더라도 잠시 참고 눈이라도 붙이시구려."

깜박잠을 자다 깨고 또 자다 깼다. 화순을 지나 능주에 다다르니 날이 훤하게 밝아 왔다. 가마꾼과 짐꾼들은 식점에 자리를 잡고 이른 아침을 먹었다. 보성까지 한달음에 가게 하려고 조창국이 배려한 것이다.

박초희는 가마에서 내려 조창국에게 다가가 먼저 말을 건넸다. 두 사람은 일꾼들이 식사를 끝낼 때까지 잠시 산길을 걸었다. 조창국이 슬며시 박초희 손을 잡았다.

"한 가지 여쭈어도 될는지요?"

손을 내맡긴 채 박초희가 처녀치마 꽃을 내려다보며 물었다.

"말해 보오."

박초희는 아버지에게 이별을 고할 때부터 궁금했던 것을 물었다.

"꽃잠(신랑 신부가 첫날밤에 같이 자는 잠)은 보통 신부 집에서 자는 것으로 알고 있습니다. 한데 밤이슬을 맞아 가며 보성으로 가는 이유가 무엇인지요?"

조창국이 곧바로 답했다.

"결례인 줄은 아오. 하나 열흘 전 하동 쪽에 왜구들이 나타났다 하오. 보성도 안전하지 못하오. 이런 때에 집을 비울 수 없어 그랬소."

'왜구?'

박초희는 눈썹을 치켜 올렸다. 남해안에 왜구가 출몰하여 노략질을 한다는 풍문은 들었지만 바다에서 몇백 리나 떨어진 태인에 사는 박초희는 왜구를 직접 본 적이 없었다.

"하면 피신을 해야 하지 않나요?"

조창국이 웃으며 답했다.

"왜구들이 나타났다고 그때마다 달아날 수야 없지요. 너무 걱정 마시오. 대개 조양포(兆陽浦)나 용두포(龍頭浦) 혹은 토도(兎島) 근처에 머물다가 돌아간다오. 이번에도 별 탈 없을 거요. 우리 수군들이 곧 나설 테니까."

그러나 그 예상은 빗나갔다.

보성으로 접어들자마자 덕산(德山) 하늘로 검은 연기가 피어올랐던 것이다. 정흥사(正興寺) 동봉(東峰) 봉수(烽燧, 봉화대)에서도 위급을 알리는 연기가 바람을 타고 피어올랐다.

가마가 다시 멈추었다. 말에서 내린 조창국이 떨리는 목소리로 말했다.

"아무래도 아니 되겠소. 예서 잠시만 기다리시오. 내 먼저 가서 사정을 살피고 오리다."

"왜구들이 정말 왔나요?"

박초희가 겁을 잔뜩 먹은 얼굴로 물었다.

"봉화까지 피어오른 걸 보니 오긴 왔나 보오. 하나 곧 물리칠 거요. 갔다 오리다."

"잠시만!"

박초희는 가마에 앉은 채 손을 내밀어 조창국의 손목을 붙잡았다. 조창국이 고개를 돌려 박초희의 얼굴과 손을 번갈아 살폈다. 그리고 손등을 토닥거려 주었다.

"자, 진정하고 기다리고 있으오."

아직 시어른들을 뵙지도 못했는데 길에서 또 시간을 보내게 된 것이다.

박초희는 지금까지 바다를 본 적이 없었다. 어려서부터 내내 태인에만 머물렀고 딱 한 번 아버지를 따라 정읍 구경을 간 게 전부였다. 보성에 가면 신랑과 함께 남해 바다를 보러 가리라 마음먹었다. 섬도 보고 갈매기도 보고 흰 파도와 어선들도 보고 싶었다. 경상도 쪽에 가끔 왜구가 출몰한다는 풍문은 들었지만 전라도 보성까지 위협을 받는 줄은 몰랐다.

시간이 몹시 더디게 흘러갔고 이내 답답해졌다.

가마 밖으로 나가고 싶었으나 가마꾼이나 짐꾼들과 눈을 마주치기가 부담스러웠다. 분단장한 신부가 신랑도 없이 가마를 벗어났다는 구설에 오르고 싶지 않았다.

얼마나 시간이 흘렀을까.

주위가 조용했다. 두런두런 들려오던 일꾼들의 수군거림도 사라졌다. 천천히 발을 걷고 밖을 살폈다. 아무도 없었다. 가마꾼은 물론 짐꾼까지 보이지 않았다.

불길한 예감이 가슴을 쳤다.

황급히 가마에서 내려 대나무 숲으로 몸을 숨겼다. 웅크리고 앉아 고개를 들자마자 사내들 한 무리가 보였다. 태인에서 보성까지 동행했던 가마꾼과 짐꾼들이다. 반가운 마음에 일어서려다가 다시 앉았다. 굴비 엮이듯 밧줄로 두 손이 결박되었던 것이다. 검을 든 왜구들이 기분 나쁜 웃음을 흘리며 일꾼들에게 발길질을 해 댔다. 가마가 놓인 곳까지 오자 왜구들은 일꾼들을 일렬로 꿇어앉혔다.

'무얼 하려는 거지?'

하마터면 박초희는 비명을 지를 뻔했다. 검을 높이 든 왜구가 일꾼들 목을 차례차례 쳤다. 다른 왜구들은 떨어져 구르는 목을 하나하나 주워담았다.

'서방님! 서방님은 어찌 되셨을까?'

여기까지 왜구들이 올라올 정도라면 시댁도 무사하지 못할 것이다.

일꾼들 목을 모두 자른 왜구가 가마를 발로 차며 화를 냈다. 수급을 허리에 찬 왜구들이 사방으로 흩어졌다. 가마에 타고 있던 박초희를 찾기 시작한 것이다.

달아나기에는 이미 늦었다. 당의를 입은 신부가 뛰어 봤자 곧 잡힐 것이다. 숨죽이고 웅크려 왜구들 눈길을 속이려고 했다. 잠자리난초와 개불난초의 향내가 코를 찔렀다.

왜구들은 박초희가 숨은 곳을 쉽게 찾아냈다. 밟힌 풀들을 손으로 하나하나 짚더니 검을 들고 대나무 숲으로 천천히 다가왔다. 이십 보도 채 안 되는 거리였다.

박초희는 품에서 은장도를 꺼내 들었다. 진안댁이 챙겨 준 것이다. 이 작은 칼로 왜구를 무찌르는 것은 불가능했다. 마지막 순간에 가슴이나 목을 찔러 자살할 수밖에 없다.

왜구 하나가 점점 더 가까이 다가왔다. 이제 십 보 거리였다. 왜구는 주위를 두리번거리며 칼등으로 대나무를 툭툭 쳐 댔다. 그 순간 바람이 불었고 왜구는 방향을 오른쪽으로 틀었다. 휴우 하고 박초희가 한숨을 내쉬는 순간, 갑자기 몸을 돌려 뛰어오르며 머리채를 잡아끌었다. 급히 은장도로 가슴을 찌르려 했지만 이미 왜구에게 손목을 제압당한 후였다. 왜구가 떨어진 은장도를 멀리 차 버리고 칼끝으로 턱을 들어올렸다.

"예쁘군."

왜구 사내는 검을 등 뒤로 돌리고 허리를 숙였다. 그리고 천천히 귀밑머리에 코를 대며 냄새를 맡았다. 밀어내고 싶었지만 생각뿐이었다. 번뜩이는 칼날 앞에서 손가락 하나도 까딱하기 힘들었다.

가슴과 가슴이 닿았다. 그 힘에 박초희는 천천히 뒤로 쓰러졌다. 사내는 검을 땅에 깊이 꽂아 둔 후 누런 이를 드러내며 웃었다. 박초희가 계속 부들부들 떨자 뺨을 한 차례 때리기도 했다. 조창국이 풀어야 할 옷고름을 왜구 사내가 먼저 쥐었다. 박초희는 혀를 깨물고 죽어야겠다고 생각했다. 부모님과 다섯 오빠와 진안댁과 조창국 얼굴이 순식간에 스쳐 지나갔다.

"잠깐!"

꽂혀 있던 검을 들며 또 다른 왜구가 왜어로 말했다.

"왜? 방해하지 말고 저리 가."

하얀 깃털이 달린 꾸러미 하나가 박초희의 왼쪽 뺨 옆에 떨어졌다.

"그 정도면 이 여자 몸값은 충분할 거야. 돈이 급히 필요하다고 하지 않았나? 이것 받고 그 여잘 내게 넘겨라!"

박초희를 겁간하려던 왜구는 꾸러미를 챙겨 들고 일어섰다.

"좋다. 재미 많이 봐라."

사내는 돈 꾸러미를 챙긴 왜구가 사라질 때까지 주변을 살폈다. 저만치 떨어진 은장도가 박초희 눈에 들어왔다. 재빨리 몸을 굴려 은장도를 잡으려 했지만 그보다 먼저 사내가 발로 은장도를 꾹 눌렀다.

"그렇게 죽고 싶소?"

조선말이다. 눈물이 그렁그렁한 채 박초희가 놀라서 두 눈을 크게 떴다.

"그렇소. 나는 조선인이오. 조선 이름은 사화동(沙火同)이라 하오. 조선에서 살 수 없어 바다를 건넌 조선인이라오. 잘 들으시오. 당신은 나와 함께 고토(五島)로 가야 하오. 그곳에 가서도 죽을 기회는 얼마든지 있지만…… 바보처럼 죽긴 왜 죽는다는 거요? 꼭 죽어야겠소? 몸을 더럽히느니 차라리 죽음을 택하라고 배웠기 때문에? 자, 그럼 죽으시오. 하나 살고 싶다면 나와 함께 갑시다. 새로운 삶을 시작하는 게요."

은장도를 밝은 발이 옆으로 옮겨졌다. 박초희는 은장도를 천천히 들어 올렸다. 사내는 한 걸음 물러서서 박초희를 바라보기만 했다. 외롭게 죽을 수 있는 마지막 기회였다. 은장도를 쥔 손이 심하게 떨렸다. 죽을 것인가 살 것인가. 가슴속에서 두 가지 바람이 충돌하여 불꽃을 일으켰다.

은장도를 다시 떨어뜨렸다. 살고 싶다는 미련을 버릴 수 없었다. 사내는 입으로만 웃으며 박초희를 감싸 일으켰다. 대나무 숲을 벗어나 유유히 덕산을 보며 걸었다. 검은 학 한 마리가 긴 날개를 퍼덕이며 날아올랐다.

十四. 나무에서 떨어진 원숭이

무자년(1588년).

아버지의 상을 벗고 잠시 사복시 주부(司僕寺主簿)를 거쳐 병술년(1586년)에 북쪽 변방의 조산 만호로 영전했던 이순신은 정해년(1587년) 가을 녹둔도에서 야인들의 습격을 받아 크게 패한 죄과를 입어 다시금 모든 것을 잃고 바닥으로 떨어졌다. 허벅지에 화살까지 맞아 가며 잡혀 갔을 포로들을 육십여 명이나 구출하는 등 분투했던 공은 임경번을 비롯한 장졸들이 죽고 곡물을 약탈당한 책임에 묻혔다. 비록 목숨은 부지했다 한들, 당상관을 눈앞에 둔 종사품 만호에서 하루 아침에 벼슬 없는 일개 군졸로 떨어진 치욕과 낙담은 보통 사람이 이겨 내기 힘든 것이었다.

그러나 이순신은 조산에서 평소와 다름없이 공무에만 충실했다. 다른 장졸들이 무엇이라고 수군거리든 무표정한 얼굴이었다.

191

녹둔도를 둘러보는 일도 더욱 열심히 하였다. 야인들의 움직임이
조금이라도 보이면 지체 없이 녹둔도로 건너갔다. 목책에 머물며
장창을 베개 삼아 북녘 하늘을 노려보는 하루하루였다.

아직은 강물도 땅도 돌처럼 얼어붙은 정월. 해거름에 말 백여
마리를 끌고 두만강 건너에 있는 야인촌(野人村)인 시전(時錢) 마
을로 들어선 두 사내는 생김새부터 대조적이었다. 키가 크고 덩
치가 좋은 쪽은 털모자를 벗자마자 밤송이처럼 난 수염을 쓸며
물 한 사발을 청해 마셨다. 키가 작고 눈썹이 없으며 등까지 굽
은 사내는 아무것도 입에 대지 않은 채 방 안을 서성거렸다.

"형님! 족장 우을기내(于乙其乃)가 사냥을 나갔다잖소? 이미 해
가 졌으니 내일 아침이나 오겠지. 한숨 푹 잡시다. 산해관(山海
關)을 지나면서부터 한잠도 못 잤우. 다른 건 다 참아도 이 천무
직, 배고픈 것하고 졸리는 건 못 참우."

그 말을 끝으로 천무직은 등에 숨긴 쌍도끼를 벽에 걸고 코까
지 골며 잠이 들었다. 임천수는 턱을 괴고 앉아 연꽃무늬 등잔을
보며 눈을 끔벅거렸다.

'분명 오늘 오겠다고 두 번이나 서찰을 보냈다. 한데 이 혹한
에 사냥을 떠나다니? 이상한 일이다. 하루라도 늦으면 거래하지
않겠다는 답신까지 보내온 우을기내가 아닌가. 그자를 위해 단첨
보로(段韂甫老. 말을 탄 사람에게 흙이 튀지 않게 안장 양편에 늘어뜨린

말다래)까지 늘어뜨린 크고 날쌘 백마를 가져왔거늘.'

턱은 뾰족하고 뺨에는 살점이 하나도 붙어 있지 않았다. 눈에서 코끝까지 깊게 팬 주름은 더욱 궁색한 인상을 풍겼다.

'벌써 십육 년이나 지났구나!'

와키자카 야스하루의 배에서 뛰어내려 구사일생으로 탈출했을 때 임천수는 스물여덟 살이었다. 와키자카 가문의 조선 다기 거래를 독차지하여 단숨에 윤 도주 자리를 빼앗고 하삼도에 있는 강상해고(江商海賈, 강이나 바다를 이용하는 장사)를 지배할 수 있다고 믿었을 만큼 패기 넘쳤던 시절이었다. 그러나 야스하루는 임천수가 생각한 대로 호락호락 움직여 주지 않았다. 오히려 임천수를 이용해 동생의 복수를 하고 임천수와 천무직을 수장하여 금오산에서 저지른 학살을 덮으려고 했다.

그때 금오산에서 임천수는 모든 것을 잃었다. 인삼 값을 받지 못한 것은 그렇다 쳐도, 와키자카 가문과 거래선이 완전히 끊기면서 윤 도주에게 쫓기는 신세가 되었다. 보는 즉시 무조건 죽이라고 윤 도주가 밀명을 내렸다는 소문이 연기처럼 퍼졌다. 더 이상 하삼도에 발 붙일 길이 없었다.

"평안도나 함경도로 갑시다."

천무직이 아무렇지도 않게 권했다.

"산 높고 물 깊은 그곳에서 장사를 제대로 할 수 있을까. 겨울에는 오줌발까지 얼어붙는 곳이라는데."

"걱정 마시우. 두류산에서 함께 어울리던 사냥꾼 중에 묘향산이나 백두산으로 옮겨간 이들이 적지 않으니까. 형 아우 하던 사이니 지낼 곳은 얻을 수 있을 게요."

쾌 많은 두류산 사냥꾼이 북삼도로 이주했다는 말에 임천수는 귀가 번쩍 뜨였다.

"사냥꾼들이 왜 북삼도로 갔지?"

"육진에서 군졸을 하면 삯이 많이 나온다는 말에 속아 떠난 친구도 있고, 사냥을 제대로 하고 싶어 떠난 친구도 있고……. 그렇다우."

"연통은 다 되고?"

"한번 뭉치면 죽을 때까지 만남과 헤어짐을 반복하는 게 사냥꾼들이우. 지금 당장 북삼도에 가도 반겨 맞을 형 아우들이 쉰 명은 족히 되우. 근데 그건 왜 물으시우?"

"아니야. 내일 날이 밝는 대로 북삼도로 가세. 아우 말대로 당분간 몸을 피해 있어야겠어. 예서 개죽음을 당할 수는 없으니까."

그 후 천무직을 따라 북삼도를 떠돌며 사냥꾼들과 어울렸다. 하루 먹을 양식도 넉넉지 않았으나 무슨 수를 써서라도 술을 사고 밥을 샀다. 혹한을 이기고 맹수를 쫓으며 외롭게 지내던 사냥꾼들은 임천수가 베푸는 따뜻한 대접에 곧 마음을 열었다.

사 년이 지난 어느 여름 날 임천수는 솜씨 좋은 사냥꾼 서른 명을 함경도 갑산(甲山)으로 불러 모았다. 좋은 술에 단수(殿脩. 짷어서 생강과 계피 등을 섞어 만든 육포) 같은 안주를 곁들여 배불리 먹은 끝자리에서 임천수는 비로소 속에 품었던 말을 꺼냈다. 여기 모인 사람들이 힘을 합쳐 곰과 호랑이를 사냥해 오면 그걸 청하(靑河, 압록강) 너머에 가서 비싼 값에 팔아 오겠다는 것이다.

"압록강 건너기가 어디 애들 장난인 줄 아시우? 초군들이 두 눈 시퍼렇게 뜨고 지키는 데다 용케 건너가도 야인들에게 모두 빼앗기고 말걸. 차라리 한양에 가서 팝시다. 한양까지만 가도 제 값을 받을 수 있우."

"물론 한양에다 내다 팔아도 된다. 하나 그러면 왜관에 있는 윤 도주에게까지 연통이 갈 거고, 무엇보다 한양 상권을 장악하는 자들이 있지 않느냐? 그자들과 맞서려면 큰돈을 벌어야 한다. 지금 그만한 돈을 벌 수 있는 가장 빠른 방법은 압록강을 건너 대국으로 가는 수밖에 없다. 도와 다오. 너도 알다시피 난 그동안 모은 돈을 다 날렸다. 사냥한 곰과 호랑이를 밑천으로 삼아 종자돈을 벌고 싶구나."

"그랬우? 하면 진작 말씀을 하시지. 알겠수다. 호랑이 한 열 마리 우선 잡으면 되우?"

임천수는 천천히 고개를 끄덕였다.

그렇게 해서 임천수는 압록강을 넘나들며 호랑이와 곰 가죽을 내다 팔았다. 돌아오는 길엔 대국 물건들을 싼값에 사들여 와 또 한 이문을 남겼다. 그러나 생각처럼 돈이 모이지는 않았다. 국경을 더욱 철저하게 지키라는 어명이 떨어진 후로 생각지도 못한 경비가 곱절로 들었기 때문이다. 조선 초군들에게 뇌물을 써야 했을 뿐만 아니라 압록강을 건넌 후 대국 장졸들에게도 뒷돈을 건네야 했던 것이다. 뒷돈을 주지 않으면 당장 오라에 묶여 옥에 갇혀 치도곤을 당할 것이었다. 또한 압록강을 다시 건너올 때에도 똑같이 돈이 들었으니, 짐승 가죽이 많이 팔려도 큰 이문이 남지 않았다.

　그래도 임천수는 거래선을 충실히 닦는다는 생각으로 십 년 남짓 압록강을 넘나들었다. 이제는 다른 상인들의 절반만 뇌물을 건네고도 국경을 지날 정도가 되었다.

　몽골 평원에서 들여온 대국 말을 사서 야인에게 파는 일은 작년 봄부터 시작했다. 원래 그 장사를 도맡아 하던 박도범(朴道凡)이란 자가 압록강 근처에서 피살되었던 것이다. 말 값을 내지 않으려는 야인들 소행으로 보였지만 범인은 잡히지 않았다. 임천수는 그 틈을 놓치지 않고 새로 장사를 시작했다. 죽은 짐승 가죽을 파는 것보다 살아 있는 말을 파는 편이 백배나 이문이 남았다. 그러나 그만큼 위험한 것도 사실이다. 언제 박도범처럼 쥐도 새도 모르게 죽을지 모른다.

　올해 들어 야인은 더욱 강해졌다. 전에는 적은 숫자로 빠르게 압록강이나 두만강을 건너 노략질을 했지만 올해부터는 아예 백 명이나 이백 명씩 부대를 이루어 국경을 넘었다. 배를 타고 멀리 함흥까지 내려가는 자들까지 나왔다.

　'이순신이라고 했지? 녹둔도에서 크게 지는 바람에 백의종군을 당했다던 그 장수……. 동명이인일까?'

　어제 시전 마을에서 임천수를 마중 나온 사내는 지난가을에 있었던 승전을 한도 끝도 없이 떠벌렸다. 여기서 '들바람'이라 불린다는 사내는 함경도 부령에서 사람을 죽이는 바람에 두만강을 건너 시전 마을에 눌러앉은 조선인이었다.

　"그야 이쪽도 되게 당했지. 무지무지 큰 연에다 철편을 꽉 채운 박을 달아 날릴 줄이야 누가 알았겠소? 그걸 모르고 목책에 달라붙었던 이들은 쏟아지는 쇠 비에 맞아 죽었다오."

"연에다 박을 달아요? 그걸 어떻게 터뜨렸소?"

"활쏘기에 명수인 조산 만호 이순신이 화살을 쏘아 맞혔답디다. 나도 멀리서 박이 터지는 걸 보긴 했지만 그치가 쏜 건지 아닌지는 확실히 몰라요. 소문이 그렇게 났지요. 옛날 고려 태조가 열 지어 나는 기러기를 맞히라고 했을 때 몇 번째 기러기를 쏘아야 하는지 여쭈어 정확하게 떨어뜨렸다던 능산(能山) 신숭겸(申崇謙)처럼 궁술 실력이 뛰어났는데, 녹둔도에서 싸움에 져서 그만 죄를 덮어쓰고 죽었다던가 쫓겨났다던가, 그렇답디다."

궁술에 능하다면 와키자카 야스요시를 죽이고 야스하루 얼굴에 상처를 낸 그 이순신일 가능성이 컸다.

'그이도 마흔이 넘었을 텐데. 그 나이에 백의종군을 당했다면 앞날이 뻔하군. 백의종군이면 미천한 군졸보다도 못한 처지가 아닌가. 국경을 넘보는 야인들 수가 이리 급격히 늘었는데 지키는 조선 장졸들 수는 전혀 늘지 않았으니, 싸움에 진 게 그 사람 잘못만은 아닐 텐데. 딱하구먼그래. 그치나 나나 가는 곳마다 일이 꼬이는 건 마찬가지로군.'

임천수는 생쥐 수염을 만지작거리며 들바람이 풀어 놓는 뒷이야기를 곁귀로 흘렸다.

'그나저나 앞으로 조산 쪽으로는 얼씬도 말아야겠군. 나랑 무직이가 와키자카 야스하루를 금오산에 데려온 줄 뻔히 알고 있으니 우리가 근처에 있다는 소문만 들어도 끝끝내 찾아서 죽이려

들 테지. 남궁 선생 가마가 불탄 것도 우리 탓이라고 할 게야.'

피로가 어깨를 무겁게 짓눌렀다. 북으로 압록강이나 두만강을 건너서는 단 하루도 편히 누워 잔 적이 없었다. 봉적(逢賊)하여 물건이나 돈을 빼앗기는 날에는 또 몇 년을 고생해야 한다. 더구나 여긴 대국 장졸들도 드나들기 두려워하는 야인 마을이었다.

'하루만 참자. 내일 아침에는 우을기내가 오겠지. 돈을 받고 말을 넘긴 후 곧바로 두만강을 건너는 게다.'

그러나 고개가 점점 아래로 내려왔다. 깜짝 놀라 머리를 들고 양 손바닥으로 볼을 때렸다. 하지만 곧 다시 목이 꺾였고 몸이 천천히 왼편으로 기울었다. 차가운 바닥에 귓불이 닿았지만 깨어나지 못했다.

거대한 선단(船團)이 파도를 가르며 나아왔다. 뱃머리에 비단 옷 차림을 한 꼽추는 임천수 자신이 분명했다. 배마다 사라능단(紗羅綾緞, 얇은 사와 두꺼운 단. 비단을 통틀어 이름)과 쌀이 그득했다. 갑부가 된 것이다. 갑자기 작은 비선이 다가왔다. 임천수가 손을 흔들자 비선이 앞장서서 선단을 이끌었다. 섬과 섬 사이로 한참을 나아가니 멀리 판옥선이 보였다. 돛대가 부러지고 심하게 그을린 배들이다. 선단이 그 곁에 닻을 내린 후 쌀가마니를 내리기 시작했다. 판옥선에 있던 장졸들도 나와서 거들었다. 임천수가 황급히 배에서 내려 그 앞을 가로막았다.

"안 된다. 이놈들! 이건 내 쌀이다. 내 쌀을 거저 가져갈 순 없다. 값을 내라. 이 도둑놈들아!"

그 순간 꿈에서 깼다. 갑자기 눈앞에 서슬이 퍼랬다. 천무직이 아끼는 도끼가 코앞에서 흔들렸던 것이다. 임천수를 둘러싼 사내들이 킬킬킬 기분 나쁜 웃음을 흘렸다. 천무직은 이미 양팔을 뒤로 결박당한 상태였다. 도끼를 든 사내 곁에 길 안내를 맡았던 들바람이 서 있었다.

"이게 무, 무슨 일입니까?"

들바람이 대답 대신 턱을 오른발로 걷어찼다. 임천수는 떼굴떼굴 두 번 구른 후 벌떡 일어나 앉았다.

"이 꼽추 놈이 누구더러 도둑놈이라는 거야?"

잠꼬대를 자기한테 욕을 한 것으로 착각한 것이다.

"그게 아니라 꿈을 꾸었……"

이번에는 명치를 정통으로 차였다. 임천수는 가슴을 부여안고 모로 쓰러졌다. 사지를 버둥거렸지만 쉽게 몸을 일으킬 수 없었다. 들바람이 씨익 웃었다.

"하기야 우리가 도둑님이긴 하지. 어리석은 놈들 같으니라고. 아무리 값을 후하게 쳐 준다고 해도 그렇지. 단 두 놈이서 여길 와? 죽을 날을 잡지 않고서야 그리도 무모할까."

천무직이 소리쳤다.

"우을기내를 만나게 해 줘. 이 오랑캐 놈들아!"

들바람을 따라 비웃음을 흘리던 사내들 눈빛이 달라졌다. 자신들을 오랑캐라고 불렀음을 아는 눈치였다. 사내들은 천무직을 뺑 둘러싸고 발로 밟기 시작했다. 고래고래 고함을 치며 험한 욕을 해 대던 천무직이 이내 잠잠해졌다. 턱과 가슴을 동시에 맞고 정신을 잃은 것이다. 야인들은 이미 기절한 천무직을 오랫동안 자근자근 밟았다. 칼로 당장 목을 찌르지 않는 것이 오히려 이상했다. 피투성이가 된 천무직을 내버려두고 사내들이 다시 임천수를 둘러쌌다. 들바람이 임천수의 턱을 오른손으로 감싸 쥐어 강제로 고개를 쳐들게 한 후에 물었다.

"긴말하지 않겠다. 산해관을 지키는 놈 중 누구와 입을 맞춘 게냐?"

"사, 산해관이라뇨?"

들바람이 주먹으로 콧잔등을 내리쳤다. 코피가 주르륵 흘렀다.

"내 말에 토 달지 마라. 다음엔 목숨 줄을 끊어 버리겠다. 누구냐? 이름만 대라."

임천수는 그 시선을 피하지 않고 똑바로 노려보았다. 코피가 멎지 않는 바람에 숨쉬기도 힘겨웠다.

'말을 백 마리나 끌고 산해관을 통과한 게 신기한 게지. 누구에게 뇌물을 먹이면 되는지 알고픈 거로군. 그 사람을 알면 자기들이 직접 말을 사 오려고 들겠지. 왜 무직이와 날 살려 두나 했더니 이놈들이 말 장사를 욕심내고 있구나.'

"이름!"

들바람이 눈을 부라리며 주먹을 들었다.

'말하면 그 즉시 죽는다. 갈비뼈가 부러지고 코가 내려앉는 한이 있더라도 버텨야 한다. 버티자. 맞아 죽더라도 버텨서 시간을 벌자.'

"모릅니다."

주먹이 날아들었다. 발길질에 하물(下物)을 정통으로 맞았고 손날에 얻어맞은 뒷목이 끊어질 듯했다. 때리면 맞고 던지면 저만치 나뒹굴었다.

정신을 두 번이나 잃고 찬물을 뒤집어쓰며 깼지만 결코 산해관에서 뇌물을 먹인 관리 이름만은 말하지 않았다. 어느새 새벽이 밝아 오고 있었다.

"지독하군. 우을기내 족장님은 내일 갓밝이까지만 기다리겠다고 하셨어. 그때까지도 모르쇠로 방패막이를 삼으면 네놈들 허리를 베어 늑대에게 던져 줄 테다. 족장님은 하루 이상은 기다리지 않는 분이시거든."

들바람은 천무직과 임천수를 광에 가두었다. 천장이 군데군데 뚫렸다. 꽁꽁 언 진흙 바닥에서 발바닥을 타고 냉기가 올라왔다. 토설하지 않았기에 목숨만은 구할 수 있었다. 천무직이 엎드린 채 앓는 소릴 했다. 도와주고 싶었지만 팔이 묶인 데다 숨쉬기까지 곤란하여 움직이는 것이 쉽지 않았다.

"이보게……, 무직이! 정신…… 차려."

발로 밀자 천무직이 가까스로 돌아누웠다.

"혀, 형님! 여기가……?"

"몸은 어떤가? ……많이 맞았지?"

"형님……, 얼굴이 왜 그렇소? 이놈들!"

"미안하다……. 배신할 수도 있다는 생각은 했지만…… 정말 이럴 줄은 몰랐어."

천무직이 얼굴을 찡그리며 웃어 보였다.

"신경…… 쓰지 마시우. 장사하다 보면 이런 일도 있고…… 저런 일도 있으니. 한데 왜 우릴 여태까지…… 살려 뒀지?"

"직접…… 말을 사 오고 싶은가 봐."

모처럼 천무직도 눈치 빠르게 넘겨짚었다.

"관문을 뚫은…… 비법을 알려 달라? 형님이 십 년 넘게 쌓은…… 인맥과 덕망을 바탕으로 얻은 사람들을…… 그냥 줄 순 없지. 잘했우. 그럼 야인들이…… 우릴 찾기 전까지는 이 광에서 편히 지낼 수 있겠구먼요."

"내일 새벽에…… 목이 달아날 수도 있어."

"그건 그때 가서 다시…… 이야기해도 안 늦지요. 아직…… 시간이 좀 남았우."

천무직은 돌아누워 금방 잠이 들었다. 그런 천무직을 물끄러미 바라보던 임천수는 망나니 앞에 꿇어앉아 목을 길게 뺀 기분이 들었다. 기적을 바라기에는 너무 먼 곳까지 왔다. 세 치 혀를 놀릴 기회조차 없었다.

十五、우화열장右火烈將, 큰 공을 세우다

두만강을 등지고 마지막 군중 회의가 열렸다. 북병사 이일이 가운데 앉고 회령 부사(會寧府使) 변언수(邊彦琇), 온성 부사 양대수(楊大樹), 종성 부사 원균 등이 호위하듯 좌우에 자리를 잡았다. 겨울바람 새어 들어오는 입구 쪽에 선 이경록과 이순신을 발견하고 이일은 얼굴을 찌푸렸다.

"백의종군하는 자들이 어찌 군중 회의에 배석했는가?"

원균이 답했다.

"소장이 불렀습니다. 우을기내가 이끄는 야인들이 작년 봄부터 서너 차례 경흥으로 노략질을 왔던 것을 북병사께서도 아시지요? 백의종군하는 동안에는 장수 지위를 가질 수 없다 해도 두 사람이 겪은 경험은 이번 전투에 큰 도움이 될 겁니다."

오른쪽 턱에 작은 혹이 붙은 회령 부사 변언수도, 왕눈이 온성 부사 양대수도 고개를 끄덕였다. 이일이 이경록과 이순신을 노려 보며 헛기침을 뱉은 후 회의를 시작했다.

"이달 안에 우을기내를 반드시 토벌하라는 어명이 또 내려왔소 이다. 하나 이삼십 명씩 무리 지어 말을 타고 광야를 달리는 야 인들을 토벌하기란 쉽지 않소."

봄까지 우을기내의 수급을 바치지 않으면 북병사를 바꾸어야 하지 않느냐는 하문까지 있었다고 한다. 파직 당할 위기에 처한 것이다. 원균이 두만강 북쪽을 오른손 검지로 짚으며 말했다.

"일단 강을 건넌 후 넓게 벌려 서서 우을기내가 있는 마을까지 진군하는 겁니다. 벌판이 아무리 넓다 해도 우리 장졸들이 둥글 게 서서 포위하면 능히 놈들을 가둘 수 있습니다. 소장이 선봉에 서겠습니다."

회령 부사 변언수가 왼손으로 혹을 긁으며 물었다.

"우리 장졸들은 대부분 보병이오. 한데 우을기내와 그 종자들 은 날랜 말을 타고 장창을 휘두르며 달려드는데, 벌판에서 맞서 면 아군 피해도 크지 않겠소이까?"

원균이 그 말을 잘랐다.

"어느 정도 희생은 각오해야 하오이다. 그렇지 않고는 우을기 내를 잡을 방법이 없소."

양대수가 검은자위를 빙빙 돌리며 끼어들었다.

"두만강 건너는 우리에겐 낯선 땅이고 우을기내에겐 제집 안마 당과 같은 곳이오이다. 지형지물을 이용하여 복병을 두고 함정을 판다면 많은 장졸이 다칠 것입니다. 게다가 우린 아직 우을기내가 이끄는 야인들 수도 정확히 알지 못하는 형편입니다."

원균이 자리를 박차고 일어섰다.

"그럼 이대로 강가에 서서 우을기내가 얼마나 말을 빨리 모는 지 구경이나 하자는 것이오? 시간이 없소이다. 이달 안에 우을기내를 잡지 못하면 북병사께 큰 화가 미칩니다. 회령 부사와 온성 부사는 군막 안에서 장졸들 안위나 따지다가 북병사께서 문책되어도 좋다는 거요?"

변언수가 급히 말끝을 흐렸다.

"그건 아니지만……."

원균이 이일을 쳐다보며 다시 청했다.

"선봉을 맡겠습니다. 마침 오늘은 구름 한 점 없이 맑은 날이니 강을 건너기에 적당합니다. 출정 명령을 내리시지요."

이일도 고개를 끄덕이며 목청을 흠흠 가다듬었다. 아군이 입을 손실도 상당하겠지만 지금으로선 원균이 낸 병략(兵略)을 따를 수밖에 없었다.

"감히 한 말씀 올려도 되겠습니까?"

변언수 등 뒤에 서 있던 이순신이 또박또박 말했다. 이일이 지휘봉을 들어 백의종군하는 주제에 함부로 끼어들지 말라고 힐책하려는 순간, 원균이 자리에 앉으면서 빙긋 웃어 보였다.

"군중 회의에 참석하였으니, 그대도 이번 토벌 작전에 의견을 낼 자격이 있지. 어디 해 보게."

이일이 끄응 신음을 삼키며 팔짱을 끼고 눈을 감았다. 곁에 선 이경록이 팔꿈치를 보이지 않게 잡아끌었다. 괜히 끼어들어 분란을 일으키지 말라는 뜻이었다. 그러나 이순신은 한 걸음 앞으로 나서며 조금 더 큰 목소리로 이야기를 시작했다.

"벌판에 횡으로 늘어서서 진군하는 것은 수많은 병략(兵略) 중에서 하책(下策) 중에서도 하책입니다. 장졸들 목숨 하나하나가 소중한데, 그렇게 무턱대고 나섰다가는 많은 이들이 전사할 겁니다."

심기가 상했는지 원균이 표정을 일그러뜨리면서 말했다.

"전투에서 죽는 것은 흔한 일이다. 승리를 위해서라면 한목숨 바치는 것 또한 사내 된 보람이 아닌가."

말이 채 끝나기도 전에 이순신이 반박했다.

"죽이지 않아도 될 장졸들을 죽이는 것은, 설령 그로써 큰 승전을 거둔다 해도 옳은 계책이 아닙니다. 장졸 한 사람 한 사람이 집에 돌아가면 소중한 아들이자 기둥 같은 아버지입니다. 그를 잃고 하늘이 무너지고 땅이 꺼질 듯 흐느껴 울 가족들을 생각해 보십시오. 장졸들은 오랑캐로부터 나라를 지켜 가족들이 더 큰 슬픔을 당하지 않게 하려고 이 추운 북삼도에 와 있는 겁니다. 그 가족들도 이를 알기에 아들과 가장을 보낸 것이겠고요. 그러니 그들을 슬픔에 빠뜨릴 우려가 있는 계책은 장졸들의 사기를 떨어뜨릴 뿐입니다. 장수 된 자가 목숨을 소중하게 여기는 전술을 펴지 않으면 군졸들이 충심으로 군령을 믿고 따르지 못합니다. 이번 전투는 아군에게 불리한 점이 너무나 많습니다. 변 부사님이나 양 부사님 말씀처럼, 우리는 현재 적이 어디에 복병을 심어 두었는지도 모르고, 야인들 숫자도 모르며, 우을기내가 과연 시전 마을에 있는지조차 확인하지 못했습니다. 이런 상황에서 대병(大兵)을 움직이는 건 옳지 못합니다."

원균이 오른 눈을 찡그리며 짜증을 냈다.

"흥, 좋은 말이로군. 장졸들 목숨을 귀하게 여기는 전투를 하자! 그런 사람이 녹둔도에서 임경번을 죽이고 오형을 죽였나?"

"말씀이 지나치시오이다. 그건······"

양대수가 말리고 나서려는데 원균이 말허리를 잘랐다.

"어쨌든 좋네. 그렇듯 몸조심을 하면 우을기내는 어떻게 잡을 수 있지? 복병도 확인하고 야인들 숫자도 일일이 세고 우을기내가 저 벌판 어디에 있는가까지 안 연후에 나가잔 말인가? 흠, 그걸 전부 알려면 일 년도 부족하겠군."

이일과 원균이 콧김을 뿜으며 동시에 비웃음을 터뜨렸다. 이경록이 다시 팔을 끌었으나 이순신은 가슴에 담은 생각을 마저 펼쳤다.

"제게 맡겨 주십시오. 우을기내가 있을 만한 곳을 미리 살펴 두었습니다. 날랜 군사 쉰 명만 주십시오. 가서 우을기내를 생포해 오겠습니다. 적장만 사로잡으면 야인들은 싸울 뜻을 잃고 스스로 괴멸할 겁니다. 장졸들은 피해가 거의 없겠지요."

웃음을 그친 이일이 팔짱을 풀며 턱을 약간 치켜들었다.

"쉰 명이라고 했나? 적진에 뛰어들어 적장을 사로잡아 오겠다고?"

"그렇습니다."

이일이 즉답을 미루고 다른 장수들 의견을 눈으로 청했다. 변언수가 입을 열었다.

"적정을 살펴볼 필요는 있으니 한번 맡겨 보는 것도 나쁘진 않겠습니다."

"소장도 변 부사와 같은 생각입니다."

양대수도 동의했다. 이일이 눈길을 원균에게 돌렸다. 모욕을 당했다 여겼는지 원균이 이순신을 노려보며 딱딱하게 물었다.

"사내라면 한 번 내뱉은 말에는 반드시 책임을 져야 하오. 장졸 쉰 명만 잃고 돌아온다면 그땐 곧장 목이 잘릴 테니 각오하오. 며칠이면 되겠소?"

"이틀이면 충분합니다. 이틀 후 닭 울 녘까지 우을기내를 생포하지 못하면 어떤 벌이라도 달게 받겠습니다."

이일이 원균에게 고개를 먼저 끄덕인 후 이순신에게 군령을 내렸다.

"좋다. 이순신, 그대를 우화열장(右火烈將)으로 임명한다. 오늘 밤 장졸 쉰 명을 이끌고 떠나라. 우린 내일 아침 두만강을 건너가서 연통을 기다리고 있겠다."

그날 밤, 이순신은 깜깜한 어둠 속에서 군사들을 이끌고 두만강을 건넜다.

"날발!"

이순신은 향나무 아래에 닿자마자 날발을 불렀다. 날발은 이순신이 백의종군을 당한 후에도 변함없이 그림자처럼 곁을 지켰다. 우을기내가 이끄는 야인들 노략질이 잦아지자 이순신이 내린 밀명을 받고 두만강을 건너 시전 마을을 살피고 온 적도 일곱 번이 넘었다. 닷새 전에는 우을기내가 머무는 움막집까지 가서 그자가 사냥에 나섰다가 허리를 다쳐 쉬고 있다는 사실까지 알아냈다.

"먼저 가서 마지막으로 매복을 살피고 우을기내가 아직도 살펴둔 움막에 머물러 있는지 확인하고 돌아오너라."

날발이 어둠 속으로 사라지자 이순신은 남은 군졸들을 불러 모았다. 하나같이 선봉에 뽑힌 것을 억울해하거나 겁먹은 표정들이다. 녹둔도에서 죽은 초병들처럼 자신들 목숨도 위태롭지 않을까 염려하는 것이다.

"들어라! 나는 전 조산 만호 이순신이다. 너희들이 내 이름을 어떻게 들었고, 지금 무슨 생각을 하고 있는지 안다. 그러나 지금 이 순간부터 그 헛된 풍문은 깡그리 잊어라. 나는 이번 전투에서 선봉장을 자임했고, 너희들은 두만강 저편에서 아직도 미적대는 군졸들보다 백배는 더 뛰어난 강병으로 인정되어 선봉대에 뽑혔다. 자랑스러워하라. 이미 우린 강을 건넜고 우을기내를 생포해 돌아갈 때까지는 되돌아갈 수 없다. 혹여 달아날 생각은 마라. 앞에는 야인들이 우글대는 시전 마을이고 뒤에는 본대(本隊)가 따라와 물러선 자는 군법대로 엄하게 처결할 것이다. 또 좌우 벌판에는 사람 고기에 굶주린 늑대들이 날카로운 이빨을 드러내며 먹잇감을 찾고 있다. 들어라! 우린 이제 한 몸이다. 살아도 같이 살고 죽어도 같이 죽는다. 너희들도 이미 알듯이 우린 겨우 쉰 명이고 적은 오백 명이 넘는다. 정면으로 부딪히면 살아남지 못한다. 목숨을 소중히 여기고 자중하고 또 자중하라. 오늘 우리가 받은 군령은 바람처럼 물처럼 그림자처럼 아무도 모르게 조용히 시전 마을로 스며들어 우을기내의 거처를 포위한 후 그자를 생포하여 돌아가는 것이다. 나만 믿으면 반드시 군령을 달성하고 무사히 돌아갈 수 있다. 그러니 나를 따르라. 알겠느냐?"

"예!"

목소리가 작게 흩어졌다. 겨우 쉰 명으로 적장을 생포하러 가자는 게 믿어지지 않는 것이다. 이순신은 두 눈을 부릅뜨고 다시 외쳤다.

"내가 앞장서겠다. 너희들은 무조건 나만 따라 하면 된다. 내가 화살을 쏘거나 검을 휘두르기 전엔 너희들도 무기를 쓰지 마라. 명심하렷다! 자, 그럼 가자. 해가 뜨기 전에 가 닿아야 한다."

"예!"

대답 소리가 조금 더 커졌다. 이순신은 뒤돌아서서 달리기 시작했다. 군관 이운룡(李雲龍)이 다가와서 목소리를 높였다.

"소장이 맡을 일을 주십시오. 임경번과 오형의 복수를 꼭 하고 싶습니다."

이순신은 고개만 돌려 활활 타오르는 이운룡의 눈을 들여다보았다. 녹둔도에서 유달리 가까웠던 세 사람이다. 이순신이 이운룡의 어깨를 감싸쥐었다 놓으며 말했다.

"우을기내의 움막을 지키는 놈들을 자네가 책임지고 급습하게. 반드시 우을기내를 잡아 녹둔도에서 죽은 열한 명의 원한을 푸세나."

이일이 이끄는 본진이 두만강을 건널 즈음, 이순신은 벌써 날발을 길잡이로 하여 시전 마을 근처에 이르러 있었다. 동녘이 서서히 밝아 오기 시작했다. 시간이 많지 않았다.

"저깁니다. 움막 근처를 지키는 야인들은 스물쯤 됩니다."

날발이 말을 맺자 이순신이 고개를 끄덕였다.

'단숨에 치고 빠져야 해. 그렇지 않으면 포위되어 몰살당하고 말 것이다.'

우선 군졸들을 네 패로 나누었다. 이순신이 화살을 날리는 순간 이운룡을 선두로 동시에 달려들기로 작전을 바꾼 것이다. 군졸들이 빠르게 위치를 찾아 흩어졌다. 이순신은 어깨에 두른 흑각궁을 쥔 다음 전동에서 우는살 다섯 발을 꺼내 가지런히 놓았다. 잠시 눈을 감았다.

'명예를 되찾을 마지막 기회다. 실패하면 여기가 내 무덤이 된다.'

화살을 들고 오늬에 입김을 불어넣었다. 책임자로 보이는 덩치 큰 야인 목을 겨누었다. 그자가 목을 감싸 쥐고 쓰러지기도 전에 두 번째 화살이 곁에 선 사내 이마를 향해 날아갔다. 화살 다섯 발이 모두 명중되는 순간 반대편에서 달려든 이운룡이 벌써 야인들 둘을 가슴에 단검을 꽂아 쓰러뜨렸다. 나머지 군졸들도 미친 듯이 내달려 야인들을 쓰러뜨렸다. 단검을 든 날발이 질주하여 움막으로 들어섰다.

"윽!"

어둠 속에서 뻗은 주먹이 가슴을 쳤다. 쓰러진 날발이 고개를 들었을 땐 우을기내가 머리 위로 치켜든 검으로 사선을 그리기 직전이었다. 칼날을 피할 겨를이 없었다.

하나 거의 동시에 우을기내가 왼편으로 기울어졌다. 뒤따라 들어온 이순신이 장검으로 어깨를 내리찍은 것이다. 그러나 우을기내는 쓰러지지 않고 도리어 주먹 쥔 팔로 이순신 목을 감았다. 날발이 두 발을 뻗어 우을기내의 양 무릎을 힘껏 쳤다. 우을기내와 이순신이 동시에 뒤로 쓰러졌다. 날발은 급히 일어나 단검을 우을기내의 턱에 갖다 댔다.

"묶어!"

날발이 재빨리 포승을 내어 우을기내를 꽁꽁 묶고 입에 재갈을 물렸다. 이순신은 우을기내를 어깨에 떠멘 날발을 앞세우고 밖으로 나오자마자 명령을 내렸다.

"가자! 모두 후퇴하라."

날발은 두만강 쪽으로 앞장서 달렸다. 거구인 우을기내를 짊어지고도 추월을 허락하지 않았다. 이순신은 선봉대가 빠져나간 후 마지막으로 시전 마을을 벗어났다. 데리고 갔던 쉰 명 중 목숨을 잃은 자는 아무도 없었다. 뒤늦게 정신을 차린 야인들이 화살을 쏘며 쫓아왔다. 말을 탄 몇몇은 곧 이순신 일행을 따라잡을 듯했다.

'아니 되겠군. 죽더라도 예서 다시 싸울 수밖에.'

이순신이 걸음을 멈추고 돌아서려는 순간, 반대편에서 흙먼지를 일으키며 달려오는 장졸들이 있었다. 원균이 그사이를 참지 못하고 뒤따라온 것이다.

"괜찮은가? 우을기내는?"

이순신이 손을 들어 날발을 가리켰다.

원균이 얼굴을 묘하게 일그러뜨렸다. 이순신이 우을기내를 생포하지 못한 채 쫓겨 오리라던 예상이 빗나간 것이다.

하지만 바로 그때 말에 탄 야인들이 들이닥쳤다. 원균이 곧 장검을 높이 들고 소리쳤다.

"오랑캐 놈들을 죽여라! 한 놈도 살려 둬선 안 된다. 모조리 쳐 눕혀라!"

싸움이 벌어졌다. 날발이 우을기내를 다른 군졸에게 맡기고 이순신 곁에 다가섰다. 이순신이 더 물러나지 않자 선봉대의 군졸들도 이순신을 둘러싼 채 싸움에 가담했다. 원균이 외쳤다.

"도망치는 놈들을 따라잡아라. 이미 우두머리를 잃었다. 적은 머리 잘린 뱀에 지나지 않는다. 쳐라!"

승기를 잡은 조선 장졸들은 함성을 지르며 원균을 따라 시전 마을로 달리기 시작했다. 이순신 곁에서 야인들에 맞선 군졸들도 뒤따랐다.

"대장!"

날발이 불렀다.

"우을기내를 호송할 군졸만 남고 우리도 되돌아간다. 시전 마을로 가자!"

우을기내를 맡은 군졸들은 명을 받고 곧바로 강을 건너기 위해 후퇴했다. 임무를 마쳤으니 그들과 함께 물러날 수도 있었다. 그러나 군졸들을 원균에게 맡겨 버릴 수는 없었다. 족장을 빼앗긴 야인들이 혹 흉맹하게 맞선다면 아군의 피해도 적지 않을 터였다. 원균이 전공을 탐하여 장졸들을 위기로 내모는 군령을 내린다면 앞장서서 막아야 했다.

그러나 그것은 기우였다. 되돌아와 마을 초입에 이르자 이미 곳곳에 불길이 치솟고 비명이 터져 나왔다. 우을기내를 빼앗긴 야인들은 사분오열, 저마다 다른 방향으로 흩어져 감히 맞설 엄두를 내지 못했다. 조선 장졸들이 도망치는 야인들을 뒤쫓아 가 도륙하고 포로로 잡았다. 몇은 움막 안을 뒤져 숨어 있던 야인들을 끌어내고 재물을 찾았다. 빈 움막에는 불을 질렀다.

"놔라. 우린 조선 백성이다. 오랑캐 놈들에게 속아 잡혀 있었던 게다."

갑자기 굵은 목소리가 들려왔다. 이순신은 뒤를 돌아보았다. 덩치가 좋은 사내와 꼽추가 결박당한 채 끌려 나오며 발버둥을 쳤다.

"무슨 일인가?"

군졸이 이순신을 알아보고 검을 내리며 답했다.

"조선 백성이라고 우깁니다. 조선에서 죄를 짓고 야인 마을로 도망친 자들이 있다더니 바로 이놈들 같습니다. 오랑캐보다도 더 악랄한 놈들입니다. 목을 자르겠습니다."

덩치 큰 사내가 고래고래 고함을 질러 댔다.

"우린 시전 마을에 사는 조선인이 아니다. 우린 경원에서 농사짓던 사람들이다. 저 오랑캐 놈들에게 억울하게 잡혀 왔단 말이다.”

“이놈이 그래도.”

군졸이 당장 장검을 내리칠 기세였다.

“가만!”

이순신이 오른손을 들어 만류했다. 덩치 큰 사내 얼굴을 찬찬히 살폈다. 덥수룩한 수염이 하관을 덮고 이마와 눈가에 주름이 졌지만 이순신은 단번에 그 사내를 알아보았다.

“넌 금오산 사냥꾼 천무직이 아니냐?”

‘곰가죽을 팔며 왜인들과 내통하던 놈. 결국 금오산을 불바다로 만든, 간장을 도려내어 씹어 삼켜도 시원찮을 놈!’

사내가 고함을 멈추고 이순신을 쳐다보았다. 그러나 천무직은 피갑을 입은 이순신을 금방 알아보지 못했다. 눈치 빠른 임천수가 목숨을 구할 기회를 틀어쥐었다.

“맞습니다요. 쌍도끼 천무직 맞습니다요.”

“네, 네놈은……?”

임천수를 알아본 이순신의 표정이 싸늘하게 식었다. 와키자카 일행을 금오산 가마로 이끌어 왔던 그 눈썹 없는 꼽추 놈이다. 임천수는 비굴한 웃음을 흘리며 이순신 손을 붙들었다.

“임천수라고 합니다요. 사발을 사고팔러 남궁 선생 가마를 여러 차례 드나들었습죠. 그 왜인들한테 끌려가서 죽게 되었을 때 화살을 쏴서 우릴 구해 주셨잖습니까요? 기억 안 나십니까? 미진 낭자와…….”

주먹을 휘두른 것은 이순신이 아니라 말없이 뒤에 섰던 날발이었다. 임천수와 천무직이 와키자카 야스하루를 끌고 온 탓에 날발은 가족이 몰살당했다. 그동안 단 한 번도 이순신 명령 없이는 나서지 않던 날발이었다.

"멈춰라!"

이순신이 차갑게 명령했다. 이미 임천수는 피투성이였다. 날발이 그 멱살을 움켜쥔 채 고개를 돌렸다.

"그만 멈춰라!"

"대장!"

"이 사람들은 내가 맡겠다. 조선 백성이 분명하니 너희들은 움막을 나가라. 날발이 너도!"

이순신은 군졸은 물론 날발까지 밖으로 내보냈다. 세 사람만 남자 이순신은 천무직과 임천수를 묶었던 밧줄을 풀어 주었다.

"감사합니다요. 소인 놈 목숨을 두 번이나 구해 주셨습니다요. 정말로, 정말로 고맙습니다요."

임천수는 계속 굽실거렸고 천무직은 그 뒤에 서서 이순신을 쳐다보기만 했다. 이순신이 천천히 등을 보이며 돌아섰다.

"가거라. 그리고 다시는 내 눈 앞에 띄지 마라. 다음에 만나면 네놈들 목을 베어 억울하게 죽은 미진 낭자 원수를 갚겠다."

"미진 낭자는, 그게······."

"가라니까!"

천무직이 임천수 어깨를 툭 치며 먼저 밖으로 나왔다. 임천수도 천무직을 따랐다. 이순신은 아랫입술을 질끈 깨물었다.

'날발보다도 먼저 저 둘의 코뼈를 부러뜨리고 간을 꺼내 짓씹고 싶다. 하나…… 그럴 수는 없다. 저들은 시전 마을에 갇혀 있던 조선 백성이며, 나는 오랑캐를 물리치고 붙들려 있는 조선 백성들을 구하라는 명을 받지 않았는가. 여기서 지난날의 원한을 풀 수는 없다.'

　북병사 이일이 이끄는 토포군은 이순신을 우화열장으로 삼아 시전 마을을 급습하여 큰 승리를 거두었다. 움막 이백 채를 불태우고 수급 삼백팔십 개를 거두었다. 생포한 우을기내는 북병영으로 압송하여 백성들이 보는 앞에서 사지를 찢어 죽였다. 북병사 이일은 파직을 면했고 전투에 참여한 모든 이들에게 포상이 내렸다. 가장 빛나는 전공을 세운 이순신은 백의종군을 끝내라는 명을 받았다.

十六、 전쟁, 원치 않는 환란

기축년(1589년) 팔월 삼십일.

사시(아침 9~11시)에 흥인문(興仁門)을 나선 두 사내는 숭신방(崇信坊)과 인창방(仁昌坊)을 거쳐서 안암(安岩) 낙산(駱山) 쪽으로 방향을 잡았다. 두 사내의 발길이 향한 곳은 도봉산이었다. 선조의 둘째 아들 광해군(光海君)이 거기 머물고 있었다.

행인들이 오가는 길에서는 내내 침묵을 지켰지만, 낙산으로 접어들어 인적이 뜸해지자 작은 목소리로 이야기를 주고받았다. 조선말이 아니었다.

"조선 조정에서는 끝끝내 통신사(通信使)를 보내 줄 생각이 없는 게 아닐까요? 선위사(宣慰使) 이덕형(李德馨)이나 그제 만난 대사헌(大司憲) 류성룡도 우릴 믿지 못하는 것 같습니다."

삿갓을 깊이 쓰고 십자가 목걸이를 건 젊은 사내는 쓰시마 도주 소 요시토시(宗義智)였다. 그 곁에 함께 걷는 나이 든 사내는 땅딸막한 키에 굴갓(모자 위를 둥글게 대로 만든 갓. 벼슬을 가진 중이 썼음.)을 쓰고 오른 손목에 염주를 감은 모습이 불제자인 듯싶었다.

"옳소이다. 저들은 도리어 우리를 의심하고 있어요. 관백(關伯. 이 무렵 도요토미 히데요시의 관직명)께서 천하를 통일하셨으니 통신사를 보내 달라고 거듭 요청했건만 아직도 무엇이 의심스러운지 경계만 할 뿐 묵살하고 있지 않소. 응하지 않는다면 무슨 일이 벌어질지 모른다고 도주의 선친께서도 충심으로 조선 조정에 전쟁 조짐을 귀띔하셨는데, 조선에선 그저 남쪽 해안을 노략질하려는 것 정도로 여기니 난감할 따름이지요."

겐소(玄蘇)는 승려의 몸이었지만 사절의 임무를 띠고 요시토시와 더불어 바다를 건너 온 터였다. 일찌감치 요시토시의 아버지인 소 요시시게(宗義調)의 초빙을 받아 사절로서 조선에 온 것도 여러 번이었다. 도요토미 히데요시가 패권을 잡고 쓰시마 도주를 시켜 조선에 통교를 청한 이래, 조선 조정에 통신사를 보내 줄 것을 요청하는 일은 그들에게 크고 급박한 임무였다. 그러나 거듭 청해도 들어주지 않았으므로, 이번에는 일본 국왕사(國王使)를 위장하여 겐소가 정사(正使)의 지위를 맡고 젊은 요시토시가 부사(副使)가 되어 다시금 건너온 터였다. 이들은 이틀 전 입궐하여 선조를 대면했고, 선조는 일행을 위로하기 위해 동평관(東平館)으로 어주(御酒)까지 내렸다. 하지만 통신사를 파견하겠다는 응답은 여전히 받아 내기 어려웠다.

"참으로 큰일입니다. 관백께서는 조선을 지나 명나라까지 나아갈 뜻을 확고히하시고 점점 더 급하게 재우치십니다. 조선 국왕이 직접 바다를 건너와 무릎을 꿇으라고 말씀하시는 판국인데, 조선에서는 이런 사정을 새까맣게 모르니 이 일을 어찌 하면 좋을지 모르겠습니다."

"부처님의 공덕으로 참혹한 전쟁이 일어나지 않기를 바라오만, 관백의 뜻을 돌이킬 수 없다면 머지않아 검극이 이 태평한 땅을 덮칠 터인데……."

요시토시가 고개를 들자 삿갓 아래로 아직 앳된 얼굴이 엿보였다. 겨우 스물두 살 젊은 나이에 걸맞지 않게 침착하고 기민했다.

"전쟁이 나면 우리 쓰시마 섬은 끝장입니다. 조선으로 진군하는 군사를 도중에 먹이고 입히는 일이 모조리 쓰시마 섬 사람들 몫이 될 테지요. 게다가 조선 조정은 우리가 은혜를 저버렸다고 생각할 게 뻔합니다. 조선과 왕래하며 장사를 할 길이 끊기는 날에는 쓰시마 섬 사람들은 살 수가 없습니다."

"고니시 유키나가(小西行長) 님이 가장 크게 걱정하시는 것도 그것이지요. 도주는 그분 사위가 되시니, 쓰시마 섬이 황폐해지는 일은 유키나가 님도 어떻게든 막으려 하실 것이오."

요시토시가 천천히 고개를 가로저었다.

"장인어른이 힘쓰시는 것은 저도 알고 있습니다. 하나 관백께서 품으신 천하인(天下人)의 꿈을 눌러앉힐 수는 없을 겁니다."

"설사 많은 군사를 보내어 조선과 명을 모두 점령해 굴복시키신다 해도 그 일이 이루어지는 데에는 오랜 시일이 걸릴 것이오. 백 년 안에 끝나지 않을지도 몰라요. 그 와중에 무수한 중생이 피를 뿌릴 것이오. 막아야만 하오."

"장인어른이나 제가 가운데에서 말눈치를 보며 시간을 끄는 것
도 이제는 한계에 다다랐습니다. 관백의 말씀을 조선 조정에 그
대로 전할 수도 없고, 조선의 대응을 관백께 그대로 아뢸 수도
없는 이 판국이 괴롭기 그지없군요. 앞날이 캄캄하기만 합니다.
조선 조정에서 경각에 이른 위협을 깨닫고 대처해 주면 좋으련
만……. 난데없이 이 년 전에 여수(麗水) 손죽도(巽竹島)를 약탈하
고 돌아간 왜구 우두머리를 붙잡아 보내라는 것은 무슨 뜻이겠습
니까?"

겐소가 잠시 고개를 들어 천문을 살폈다.

"통신사를 보내지 않으려는 마음을 먹고 들어주기 힘든 조건을
내건 것이오. 특히 사화동을 지적해 말한 것은 자국 백성을 엄히
다스리려는 뜻이 아니겠소. 사화동은 정해년에 조선 땅을 밟고서
그곳 사람들을 만나는 등 제 이름을 팔며 다닌 모양이니, 나라를
배반하고 왜구의 길잡이를 맡은 그자가 왜 밉광스럽지 않겠소. 그
차에 관해서는 이미 하삼도 곳곳에 용모파기(容貌疤記, 어떠한 사람
을 잡기 위하여 그 용모와 특징을 적은 기록)가 나붙었더라고 들었소."

요시토시가 답답한 표정을 지었다.

"조선 조정은 하삼도 사정을 모르나 봅니다. 쓰시마의 장사치
들이 왜관을 중심으로 하삼도에 들락날락하고, 하삼도 장사치들
이 쓰시마에 은밀히 오가는 건 공공연히 일어나는 일이지 않습니
까? 하삼도로 건너가 사는 쓰시마 섬 사람들만 해도 그 수가 적
지 않고 또 쓰시마에 보금자리를 마련한 조선인도 수백 명입니

다. 해적에게 끌려왔다 도망친 자, 억울하게 고향을 떠나온 자들도 있지만 사정이 있어 스스로 바다를 건너 온 자들도 많습니다. 아버님도 저도 결코 그들을 차별하지 않았습니다. 사화동을 비롯해 고토(五島)에 사는 조선인들도 사정은 마찬가지일 겁니다."

"소승이 어찌 도주의 참마음을 모르겠소? 하나 조선에서 사화동을 거명하여 요구하고 나선 이상 들어주지 않을 수도 없는 일이오."

"믿음이 깊은 형제를 죽음으로 내몬다는 것은 차마 할 수 없습니다."

"조선이 통신사를 보내지 않을 구실을 없애야 하오. 실낱 같은 희망이라도 있다면 무고한 중생을 덮칠 전화(戰禍)를 막기 위해 작은 슬픔을 감내해야 하오. 지난 삼 년 동안 우리가 조선 국왕은 물론 관백까지 모두 속인 것은 오로지 조선 정벌을 막으려고, 막지 못한다면 하루라도 늦추려고 한 것이 아니었소? 전쟁을 막기 위해서라면 쓰시마의 신하 유타니 야스히로(柚谷康廣)나 승려 산겐(三玄)을 관백께서 보내신 사람으로 위장할 수도 있고, 조선 국왕이 항복할 때를 고르고 있다는 거짓 보고를 관백께 올릴 수도 있었소. 소승이 말하는 뜻을 헤아려 주시오."

요시토시가 엷은 미소를 띠며 답했다.

"스님을 원망하는 것이 아닙니다. 저는 이 전쟁을 꼭 막고 싶습니다. 한데 부산에서 한양으로 올라오는 동안 선위사 이덕형을 비롯한 여러 관원들과 많은 이야기를 나누었지만, 그들은 백전불패 신화를 쌓은 관백의 무용(武勇)을 전혀 알지 못합니다. 신발

맡은 하인으로 시작하여 천하를 손에 쥔 그분의 대업을 어쩌다 우연히 높은 자리에 오른 것쯤으로 여기더군요."

젠소가 염주알을 굴리며 허리를 폈다. 도봉산에 거의 닿은 듯 했다.

"영웅은 영웅을 알아본다고 하지 않소이까?"

"광해군이라 하였습니까? 조선국 둘째 왕자란 것 말고 그 사람이 한 일이 무엇이 있습니까? 그런 애송이를 관백과 나란히 놓으시다니요."

"그렇지만도 않소. 아직 발톱을 드러내지 않았더라도 대호(大虎)는 대호요. 왕자들 중에서 광해군이 가장 그릇이 크다는 것은 조선의 신료들이 누구나 인정하더이다. 율곡 파벌이든, 퇴계 파벌이든, 남명이나 화담 파벌이든 모두 광해군을 가슴에 품고 있어요."

"그렇다면 왜 아직 세자로 책봉되지 않았을까요? 이제 나이가 열다섯이 되었다고 들었습니다만."

"여러 가지 복잡한 사정이 있겠지요. 손위 형인 임해군(臨海君) 문제도 있는 데다, 조선 국왕은 아직 후계를 정할 마음이 없는 것 같기도 하오. 하나 광해군은 젊디젊은 나이에 여러 조정 대신들에게 인정을 받으며 훗날을 대비하고 있다 하오. 과연 얼마나 큰 인물인지 우리도 한번 확인해 볼 필요가 있어요. 광해군이 우리 뜻을 알아 준다면 조정 중론을 우리에게 유리한 쪽으로 이끌 수도 있을지 모르오."

"왕자의 몸으로 이 험준한 도봉산에 사냥을 나왔다니 서책이나 뒤적이며 시문에만 골몰한 서생은 아닐 듯하군요. 한데 광해군이 도봉산 자락 어디에 있을지 어떻게 아십니까?"

겐소가 웃으며 답했다.

"이미 들은 바가 있다오. 광해군은 사냥을 마치면 사냥꾼과 몰이꾼을 모두 내려 보내고 혼자 철편(鐵片) 한 획을 쏘는 것으로 그날을 마무리한다더군요. 그 활 자리를 알아 두었소."

산 속에서는 밤이 빨리 찾아왔다.

등사(螣蛇. 하늘을 날아다니는 뱀의 별자리. 구름과 안개를 일으킨다.) 에서 붉은 기운이 감도는가 싶은데 금방 발아래부터 어둠이 깔리고 솔부엉이가 울었다. 겨우 오십 보 떨어진 과녁이 백 보 과녁 보다도 멀어 보이고 화살이 미치지 못할까 두려워졌다. 그렇다고 각궁을 다시 내려놓지는 않았다. 잠시 쉬면 화살은 명중시킬 수 있을지 몰라도 어둠에 더 깊이 휩싸일 것이다.

무릎이 쑤시고 어깨가 뻐근하다. 하루 종일 산을 오르내려 겨우 멧돼지 한 마리와 토끼 두 마리를 잡았다.

신성군(信城君)!

이제 겨우 열두 살인 신성군 얼굴이 홍심에 떠올랐다. 신성군은 인빈 김 씨(仁嬪金氏) 소생으로 선조가 각별히 총애하는 왕자였다. 머지않아 임해군과 광해군을 제치고 동궁(東宮)이 되리라는 풍문까지 돌았다.

'활 한 번 제대로 잡아 본 적 없고 어떤 경륜이나 대망을 품어 본 적도 없는, 이제 겨우 더듬더듬 용비시(龍飛詩, 「용비어천가」를 이름)나 외우는 애송이다. 그런 일일지구(一日之狗)에게 천하를 맡길 순 없지.'

깍짓손을 놓았다. 철편은 정확하게 어둠을 갈라 홍심을 뚫었다.

'문제는 확실한 내 사람이 없는 게다. 다들 성심(聖心, 임금의 마음)을 살피느라고 내게도, 임해군 형님에게도 연통을 넣지 않는다. 어느 날 갑자기 인빈과 대장군 신립이 뜻을 합쳐 신성군을 밀어 올리면 두 눈 시퍼렇게 뜨고 당할 수 있다. 아니 된다. 그 일만은 막아야 한다.'

다시 철편을 하나 꺼냈다.

'누가 좋을까. 성심을 잘 살피면서도 그때그때 상황 판단이 빠르고 또 계속 내 편이 되어 줄 사람.'

대사헌 류성룡이 가장 먼저 떠올랐다. 상처(喪妻)한 슬픔에 잠겨 바깥출입을 삼가고 있지만, 지금 조정에서 류성룡만큼 학덕 깊고 명나라와 왜의 사정에 밝은 사람도 드물다. 더군다나 협상하는 데 귀재가 아닌가.

'그 사람이라면 평생 동안 내 장자방(張子房) 역할을 하리라. 근일간 만나 봐야 할 터이다.'

갑자기 등 뒤가 서늘했다. 광해군은 활을 들고 재빨리 몸을 돌렸다.

"누구냐? 썩 나서지 못할까?"

삿갓과 굴갓을 쓴 사내가 오리나무 뒤에서 나왔다. 광해군이 활을 든 채 물었다.

"무엇 하는 자들이냐? 보아하니 이 근처 사람은 아닌 듯한
데……."

겐소가 굴갓을 벗고 한 걸음 다가섰다. 수리취와 깔끔잔대꽃이
무성하게 피었다. 광해군은 상대가 불제자라는 사실에 더욱 놀랐
다. 겐소는 조선말로 신분을 밝혔다.

"대마도(對馬島, 쓰시마 섬)에서 온 겐소라고 합니다."

'겐소!'

광해군도 그 이름을 익히 알고 있었다. 쓰시마 섬 사리(闍梨,
승려의 별칭)로 조선 사정에 밝아 자주 사신으로 왔던 인물이다.
겐소 곁에 선 사내도 삿갓을 벗었다. 약관의 청년이다. 머리카락
을 모아서 짤막하게 뒤로 묶은 왜식 상투가 눈에 띄었다. 겐소가
그 사내도 소개했다.

"이번에 부사로 함께 온 소 요시토시 님입니다."

광해군은 활을 내렸다. 그렇지만 의혹에 찬 눈으로 두 사람을
노려보았다.

"대마도에서 사신들이 왔다는 소식은 들었소. 한데 동평관에
머물러 있어야 할 그대들이 예까지 무슨 일이오?"

"나리를 만나러 왔습니다."

"날? 날 만나기 위해 도봉산까지 왔다는 말이오?"

"그렇습니다."

"이유가 무엇이오?"

겐소가 잠시 요시토시와 낮은 소리로 왜말을 주고받았다. 그런

후에 다시금 광해군을 보고 말했다.

"조선 조정에서 통신사를 파견하도록 도와주십시오."

광해군이 단칼에 잘랐다.

"난 조정 일에 일절 관여하지 않소. 통신사를 보내는 것과 같은 중대한 문제를 어찌 내게 와서 말하는 것이오? 돌아들 가오."

"전쟁을 막을 수 있는 마지막 기회입니다."

겐소의 말에 광해군의 눈이 꿈틀했다.

"전쟁?"

"관백께서는 벌써 삼 년 전부터 조선과 명나라를 칠 뜻을 말씀하셨습니다. 소승이 조선 조정에 이 일을 귀띔해 드린 것은 이번이 처음이 아닙니다."

광해군이 갑자기 두 사람을 노려보던 눈길을 거두고 웃음을 흘렸다.

"그 말씀이신가. 나도 들은 바가 있구려. 통신사를 보내 달라고 청하다 못하여 보내지 않으면 전쟁이 벌어질 것이라고 협박하였다지요. 그것이 사절을 청하는 태도요? 귀국은 무장들이 할거하여 오랜 동안 서로 피를 흘리고 나라가 피폐하였다고 들었소. 이제 무슨 힘이 있어 감히 조선과 명나라에 침입하려 한단 말이오?"

"관백에 오르신 히데요시 님께서 이미 천하를 제패하여 모래알처럼 흩어졌던 나라를 하나로 모으셨습니다."

광해군의 입매에 비틀린 웃음이 떠올랐다.

"그 히데요시라는 이는 본디 천민으로, 무식하여 예절도 알지 못하고 글도 제대로 읽지 못한다고 들었소만. 작은 섬나라를 힘으로 내리눌렀을지 몰라도 공맹을 따르는 군자의 나라들을 넘본다면 참으로 어리석은 짓이오."

겐소와 요시토시 모두 그만 턱을 끌어당겼다. 도요토미 히데요시가 천한 출신이며 학문이 얕은 것은 사실이지만, 고승과 학인 등을 접하며 얻어들은 지식은 놀라울 정도였다. 기억력 또한 비상하여 한 번 들은 이야기는 일 년 후에도 토씨 하나 틀리지 않고 외웠다. 무엇보다도 상대의 속마음을 읽고 자기 뜻대로 조종하는 능력은 비길 곳이 없었다. 맨손으로 일본 제일의 자리에 오른 인물인 것이다.

겐소가 다시 요시토시와 귓속말을 나누었다. 그러곤 요시토시가 등 뒤에 걸맸던 길쭉한 물건을 내려놓고 둘러싼 비단 보자기를 펼쳤다.

"이것이 무엇인가?"

"조총(鳥銃)이라 하는 물건입니다. 조금 전에 감히 무슨 힘으로 조선을 치고 명나라를 넘보느냐고 하셨지요? 관백이 거느리신 많은 무장들에게 저마다 수많은 군사가 있고, 그 군사들이 모두 이와 같은 조총으로 무장하고 있다면 어찌 생각하시겠습니까?"

"조총이라! 총통(銃筒) 비슷한 것이오? 무척 작고 가벼워 보이오."

광해군이 큰 흥미를 보이며 두 눈을 반짝였다.

"그렇습니다. 이것은 군졸 한 명 한 명이 한 자루씩 들고 쏘며 적진으로 나아갈 수 있습니다."

광해군이 눈살을 찌푸렸다.

"조선에도 총포는 있소."

"외람된 말씀이지만 조선 총포는 무거워 운반하기 어렵고 정확히 겨누어 쏘기도 어려운 줄 압니다. 하나 이 조총은 사람이 손에 들고 쏘는 것이라 한 발을 쏘면 반드시 한 명이 거꾸러지는 무서운 무기입니다. 직접 보여 드리겠습니다."

요시토시가 오십 보 밖에 있는 과녁을 향하고 꿇어앉았다. 소매에서 화약과 탄환이 든 보자기를 꺼내 폈다. 총구에 먼저 화약을 넣고 그 위에 탄환을 재었다. 허리에서 긴 막대기를 뽑아 총구에 끼우고 다졌다. 그리고 용두를 들어 올려 방아쇠 걸이에 고정했다. 화승에 불을 댕긴 다음 용두에 끼우고 엎드려 방아쇠를 당겼다. 이내 고막을 찢을 듯한 총성이 울려 퍼졌다. 광해군은 그 소리에 깜짝 놀라 양손을 귀에 올리며 자기도 모르게 두 걸음 물러섰다.

요시토시가 총을 놓고 달려가 과녁을 아예 뽑아 들고 왔다. 홍심이 뻥 뚫려 있었다.

"대단한 솜씨요. 어둑어둑하여 과녁도 잘 보이지 않았을 텐데……."

광해군의 목소리가 까칠하니 긴장된 빛을 띠었다.

"하나 심지가 타 들어가는 동안이 문제로군. 그 사이에 습격을 당하면 어찌 견디겠는가?"

겐소가 답했다.

"바로 보셨습니다. 대열을 흩뜨리고 마구잡이로 달려들어 일단 백병전에 들어가면 조총인들 막대기와 다를 바가 없겠지요. 하지만 결코 그럴 수 없습니다. 조총을 든 군사들이 세 겹으로 열을 지어 일정한 간격을 유지하고 일사불란하게 움직인다고 생각해 보십시오. 삼열 횡대로 늘어서서 첫줄은 총을 쏘고, 다음 줄은 심지에 불을 붙이고, 마지막 줄은 돌아와 총탄과 심지를 준비한다면 어떻겠습니까? 일본에서는 이미 수많은 전투를 통해 이 전술을 몸에 익혔습니다. 갑옷도 종잇장처럼 뚫는 조총 부대가 조선 땅에 발을 들이면 창이나 칼로는 당할 수 없을 것입니다."

광해군은 더 이상 굳은 얼굴을 감추지 못했다. 겐소가 말한 게 사실이라면 전혀 대비가 없는 조선으로서는 참으로 큰일이었다. 그러나 쉽사리 그런 우려를 내보일 수는 없었다.

"한 가지만 물어도 되겠소?"

"말씀하시지요."

"스님 말씀대로 왜국이 조선과 전쟁을 벌이려고 준비를 마쳤다 친다면, 왜 그 사실을 미리 조선 조정에 알리는 것이오? 그동안 받은 은혜를 갚으려 한다는 입 발린 소리는 듣지 않겠소. 아무리 은혜를 입었다 한들 대마도는 조선국이 아닐 터, 그대들이 얻으려 하는 것이 무엇이오?"

겐소가 잠시 말을 아꼈다. 광해군은 소 요시토시와 눈을 맞추었다.

'자신감에 가득 찬 눈이다. 어떤 궁지에 처해도 침착함을 잃지 않고 언제든지 달려들어 싸울 수 있는 눈이야.'

겐소가 왜말로 설명을 끝내자 요시토시는 고개를 끄덕인 후 서툰 조선말로 입을 열었다.

"살아남기 위해서입니다."

이어서 겐소가 요시토시의 뜻을 받들어 쓰시마 섬이 처한 입장을 솔직하게 털어놓았다.

"전쟁이 일어나면 양국 간에 낀 쓰시마 섬 백성들은 생지옥에 빠질 것입니다. 도와주십시오. 소승은 피 흘리는 일을 막고 싶습니다. 모두 다 죽는 길 대신 상생(相生)의 길을 찾을 수 있도록 나리께서 조선 조정을 일깨워 주시기를 바랍니다."

十七、 고토 열도에서 맺은 인연

　꽃가마 타고 신행 길 나섰던 정해년(1587년) 봄으로부터 다시 봄이 두 번 더 왔다 갔다. 세 번째 봄철이 이제 막 들려 하는 이 월, 박초희는 고국으로 돌아가기 위하여 간소한 보퉁이를 꾸리고 있었다.

　삼 년 전 고토 열도(五島列島) 한가운데에 있는 나카도리 섬[中通島]에 도착했을 무렵 박초희는 틈만 나면 목숨을 끊으려 했다. 계속 밥을 먹지 않고 기진했다가, 혀를 깨물기도 하고 목을 매달기도 했다. 그러나 그때마다 왜인들은 박초희를 살려 냈다. 참으로 질긴 목숨이었다.

　고토 열도에는 강제로 끌려온 조선 여자들이 많았다. 여자들은 대부분 왜인들 아내가 되어 자식을 낳고 새로운 삶을 꾸려 갔다. 얼핏 보아서는 조선인인지 아닌지도 구분할 수 없을 정도였다.

그러나 박초희는 그 삶을 받아들일 수 없었다. 벙글벙글 웃던 남편 조창국의 얼굴이 떠오를 때마다 한시라도 빨리 이 치욕에서 벗어나고 싶은 마음뿐이었다.

뙤약볕이 내리쬐는 여름날, 박초희가 겁탈 당할 뻔한 것을 막아 주었던 조선인 사내가 찾아왔다.

"이제 당신도 가정을 꾸려야 하오."

눈이 크고 맑은 사내가 명령조로 말했다. 박초희는 울음을 쏟으며 외쳤다.

"차라리 죽여요."

사내는 박초희가 흘리는 눈물에 아랑곳하지 않고 말했다.

"잘 들으시오. 이곳 사내들이 당신에게 적잖이 눈독을 들이는 상황이라서 내가 미리 손을 썼소."

"……"

"오늘부터 당신은 내 아내요. 조선에서 어찌 살았는지는 피차 묻지 않기로 합시다. 어차피 되돌아갈 수도 없고, 돌아간다 해도 오랑캐와 피를 섞었다 하여 돌팔매를 당할 것이 뻔하오. 나는 강제로 당신을 취할 생각이 없소. 당신 마음이 돌아설 때까지 기다리겠소. 나는 사화동이라고 하는데 당신은 이름이 무엇이오?"

"흐흐흑!"

박초희는 대답 대신 눈물을 쏟았다. 사화동은 박초희가 우는 모습을 말없이 바라보다가 슬그머니 방을 나갔다.

다음 날부터 사화동은 아침저녁으로 찾아와서 생선도 주고 쇠고기나 달걀도 주었다. 어떤 날은 들꽃 한 묶음을 내밀기도 했다. 그러나 박초희는 아무런 대꾸도 하지 않았다. 죽지 못해 하루하루를 연명하고 있으나 재가(再嫁)할 뜻은 없었다. 더군다나 아직 남편 조창국이 죽었는지 살았는지도 확실치 않았다.

서늘한 하늬바람과 함께 쓰시마 섬에도 가을이 찾아왔다.

그즈음부터 사화동은 마루에 앉아서 서책을 읽었다. 왜말로 한 줄씩 읽고 그 뜻을 조선말로 풀어 주었다. 일찍이 듣지도 보지도 못했던 서책이었다. 사화동은 그 책이 『성경(聖經)』이며, 자신은 성경을 읽는 것으로 하루를 시작한다고 했다. 한쪽 귀로 듣고 다른 쪽 귀로 흘렸다. 천주님, 예수님, 성모 마리아, 모세, 야곱, 아브라함 등 낯선 이름들이 끊임없이 등장했다. 박초희가 차갑게 외면해도 사화동은 성경 읽기를 멈추지 않았다. 그 대신에 어떻게 하면 좀 더 쉽게 천주교 교리를 이해시킬 수 있을까 고민했다.

"예수님은 부처님보다 더 위대한 분이오. 사람들 죄를 씻기 위해 십자가에 못 박혀 돌아가셨소. 그리고 사흘 만에 죽은 자 가운데서 살아나셨다오."

성경을 읽다가 지루해지면 찬송가를 불렀다. 그 낮고 굵은 목소리는 감정을 싣는 데 제격이었다. 그때도 박초희는 무표정하게 고개만 숙이고 있었다.

"당신을 이 세상에서 가장 행복하게 해 주리다."

구애는 끈질기고 진지했으나 대답은 매몰차기 그지없었다.

"싫어요. 남편이 틀림없이 살아 있을 거예요."

낯설고 물 선 땅에서 눈물로 밤을 지새웠던 탓일까. 바닷바람이 유난히 심하게 불던 늦가을, 박초희는 심한 감환에 걸려 앓아 누웠다. 열이 펄펄 끓고 머리에서 발끝까지 송곳으로 찌르는 것처럼 아팠다. 목이 꽉 잠겨 미음도 넘기기 힘들었다. 아침에 눈을 떴다 정신을 잃으면 깜깜한 밤이고, 밤에 눈을 떴다 끙끙 앓고 나면 이내 새벽이었다.

강이 보였다. 첫눈에 그 강이 고향 마을에 있는 견천(犬川)임을 알아보았다. 견천을 따라 내려가다 이평(梨坪)에 이르러 남천(南川)으로 접어들었다. 다섯 오빠를 따라 두 강을 거닐던 시절이 떠올랐다. 죽사산(竹寺山) 구경은 물론이고 상두산(象頭山)을 넘어 모악산(母岳山)에 오른 적도 있었다. 영천사(靈泉寺)와 흥룡사(興龍寺) 물맛이 입 안 가득 퍼졌다. 나이가 들어 혼인을 하면 시댁으로 가야 하지만, 일 년에 한 번 정도는 태인 그 아름다운 풍광을 볼 수 있으리라 여겼다. 그러나 이제 그런 날은 다시 오지 않을 것이다.

객관 동쪽 함당정(菡萏亭)에 사내가 서 있다. 뒷모습만 보고도 초례청에 마주보며 섰던 조창국임을 알 수 있었다. 박초희는 조용히 정자에 올랐다. 못다 나눈 사랑을 잇고 싶었다. 사내가 천천히 고개를 돌렸다. 박초희는 깜짝 놀라 엉덩방아를 찧었다. 눈 코 입이 온통 피범벅이었던 것이다.

"악몽이라도 꾼 게요?"

눈을 떴다. 사화동이 놀란 눈으로 얼굴을 내려다보고 있었다.

"오, 오늘이 며칠이죠?"

"초닷새라오."

"초닷새! 하면 제가 나흘이나……."

사화동이 나흘을 꼬박 곁에 머무르며 간병을 했던 것이다. 박초희는 다시 눈을 감고 자는 척했지만 사화동이란 이름을 혀끝에 올려 보았다.

첫눈이 오던 날 아침, 매일 새벽에 오던 사화동이 박초희를 찾지 않았다. 다음 날도 그 다음 날도 마찬가지였다. 닷새가 지나자 은근히 걱정이 되었다. 반년 동안 하루도 거르지 않고 찾아오던 사내가 발길을 뚝 끊은 것이다. 중병이라도 든 것은 아닌지, 고기잡이를 나섰다가 변이라도 당한 것은 아닌지 별별 걱정이 앞섰다. 답답한 마음을 누르지 못해 조선인 여인네들에게 수소문을 해 보았다. 여인네 하나가 냉랭한 표정으로 집을 가르쳐 주었다.

"돌림병에 걸렸다던데. 안 가는 게 좋을 거요."

'돌림병이라고!'

박초희 걸음이 절로 빨라졌다.

'이 섬에는 변변한 의원도 없지 않은가. 감환도 잘못 앓으면 죽어 나가는 곳이 아닌가.'

사화동이 사는 집은 바닷가 언덕에 외따로 떨어져 있었다.

"계세요?"

주저주저하다가 문을 열고 들어섰다. 인기척이 없었다.

'돌림병에 걸린 사람이 어디로 갔단 말인가?'

바닷가라도 나가 볼까 하다가 방으로 들어섰다. 이상하게 생긴 나무판자가 방 가운데 있었다. 세 발을 삼각형 모양으로 놓아 고

정한 판에는 얇은 사각 천이 끼어 있고 그 옆 탁자에는 색색 가지 물감과 요상하게 생긴 붓들이 어지럽게 널려 있었다.

'대체 이런 것들로 무얼 하고 있담.'

흰 천에는 그리다 만 그림이 있었다. 생전 단 한 번도 본 적 없는 붉고 푸르고 검은 색이 뒤엉켜 당장이라도 그림 속 여인이 튀어나올 것만 같았다.

'참 이상하게도 생겼네.'

이마는 넓고 코는 오뚝했으며 눈썹이 하나도 없었다. 젖가슴이 거의 드러날 만큼 앞이 푹 파인 옷을 입었으며 입가에는 묘한 미소를 머금었다.

'아, 이걸 베끼고 있었네.'

탁자 위 서책에는 똑같은 그림이 하나 더 있었다. 도화서(圖畵書, 화집)였다. 겉표지에는 네 모서리마다 금박이 박혔고 지렁이가 기어가는 듯한 글씨가 어지럽게 적혀 있었다.

여인 초상에서 이마를 손바닥으로 가볍게 문지른 다음 뒷장을 넘겼다. 황급히 서책을 덮었는데도 얼굴이 화끈거렸다. 왼 무릎을 세우고 오른 무릎을 쭉 편 채 비스듬히 드러누운 벌거벗은 남자가 나왔던 것이다. 맨가슴과 배꼽은 물론 오른쪽으로 쳐진 하물까지 적나라하게 그려져 있었다.

'춘화(春畵)를 모은 책들이 비싼 값에 팔린다더니.'

서책을 내려놓으려다가 다시 집어 들었다.

'춘화라면 남자와 여자가 함께 그려져 있을 터인데……. 이 그림에는 왼손을 뻗은 벌거숭이 남자가 왼쪽에 있고 옷을 입은 채

오른손을 내민 수염이 덥수룩한 남자가 오른쪽에 있을 뿐이지 않은가. 참으로 이상하군.'

박초희는 책을 펴고 자세히 들여다보았다. 두 남자가 마주 내민 손가락이 닿을락 말락 했지만 아슬아슬하게 떨어져 있었다. 텁석부리 남자 주위에 있는 벌거벗은 아이들은 귀엽고 앙증맞았다. 그 그림에 붙은 지렁이 글씨 아래에는 다행히 붓으로 거칠게 진서(眞書, 한자)로 쓴 제목이 달려 있었다.

'천지 창조(天地創造)? 하늘과 땅을 만드는 것과 두 남자가 손가락을 맞대는 게 무슨 상관이람.'

갑자기 사화동이 성경에서 들려준 창세(創世) 이야기가 떠올랐다.

'아담이라 했던가, 천주가 자기 형상대로 만든 첫 번째 사람 이름이? 하면 이 벌거벗은 사내가 아담이고 저 텁석부리 늙은이가 천주란 말인가. 손가락은 생기(生氣)를 전해 주는 것일 테고.'

탁자 아래에는 사각 틀로 짠 판들이 열 개도 넘게 있었다. 하나씩 차례차례 들고 살폈다.

첫 번째로 본 것은 늙은 여인을 그린 초상화였다. 앞서 본 초상화처럼 노파 역시 정면을 응시하고 있었다. 그러나 노란 저고리에 붉은 치마를 입은 조선 여인이었다. 눈가엔 주름이 자글자글하고 이마엔 검버섯이 피었다. 코는 뭉툭하고 입술은 꺼칠했다. 모아 쥔 양손 역시 검은빛이었다. 손톱은 부러지거나 닳아 없어졌고 손등은 갈라져 피가 비쳤다.

두 번째 그림은 풍경화였다. 섬을 가운데 두고 좌우로 배들이 가득 바다에 떠 있었다. 항구로 돌아오는 배와 섬 뒤로 나아가는 배의 구분이 뚜렷했다. 바다를 온통 푸르게 칠한 것도 인상적이었다.

'아버님 방에 걸린 해연도(海燕圖)는 그저 선 몇 개로 수중과 허공을 구분할 따름이었는데, 이토록 세세히 그리다니 참으로 생생하구나.'

그림 아래쪽 항구에는 여인네와 아이들이 몰려 나와 있다. 아이들 뒤를 쫓는 강아지도 여러 마리다. 여인네들은 손을 흔들고 있다.

'아, 이것은!'

세 번째 그림은 낯이 익었다. 큰 눈과 약간 날카로운 턱선 그리고 붉은 입술은 박초희 자신이었다. 사화동이 몰래 초상화를 그리고 있었던 것이다. 그때 갑자기 뒤통수가 따가웠다. 누군가 바라보는 듯했다. 급히 그림을 내려놓고 뒤돌아섰다.

문 앞에 사화동이 서 있었다.

"아프다는 소식을 듣고……. 한데 어딜 다녀오시는 거죠?"

사화동은 안색이 좋지 않았다. 이마에서 식은땀이 흘렀고 살갗은 누렇게 떴다.

"임시로 만든 천주당에 다녀왔소. 고해성사를 하였다오. 그림은 마음에 드오? 다 그린 후에 선물하려고 했는데……. 내 집엔 웬일이오?"

"그냥 왔어요……."

박초희는 말끝을 흐렸다.

'내가 왜 온 걸까. 외간 남자 혼자 사는 집이 아닌가.'

"어서 이리 들어와 누우세요. 몸도 안 좋은데 꼭 천주당에 가야 했나요?"

사화동이 비켜서며 말했다.

"돌림병이란 소리 못 들었소? 돌아가오."

"아뇨. 가지 않겠어요. 나흘 밤낮을 제 곁에 계셔 주셨잖아요?"

사화동이 웃으며 물었다.

"그 빚을 갚겠다는 거요? 내가 좋아서 한 짓이오. 갚을 필요 없소."

"이 일도 제가 좋아서 하려는 겁니다. 말리지 마세요."

박초희도 물러서지 않고 받아쳤다.

"돌아가오. 당신한테 병을 옮기고 싶지 않소."

"……"

박초희는 대답 대신 눈물을 비쳤다. 참을 수 없는 슬픔이 북받쳐 올랐던 것이다. 눈물을 본 사화동도 더 이상 돌아가라는 말을 못했다. 다만 몸에 손을 대는 일은 하지 않는다는 약조만 받았다.

그날 밤부터 병세가 급격하게 악화되었다. 걸어서 천주당을 다녀온 것이 무리였을까. 열이 펄펄 끓고 입술이 새파랗게 변하더니 정신을 놓았다. 박초희는 사화동과 한 약조를 어긴 채 이마에 물수건을 얹고 손발을 찬물로 계속 닦아 냈다. 밤을 꼬박 새웠지만 열은 떨어지지 않았다. 저승사자가 점점 더 가까이 다가오는 듯했다.

검은 옷을 입은 꺽다리 산체스 선교사가 방문을 두드린 것은 다음 날 오후였다. 방으로 들어서자마자 무릎을 꿇고 기도부터 올렸다. 그리고 박초희를 보며 미소를 지은 다음 사화동 곁으로 다가갔다.

"언제부터…… 이런…… 겁니까?"

더듬더듬 조선말을 했다. 사화동으로부터 배운 듯했다.

"어젯밤부터입니다."

산체스가 다시 목에 건 십자가에 입을 맞춘 후 가져온 검은 가방을 열었다. 그 안에서 작고 푸른 유리병 하나를 꺼냈다. 산체스가 사화동을 부축해서 앉힌 다음 유리병을 기울여 푸른 물을 절반 넘게 마시도록 했다.

"잠…… 많이…… 잡니다."

산체스가 다시 성호를 그은 후 방을 나왔다. 사화동은 이내 깊은 잠 속으로 빠져들었다. 푸른 물을 마셨다고 병이 나을까 싶었는데 곧 열이 내리면서 온몸에 열꽃이 피었다. 탁한 기침과 함께 누런 가래를 뱉어 내기도 했다. 이틀 후 사화동은 기력을 회복했다.

"고맙소."

며칠 더 머물고 싶었지만, 사화동이 이제 회복되었다면서 등을 떠밀었다. 하지만 안심할 수 없어 사흘 후 다시 그 집을 찾았다. 집은 텅 비어 있었다. 천주당까지 찾아갔지만 만날 수 없었다.

꺼져라 한숨을 내쉬는데 산체스 신부가 또 서툰 조선말로 이야기했다.

"조선…… 갔어요."

'조선으로?'

박초희는 그 말에 모든 것을 알아차렸다. 사화동은 노략질을 하려고 조선으로 떠난 것이다. 이번에는 돌아오지 못할지도 모른다는 불길한 예감이 들었다. 그러자 가슴 한편이 텅 비는 것 같았고 이 세상에서 의지할 곳이 아무 데도 없다는 느낌이 사무쳤다. 어느새 사화동이란 사내를 든든한 버팀목으로 받아들이고 있었던 것이다.

읽지도 못하는 성경책을 품에 안고 날마다 바닷가로 나갔다. 소나기눈이 내리고 집채만 한 파도가 밀려올 때도 기다림은 그칠 줄 몰랐다. 날이 갈수록 사화동 얼굴이 또렷하게 떠올랐다. 오래전부터 알고 있었던 사람처럼 그 어린 시절과 젊은 날까지 눈에 어른거렸다.

세차게 머리를 가로저었다.

'감히 외간 남자를 사모하다니, 더구나 시댁을 풍비박산으로 만든 왜구를 사모하다니……, 있을 수 없는 일이야.'

다시는 바닷가로 나가지 않으리라 다짐했지만 다음 날 해가 떠오르자마자 발걸음은 어김없이 파도치는 쪽으로 향했다.

새해가 밝았는데도 사화동은 돌아오지 않았다.

여인네들은 두 달 이상 시일을 끈 적이 없다고 쑥덕댔다. 타고 간 배가 높은 파도에 난파당했거나 조선 수군에게 공격을 받아 죽었다는 풍문도 돌았다. 그때부터 박초희는 기도를 시작했다. 사화동이 읽어 준 「시편(詩篇)」몇 대목을 흉내 내어 하늘에 계신 신에게 무사히 돌아오게 해 달라고 빌었다.

"죄를 더 짓지 않게 도와주세요. 무사히 돌아올 수 있도록 도 와주세요. 죽고 죽이는 일이 없도록 도와주세요."

그 간절한 기도에 신이 응답한 것일까. 사화동은 봄바람이 불 기 시작한 이월 오일 꼭두새벽에 나카도리 섬으로 돌아왔다. 조 선을 거쳐 명나라까지 건너갔다 오느라 시일이 걸렸다고 했다. 박초희는 사화동이 배에서 내리는 것을 보고 그대로 쓰러져 기절 했다. 터질 듯한 가슴을 주체할 수 없었던 것이다. 사화동은 박 초희를 번쩍 안아 들고 집으로 향했다.

박초희는 꼬박 반나절 동안 깊은 잠에 빠져들었다. 눈을 떴을 무렵은 어느새 꽃노을이 짙은 저녁이었다. 박초희는 주위를 두리 번거리며 사화동을 찾았다. 모습이 보이지 않았다.

'꿈이었나?'

박초희는 황급히 몸을 일으켜 마당으로 내려섰다. 바닷바람을 맞으며 사화동이 서 있었다. 인기척이 나자 사화동은 몸을 돌려 천천히 다가와서 박초희를 품에 안았다. 두 눈에서 눈물이 주르 륵 볼을 타고 흘러내렸다. 사화동은 흐느끼는 박초희 손을 잡고 문 앞으로 이끌었다. 길고 넓적한 비석이 담벼락에 비스듬히 세 워져 있었다.

"보성에 갔다 왔소. 당신 남편 무덤을 찾았다오. 당신이 믿지 않을 것 같아서 저걸 가져왔소."

박초희는 무릎이 후들거려 서 있을 수가 없었다. 부축을 받고 서야 겨우 비석 앞에 쭈그리고 앉았다. 손바닥으로 비석을 쓰다듬었다. 분명히 그 비석에는 '학생창녕조공창국지묘(學生昌寧曺公昌國之墓)'라고 새겨져 있었다. 눈웃음이 많던 남편 얼굴이 그 위로 겹쳤다.

사화동은 울부짖는 박초희 곁에 서서 아무 말도 하지 않았다. 어둠이 서서히 걷히고 무더기비가 주룩주룩 내리기 시작한 샐녘에야 마당과부(친정에서 혼인을 하고 시가로 가기 전에 신랑과 사별한 여자)가 된 박초희 어깨를 보듬어 안았다. 손을 휘저으며 뿌리쳤지만 사화동은 더욱더 완강하게 박초희를 안으며 속삭였다.

"이제 다시는 당신을 울리지 않겠소. 내가 당신을 지켜 주리다. 당신을 사랑하오."

그 말을 듣는 순간 박초희는 이때까지 쥐고 있던 삶의 축이 와르르 무너지는 느낌이 들었다. 그리고 그 무너짐과 함께 또 다른 평안이 찾아들었다.

'사랑이야. 그래, 이 역시 사랑이야.'

박초희는 천천히 뒤돌아섰다. 삼강도 오륜도 더 이상 박초희를 옥죄지 못했다. 눈앞에 있는 사랑을 잡고, 그 품에서 새로운 날들을 맞이하고 싶었다. 그날 처음 사화동과 몸을 섞은 후, 박초희는 벌거벗고 누운 채 옛이야기 한 토막을 넋두리 비슷하게 했다.

"어렸을 때 굉장히 많이 아팠대요. 지독한 열병이었다나 봐요. 그래서 아주 어린 시절은 잘 기억이 안 나요. 아버지 말씀은 방에 누워 몇 년을 보냈대요. 그러다가 아주 용한 의원을 만나 병이 나왔고……, 그때부턴 기억이 나요. 오빠들 따라 냇가에도 가고 유모인 진안댁에게 수놓는 법도 배웠지요. 근데 열흘에 한 번씩은 꼭 아기 손을, 환영처럼 봐요."

"아기 손이라고 했소?"

"예, 아주 차갑고 푸른 손이죠. 근데 자꾸 그 손이 내 안에서 나온 것 같다는 생각이 드는 건 왜일까요? 그 손이 날 따라다니는 게 아니라 내가 그 손을 따라다니고 있는 건 아닐까 하는 생각도 들고요. 제가 갑자기 어지러워하더라도 놀라지 마세요. 아직까지 그 손이 절 해친 적은 한 번도 없었으니까. 안 나타나면 그립기까지 한, 참 귀여운 손이랍니다."

무자년(1588년) 삼월, 박초희와 사화동은 부부가 되었다. 냉수 한 그릇 떠다 놓고 맞절을 하는 것으로 번잡한 예식을 대신했다. 그날부터 박초희는 사화동과 함께 독실한 천주교 신자가 되었다. 왜말도 열심히 배웠고 천주당에도 열심히 다녔다. 그해 겨울, 드디어 그들 부부는 포르투갈 선교사 산체스로부터 영세를 받았다. 세례명은 사화동이 베드로였고 박초희는 마리아였다.

박초희와 사화동은 평범한 어부가 되었다. 사화동은 더 이상 조선을 노략질하는 길잡이 역할을 하지 않았다. 가난하더라도 박초희와 많은 시간을 함께하기 위해서였다. 박초희 역시 양반집 마님이 아니라 어부 아내로 변신했다.

여름으로 접어들면서부터 전운이 감돌기 시작했다.

도요토미 히데요시가 보낸 무사들이 속속 쓰시마 섬으로 들어왔고, 박초희가 사는 고토 열도도 그 분위기에 휩싸였다. 무사들은 곧 조선을 정복하고 명나라와 대적할 것이라고 호언 장담했고, 바닷길에 밝은 쓰시마 섬 사람들이 선봉에 서야 한다고 했다. 협조하지 않는다면 쓰시마 섬과 고토 열도에 사는 천주교 신자들이 모두 참형에 처해질 것이라는 소문이 돌았다. 쓰시마 도주 소 요시토시는 히데요시 기분을 상하지 않기 위해 노심초사했다.

쓰시마 섬 사람들은 결코 본토와 조선의 전쟁을 원하지 않았다.

전쟁이 터져 본토 무사들이 쓰시마 섬으로 들어오는 날이면 쓰시마 섬 사람들이 그 수발을 모두 떠맡아야 했다. 간혹 조선에 가서 노략질을 하면서도, 쓰시마 섬 사람들은 조선에서 사 오는 곡물에 크게 의존하고 있었다. 고래 싸움에 새우 등 터지듯 잘못하다가는 동시에 조선과 왜국의 눈 밖에 날 가능성이 컸다.

소 요시토시는 궁여지책으로 우선 천주교 활동을 금지했다. 성경과 찬송가를 감추었고 쓰시마 섬에 와 있는 선교사들도 인근 섬에 숨겼다. 그리고 은밀히 조선 조정에 사신을 보내 전쟁이 곧 터질 것임을 알렸다. 그러나 조선 조정에서는 귀담아 듣기는커녕 방만한 태도를 꾸짖을 뿐이었다. 소 요시토시는 히데요시의 측근이자 자기 장인인 고니시 유키나가에게 조선 상황과 쓰시마 섬 처지를 알렸다. 두 사람은 조선 통신사를 받아들여 히데요시 마음도 달래는 동시에 왜국에 보유한 막강한 군사력을 보임으로써 조선이 스스로 방책을 마련하도록 배려하기로 합의했다. 쓰시마 섬 사신이 다시 한양으로 갔으나 조선 조정은 애초에 통신사를 보낼 생각이 없었다. 이백 년이 넘도록 공식적인 왕래가 없었는데도 별 문제가 없었다. 새삼스레 통신사를 보내야 할 까닭이 없다는 것이다.

사신이 한양을 두세 번 왕래하는 동안 무자년도 가고 기축년이 밝았다. 더 많은 무사들이 쓰시마 섬과 고토 열도로 건너왔고, 사화동은 무사들에게 간단한 조선말과 조선 지리를 가르치라는 명령을 받았다. 고기잡이를 그만두게 되어 아쉬웠으나 고토 도주가 적지 않은 재물을 내렸기에 생활은 더 윤택해졌다.

이제 박초희도 웬만큼 왜말을 할 수 있게 되었다. 비밀 미사에 참석하는 동안 신앙도 나날이 커 갔다. 그 크신 주님 품 안에서 행복과 평안을 누리는 법도 익혔다. 사화동은 박초희를 위해 값비싼 서책들을 구해다 주기도 했다.

"명나라 장사치들에게 구했소. 이백과 두보가 쓴 시를 모은 선집이라더군."

사화동이 무사들에게 조선말을 가르치는 동안 박초희는 집에서 성경과 『성당이가(盛唐二家)』를 번갈아 읽었다. 성경에서는 세상이 생겨난 이치를 익혔고 『성당이가(盛唐二家)』에서는 외로움을 달래는 법을 배웠다. 그러다가 밤이 되면 어김없이 사화동이 돌아왔고 두 사람은 손을 꼭 잡고 서로 눈을 들여다보며 밀어를 속삭였다. 세상이 아무리 전운에 휩싸여도 둘에게는 먼 나라 이야기로만 들렸다. 이대로 영원히 행복한 나날이 이어지리라 믿었던 것이다.

그러나 행복은 그해 겨울이 마지막이었다.

동짓달, 초저녁부터 곤히 잠든 침실로 사내들 십여 명이 들이 닥쳤고 다짜고짜 사화동을 오라로 묶어 데리고 가 버렸다. 맨발로 앞마당까지 따라 나갔던 박초희는 하얗게 쌓여 있는 밤눈에 철퍼덕 주저앉았다.

뜬눈으로 날을 새우고 급히 도주가 있는 성으로 달려가서야 그 이유를 알았다. 조선 조정에서 통신사를 보내는 조건으로 사화동을 송환하라고 요구한 것이다. 몇 차례 조선으로 노략질을 갔을 때 길잡이 노릇을 했으며, 그곳 백성들에게 왜구의 주구로 얼굴과 이름이 알려진 것이 화근이었다.

사화동을 주어 통신사를 얻어 낼 수 있다면 쓰시마 도주 소 요시토시로서는 남는 장사였다. 고토 도주도 요시토시에게 거스를 수는 없었다. 나카도리 섬에 사는 귀화한 조선인 한 명보다야 쓰시마 섬과 고토 열도에 사는 백성들 전부의 안위가 더 소중했다.

정녕 박초희에게는 마른하늘에 날벼락이 아닐 수 없었다. 조선에 돌아가면 사화동은 극형을 면치 못할 것이다. 이제 겨우 마음을 잡고 보금자리를 꾸렸는데 이런 식으로 남편을 죽음길에 보낼 수는 없었다. 박초희는 동분서주하며 사화동을 살릴 방도를 찾았다. 그러나 어디에도 희망은 보이지 않았다.

경인년(1590년) 이월, 마침내 사화동이 조선으로 송환될 날이 결정되었다.

그때까지 몇 번이나 감옥을 찾았지만 박초희는 남편을 만날 수 없었다. 출항할 날이 임박한 가운데 고토 열도에 끌려온 조선인들도 함께 송환한다는 소식이 들려왔다. 조선으로 돌아가고 싶은 사람은 자진해서 신청을 하라는 것이다. 박초희는 주저하지 않고 조선으로 돌아가겠다고 했다. 남편이 없는 나카도리 섬, 남편을 버린 나카도리 섬, 남편을 죽음의 구렁텅이로 몰아넣은 나카도리 섬에 홀로 남아 있을 까닭이 없었다. 잠시라도 남편과 함께 지내고 싶었다. 일단 배를 타면 어쨌든 같은 배에서 남편과 같은 공기를 숨쉴 것이고, 행여 남편과 만날 기회가 생길지도 모른다.

간단하게 짐을 꾸렸다. 성경과 묵주, 그리고 남편 옷가지를 꼼꼼하게 챙겼다. 혹 쓰일 데가 있을까 싶어 남편이 선물한 금가락지 네 개도 함께 넣었다. 빈방에 우두커니 앉아 새벽을 기다리는데 갑자기 참을 수 없을 정도로 속이 울렁거렸다. 입을 막고 토악질을 했다.

"아!"

박초희는 아랫배를 감싸 쥐며 눈을 동그랗게 떴다. 회임(懷妊)이었다. 한 해 넘게 간절히 원했으나 소식이 없어 포기하고 있었는데 하필 이런 때에 아기가 들어선 것이다. 아랫배를 쓸면서 박초희는 마음을 더욱 굳게 다졌다.

'아가! 이 기쁜 소식을 꼭 아빠에게 전해 줄게.'

송환선은 짙은 안개가 섬 전체로 가라앉는 어슴새벽에 나카도리 섬을 떠났다. 조선인들 백여 명은 멀어져 가는 섬을 무표정하게 바라보았다. 그들 얼굴에는 너나 할 것 없이 불안감이 맴돌았다. 빈털터리로 고향에 돌아간들 아무것도 할 일이 없었다. 고토 열도에서 왜인들과 섞여 살다 왔다고 손가락질 받을 것이었다. 왜인들과 몸을 섞고 가정을 꾸렸던 여자들은 불안감이 더했다. 여자들 대부분은 귀국을 원치 않았으나 구색을 맞추기 위해 어쩔 수 없이 끌려온 것이었다.

한 배에 타고 있었지만 박초희가 사화동을 만나기는 쉽지 않았다. 조선 조정에서 송환을 요구한 자들은 오랏줄에 묶여 갑판 아래 구석방에 격리되었다. 박초희는 초조했다. 이대로 부산에 닿으면 남편과는 영영 이별일 것이다. 무릎을 꿇고 엎드려 간절히 기도를 했다.

'주님, 비옵니다. 단 한 번이라도 좋으니 남편을 만나게 해 주소서.'

순풍을 등지고 조용히 흘러가던 배가 갑자기 좌우로 흔들렸다. 역풍이 불면서 회오리바람이 밀어닥쳤다. 하늘과 물이 서로 붙고 만 송이 꽃 같은 파도가 우레 소리와 어울려 출렁였다. 갑판에 옹기종기 모여 있던 조선인들이 비명을 지르며 이리저리 떠밀렸다. 박초희는 경계가 소홀한 틈을 타서 재빨리 갑판 아래로 내려갔다.

"누구냐?"

칼을 든 사내 둘이 박초희를 에워쌌다. 박초희는 품에서 금가락지를 꺼냈다. 천주께서 도운 덕분일까. 낯익은 얼굴들이었다. 산체스 신부에게서 한동안 함께 교리를 배운 사내들이다. 박초희는 침착하게 다가가서 금가락지를 내밀었다. 사내들은 한동안 난처한 표정을 짓더니 걸어 잠근 방문을 열어 주었다.

"여보!"

온몸을 친친 묶인 채 좁은 방 구석에 처박혀 있던 사화동이 먼저 박초희를 알아보았다. 박초희는 아무 말도 하지 못한 채 사화동을 와락 끌어안았다. 퀴퀴한 냄새가 코를 찔렀다. 어깨와 허리, 가슴과 사타구니에 겹으로 오랏줄이 묶여 있었다. 잠시 울음소리를 듣다가 사화동이 입을 열었다.

"괜한 짓을 했구려. 조선으로 돌아가면 당신은 개돼지보다 못한 대접을 받을 것이오. 차라리 나카도리 섬에 그냥 머무는 편이 나았을 것을. 어차피 나는 죽을 목숨. 당신만이라도 나카도리 섬에서 편안히 지내기를 원했는데……."

박초희는 손을 들어 사화동 얼굴을 더듬었다. 꺼칠꺼칠한 볼과 턱, 갈라 터진 입술을 찾았다. 박초희는 그 입술에 가만히 입을 맞추었다.

"아기를……, 우리 아기를 가졌어요."

"아기!"

사화동이 몸을 움찔하고 떨었다.

"그렇다면 더욱 조선으로 가서는 아니 되오. 그 애가 내 자식임을 안다면 당신도 목숨을 부지할 수 없소. 여보! 돌아가시오. 나카도리 섬에서, 넓은 주님 품에서 아기를 낳고 기르도록 하오."

박초희는 고개를 가로저었다.

"늦었어요. 이제 곧 부산포에 닿는걸요. 여보! 어떻게 해야지만 당신을 살릴 수 있을까요?"

차가운 침묵이 흘렀다. 이윽고 사화동이 짧게 말했다.

"나는 이제 살 길이 없소. 당신이나 몸 보존하오. ……한 번만 더 입 맞추어 주오. 그리고 오늘부터 당신과 나는 남남이오. 절대로 아는 척일랑 마오. 알겠소? 꼭 살아남으시오. 어떻게든 살아남아야 하오."

"……"

사화동이 허리를 숙여 박초희 입술을 더듬었다. 볼을 타고 흘러내린 굵은 눈물이 혀에 닿았다. 첫날밤을 치르는 신랑처럼 사화동은 거칠게 입술을 비벼 대었다.

十八、 배에 미친 사나이, 실패하고 또 실패하니

경인년(1590년) 삼월 사일.

아침부터 백성들이 돈의문(敦義門) 안 저잣거리로 꾸역꾸역 몰려나왔다. 왜구 앞잡이가 되어 하삼도를 어지럽힌 사화동을 능지처참하는 날이기 때문이다. 작년에 생원시를 통과한 허균(許筠) 역시 육조 거리를 지나 돈의문으로 향했다. 여경방(餘慶坊)으로 막 접어들려는데 노복 하나가 앞을 막아섰다.

"허 생원 나리! 오시(낮 11시)에 소광통교(小廣通橋)에서 만나시겠다 약조하지 않으셨습니까?"

전 훈련원 봉사 나대용(羅大用)이 몸종처럼 부리는 원복이었다. 양 볼에 핀 여드름 위로 검은 딱지가 앉았다. 허균이 얼굴을 찌푸리며 쥐고 있던 부채로 그 머리를 때렸다.

"오늘은 중요한 일이 있어 아니 되겠다고 아침에 연통을 주지

255

않았느냐? 한데 왜 여기까지 따라와서 귀찮게 구는 게야? 물덤벙
술덤벙하지 말고 썩 돌아가거라."

"대관절 그 중요한 일이 무엇입니까요?"

"넌 저 많은 사람들이 왜 저잣거리로 나왔다고 보느냐? 오늘
사화동이란 놈을 척살하기 때문이다. 사지를 찢어 죽인다 이 말
이다. 이런 좋은 구경거리를 놓치고 늘 가라앉기만 하는 배나 보
러 갈 수는 없지. 가서 나 봉사에게 가서 말씀드려라. 내일 오시
에 소광통교에서 뵙자고 말이야."

허균이 밀치고 나가려 하자 원복이 다시 앞을 막아섰다.

"안 됩니다요. 꼭 모시고 오라는 명을 받았습니다. 가시지요."

허균이 하늘을 힐끔 올려다보았다.

"그놈 참. 지금 가야 좋은 자릴 차지할 수 있는데…… 하는 수
없지. 얼른 가자. 신시(낮 3시~5시)에 형이 시작되니 그때까진 와
야 한다."

"고맙습니다요."

원복은 머리가 땅에 닿을 만큼 허리를 숙인 후 앞장을 섰다.
의금부까지 곧장 가서 대광통교를 지나 소광통교로 갔다. 다리
위를 오가며 애타게 기다리던 나대용이 허균을 발견하고 한 달음
에 달려왔다. 정신을 집중하거나 흥분하면 두 눈이 가운데로 몰
렸다.

"어서 오오. 혹시 찾지 못하면 어쩌나 걱정을 많이 했소이다."

칠 년 전 무과에 등과한 서른다섯 살 나대용이 아직 등용문에
오르지도 못한 스물두 살 허균을 제법 깍듯하게 대했다. 허균의

아버지가 동인(東人)의 영수인 허엽(許曄)이라는 배경 때문이기도 하겠지만, 두 사람은 이미 여러 차례 모여 술도 마시고 속마음도 풀어놓았다. 허균은 재주 있는 인물이라면 문무를 가리지 않았으며, 또한 양반 상놈을 구별하지 않고 사귀기로 유명했다.

"이번에는 뭡니까? 지난번 과선(戈船, 창칼을 꽂아 방비한 배)은 옆으로 기우뚱대다 뒤집히는 바람에 쓸 만한 단검과 창을 스무 개도 넘게 잃었소."

나대용은 화약과 총통 그리고 배에 관심이 많았다. 등과한 지 칠 년이 지났으면서도 아직 변변한 벼슬 하나 얻지 못한 것도 툭하면 사라져 화약을 터뜨리고 모형 배를 띄웠던 탓이다. 나대용이 만든 배 가운데 열 중 아홉은 가라앉았다. 판옥선만으로도 능히 왜구를 물리쳐 왔다고 아무리 강조해도 나대용은 고개를 저었다.

"왜구를 물리치는 것 정도론 아니 되오. 정말 이 세상에서 제일 강한 배를 만들고 싶소. 왜선(倭船)은 가볍고 빠르오. 비선(飛船)이란 별칭이 과장이 아니오. 달아나는 왜선을 놓치지 않고 단번에 박살내려면 크고 굼뜬 판옥선만으로는 부족하오. 거리를 유지한 채 총통을 쏘는 것도 좋지만 돌격하며 완전히 적을 제압할 수 있는 배가 있었으면 좋겠소. 난 꼭 그런 배를 만들고 말겠소."

나대용은 순전히 자기 돈을 들여 원복과 함께 나무를 깎고 천을 오려붙여 배를 만들었다. 동료들은 배 두억시니가 씌웠다고 놀려댔지만 나대용은 끄덕도 않고 낮이나 밤이나 배만 고민했다. 그런 괴짜가 허균 눈에 띄지 않을 리 없었다.

"왜 하필 배요? 북변도 야인들로 시끄럽긴 마찬가지 아뇨? 괜히 잘난 척하려는 게지?"

삼 년 전 훈련원 봉사를 때려치우고 배를 창안하기 위해 나주(羅州)로 낙향한다는 나대용을 소광통교에서 처음 만났을 때, 허균은 다짜고짜 시비부터 걸었다. 나대용은 그런 시비 따윈 관심 밖이라는 듯 개천만 내려다보며 답했다.

"평안도와 함경도는 산이 높고 물이 깊어 야인들이 아무리 많이 쳐들어와도 높이 목책을 쌓으면 버틸 수 있소. 하나 바다를 건너오는 오랑캐를 막기란 매우 어렵다오. 생각을 해 보시오. 동해, 서해, 남해를 지키는 게 어렵겠소, 압록강과 두만강을 지키는 게 어렵겠소?"

재주만 믿고 거들먹거리는 사람이 아니었다. 그 후로 허균은 나대용이 부르는 자리는 피하지 않고 갔다. 화약이 잘못 터져 열흘 내내 귀가 멍멍했던 적도 있었고, 현자총통(玄字銃筒)에 포탄을 넣다 실수로 발등을 다쳐 한 달 동안 쩔뚝거리기도 했다. 그러나 허균은 나대용이 벌이는 실험들을 칭찬하고 인정했으며 나대용도 그런 허균을 지음(知音)으로 아꼈다.

나대용이 비장한 어조로 말했다.

"오늘 실패하면 고향 나주로 완전히 내려가서 아니 올라오겠소."

허균이 장난기 어린 눈으로 나대용을 놀렸다.

"좋소. 내려가는지 아니 가는지 두고 봅시다."

"원복아! 천을 걷어 내라!"

"예!"

원복이 다리 아래로 내려가 배 위에 덧씌웠던 무명천을 벗겼다. 평평한 쇠판 하나가 모형 판옥선 위에 얹혀 있었다.

"저게 대체 뭐요?"

나대용은 허균이 묻는 말에 답하는 대신 원복에게 다시 명령을 내렸다.

"돛을 펴라!"

철판 가운데에 구멍을 뚫고 세운 돛대에 무명천으로 만든 흰 돛이 펼쳐졌다. 나대용이 입가에 조금씩 미소를 띠워 올렸다. 양손을 활짝 편 채 다리 난간에 아예 배를 깔고 뛰어들 듯 몸을 앞으로 숙이며 외쳤다.

"출발!"

"출발!"

원복이 복창하며 배를 붙잡고 있던 뱃줄 두 개를 동시에 끊었다. 물살에 쓸려 배가 천천히 떠내려가기 시작했다. 나대용은 어느새 다리를 내려가 원복과 함께 천변을 달렸다. 아무도 타지 않은 배였지만 격군(格軍, 노 젓는 병사)들이 있기라도 하듯 외쳐 댔다. 노랑턱멧새 대여섯 마리가 나대용과 원복을 따라 찍찍대며 날았다.

"오른쪽으로 돌아! 왼쪽에 힘을 줘. 균형을 잡아야지. 거긴 물살이 가파르니 돌아 나와. 암초가 있잖아? 비켜, 비키라고!"

그러나 곧 배는 개천 위로 솟은 바위에 부딪혀 두어 번 맴을 돌더니 이물에서부터 가라앉았다. 판옥선 안으로 물이 차자 순식간에 배는 철판 무게를 견디지 못하고 침몰했다. 허균이 콧노래를 부르며 나대용에게 다가갔다.

"자! 우선 내기에 진 값부터 내시우."

실험을 그냥 보면 재미가 없으므로 둘은 꼭 내기를 했다. 지는 쪽이 이기는 쪽에 닷 냥을 주는 것이다. 삼 년 동안 단 한 번도 나대용이 이긴 적이 없었다. 닷 냥을 받아 소매에 넣은 허균이 콧김을 품품 내뿜으며 배가 가라앉은 곳을 어림짐작으로 살폈다.

"한데 무거운 철판은 왜 배 위에 덮은 게요? 그러니 무게를 이기지 못하고 가라앉을밖에."

"왜구들이 검술에 능하다는 건 널리 아는 사실 아니오? 왜선들을 선체 째로 부딪쳐 침몰시키려면 가까이 다가가야 하는데 그때 왜인들이 갑판 위로 뛰어내리기라도 하면 큰 낭패라오."

"그건 지난번에 얘기하지 않았소? 해서 난간에 촘촘히 창과 칼을 꽂아 두는 과선을 만들어 본 게 아니었소?"

"과선만으로는 아무래도 부족하오. 원숭이처럼 창 위를 휙휙 날아 넘는 왜구들도 많다 들었소."

"하나 철판만 깐다고 왜인들이 못 뛰어내립니까? 오히려 더 잘 뛰어내릴 겁니다."

나대용이 뒷머리를 긁적거렸다.

"철판뿐이라면 그렇겠지요……. 아무튼 나는 이제 낙향하겠소."

허균이 손사래를 쳤다.

"욕교반졸(欲巧反拙, 잘 만들려고 너무 기교를 부리다가 도리어 졸렬한 결과를 낳음)이란 말도 있다오. 내기에 졌기 때문이라면 그리 마시오. 닷 냥 얻은 것으로 되었소이다."

나대용이 고개를 저으며 고집을 부렸다.

"내기는 내기요. 이제 더 한양에 머물 이유도 없고 곧바로 낙향하리다. 혹시 전라도까지 발길이 닿거들랑 나주에 꼭 들러 주오."

"설마 배 만드는 일을 접으려는 건 아니겠지요? 지금까지 연구한 것만 가지고도 이 나라 수군을 두 배는 더 강하게 바꿀 수 있소이다."

"후후후, 미욱한 무부가 잠시 손장난한 것일 따름이외다. 그럼 난 가리다."

나대용이 원복을 데리고 명례방(明禮坊) 쪽으로 사라졌다. 허균은 잠시 두 사람 뒷모습을 지켜보다가 황급히 발길을 돌렸다. 육조 거리에서부터 더 많은 이들이 몰려나와 있었다. 두 팔을 저을 여유도 없었다.

둥.

참형 시작을 알리는 북이 울렸다. 서소문 밖으로 향하는 사람들 발걸음이 바빠졌다.

"윽!"

누군가 왼쪽 옆구리를 팔꿈치로 때렸다. 허리를 숙이자 이번에는 산만 한 엉덩이가 뺨을 비벼 댔다. 무릎을 꿇으며 털썩 주저 앉는 순간 투박한 손이 갓을 뒤로 확 벗겨 냈다. 한꺼번에 사람들이 몰리면서 밀고 당기는 와중에 생긴 일이다. 낭패를 본 것은 허균뿐만이 아니었다. 여기저기에서 아이 울음과 함께 비명이 터져 나왔다.

두둥.

다시 북소리가 들렸다. 굵고 긴 소 울음이 도성 하늘로 울려 퍼졌다. 동시에 환호성이 터졌고 긴 장대 위에 피가 뚝뚝뚝 떨어지는 사내 머리가 매달렸다.

사화동이었다.

허균은 재빨리 길가로 비켜섰다. 구경꾼들이 순식간에 왔던 길을 되돌아갔다. 사람들은 전투에서 승리한 장졸들처럼 어깨를 펴고 환한 웃음을 짓고 있었다. 허균은 목을 길게 빼고 매달린 사화동의 머리를 우러렀다.

'앞잡이 하나를 죽인다고 다가선 전란을 막을 순 없지.'

등이 굽은 사내가 허균 옆에 섰다.

"전쟁이 이제 정말 코앞이겠습니다요."

허균이 두 눈을 크게 뜨고 고개를 돌려 사내 얼굴을 살폈다. 눈썹 자리에 벌겋게 맨살이 돋아나고 두 눈이 쫙 찢어져 흉측스러웠다. 주위를 돌아보며 낮은 목소리로 따지듯. 말했다.

"어디서 함부로 전쟁 운운 하는 것인가? 치도곤을 당하고 싶은가? 유시(저녁 5시)에 상석정동(上石井洞)에서 만나기로 하지 않았는가?"

"맞습니다요, 술시! 하나 이렇게 좋은 구경거리를 두고 방에서 기다리고만 있자니 좀이 쑤셔서 말입죠. 한참을 웃었습니다요. 우물 안 개구리가 따로 없습니다요."

허균이 말을 잘랐다.

"저기 서 있는 거한은 누구인가?"

임천수가 빙긋 웃으며 답했다.

"천무직이라고. 소인 놈 아웁니다요. 힘이 장사입죠."

"아무래도 여기선 아니 되겠군. 그대들이 묵고 있다는 상석정 동으로 가세."

허균이 성큼성큼 앞서 걸으면 임천수가 양손을 모은 채 종종걸음을 쳤다. 그 뒤를 천무직이 주변을 두리번거리며 따라왔다. 허균은 임천수와 마주 앉자마자 바로 본론을 끄집어냈다.

"어디 그 물건을 내봐 보게."

임천수가 대답 대신 엉거주춤 일어서서 방문을 다시 한 번 확인하였다.

"수상한 놈이 나타나면 도끼 맛을 보여 줘라!"

"알겠우!"

마루 쪽에서 굵은 목소리가 귓전을 때렸다. 다시 앉은 임천수가 약간 눈을 치뜨며 허균 얼굴을 바라보았다. 유난히 흰 자위가 많은 눈은 기분이 나빠 째려보는 듯했다.

"내기를 했으면 합니다요."

"내기라니? 나는 물건을 사기 위해 왔다. 물건이 없는 것인가?"

임천수가 왼손으로 오른 소매를 감싸며 말했다.

"물건은 이 속에 있습니다요. 다만 소인 놈은 거래보다 내기를 원합죠."

허균이 허리를 조금 뒤로 젖혔다. 무슨 말인지 더 설명을 해 보라는 자세였다.

"도성 안에 많은 유생들이 있지만 그중에서도 단보(端甫, 허균의 자)가 식견과 배포에서 최고라 들었습죠. 이 물건을 보시고 마음에 드시면 소인 놈에게 은자 천 냥을 주십시오. 하면 오 년 안에 만 냥으로 되돌려 드립죠."

"은자 천 냥? 지도 한 장에 천 냥이나 받겠다는 것인가?"

"지도 값이 아닙니다요. 지도는 그냥 드립죠. 다만 소인 놈은 내기를 하자는 겁니다요. 지도가 마음에 들면 소인 놈에게 천 냥을 주십시오."

"마음에 들지 않는다면?"

임천수가 아랫목에 덮어 둔 흰 천을 가리키며 답했다.

"저 안에 호랑이 가죽 다섯 장이 있습죠. 무직이가 묘향산에서 사냥한 겁니다요. 상품 중에서도 최상품입죠. 저걸 모두 드리겠습니다요."

"허어, 이건 참으로 그대에게 불리한 내기가 아닌가? 내가 지도를 보고 마음에 들더라도 마음에 들지 않는다 하면 그대는 호랑이 가죽 다섯 장만 잃고 만다. 그래도 좋단 말인가? 또한 지금 내겐 그만큼 큰돈이 없네."

"이 자리에서 천 냥을 전부 달라는 건 아닙죠. 듣자 하니 돈 많은 장사치들 중에 각별히 단보를 아끼는 이들이 적지 않다 들었습니다요. 단보 이름으로 융통을 한다면 그리 큰돈은 아니라 보옵니다만……."

허균이 헛웃음을 지었다.

"지도를 내어 보게."

임천수가 소매에서 두루마리를 꺼내 폈다. 조선 팔도가 한순간에 드러났다. 허균은 양손으로 지도를 잡고 천천히 훑어 내렸다. 옅은 신음과 함께 두 눈이 떨렸다. 이 지도만 있으면 조선을 한 달 안에 쓸어버릴 수 있다고 임천수가 한 자랑은 정녕 허풍이 아니었다. 전쟁 기운이 온몸을 덮었다. 허균은 잠시 후 지도를 내려놓으며 말했다.

"자네가 내기에서 이겼네. 한 달 말미를 주게. 한 달 후 약속한 돈을 이곳에서 주겠으이."

임천수가 방바닥에 이마를 대고 떨리는 목소리로 말했다.

"이 은혜 평생 잊지 않겠습니다요."

十九、당근과 채찍을 든 군왕

　다음 날 아침, 이조 판서(吏曹判書) 류성룡은 수문장 인사도 받
는 둥 마는 둥하고 돈화문을 빠른 걸음으로 통과했다. 성균관 전
적(典籍) 허성(許筬)과 한 약속 시간이 지난 것이다.

　'단보가 제 누이의 글만 가져오지 않았어도…….'

　혀를 끌끌 찼다. 허난설헌(許蘭雪軒)이 쓴 글을 읽다가 동살(동
이 틀 때 비치는 햇살) 잡히는 샐녘에야 잠자리에 들었던 것이다.

　어제 저녁 『서경(書經)』「여형편(呂刑篇)」 강독을 마친 후, 허균
이 조심스럽게 문집을 내밀었을 때만 해도 류성룡은 별로 내키지
않았다. 왜국에 통신사를 파견하는 문제로 처리해야 할 일이 산
더미처럼 쌓여 있었던 것이다. 계해년(1443년)에 서장관으로 일본
땅을 밟은 신숙주(申叔舟)가 쓴 기행록(紀行錄)『해동제국기(海東諸
國記)』를 세 번 읽었지만 백 년도 훨씬 지난 글을 통해 현재 왜국

사정을 살피는 것은 불가능했다.

'같은 해에 세상을 버리다니, 묘한 인연이군.'

류성룡은 작년 칠월 세상을 떠난 부인 이 씨 얼굴을 떠올렸다. 삼십 년이 넘도록 다소곳하게 살림을 도맡아 했던 마음씨 곱고 인정 많은 아내였다. 허균이 내민 문집을 선뜻 물리치지 못한 것도 마음 한 편에 쌓여 가는 이 씨에 대한 그리움 탓이었다. 외롭고 쓸쓸함을 잠시라도 잊고 머리도 식힐 겸 유고를 펼쳤다.

류성룡은 난설헌의 짙은 눈썹과 영리한 눈매를 기억해 내려고 애썼다. 허균의 형들인 허성, 허봉(許篈)과 어울리며 그 집안을 드나들 때 먼발치에서나마 난설헌을 본 적이 있었다. 재작년에 먼저 세상을 버린 허봉도 누이동생을 끔찍이 아꼈다.

"저 아인 괄괄한 허씨 집안 사내들과는 다르답니다. 마음 씀씀이가 얼마나 깊고 넓은지, 그저 놀랄 따름이지요."

그리고 일 년도 채 지나지 않아서 난설헌이 스물일곱 젊은 나이에 허봉 뒤를 따른 것이다.

"허어!"

시문을 한 편 한 편 읽어 가던 류성룡 입에서 감탄사가 절로 튀어나왔다. 냉수 한 그릇을 마신 후 자세를 고쳐 앉았다. 서안에 쌓여 있던 문서들을 내려놓고 난설헌이 쓴 글을 처음부터 다시 읽었다. 새벽닭이 울 때까지 눈을 뗄 수 없었다. 유고에 실린 글은 규방 여자들이 심심풀이로 쓴 허튼 글이 아니었다. 영롱함은 허공에 핀 꽃이나 물속에 비친 달과 같았고 기개는 백두 한라와 다투었다. 문장의 바다에서 철갑상어가 장난하고 학문의 숲에서 기린이 뛰노니, 자못 열사(烈士)의 기풍이 있었다.

'미숙(美叔, 허봉의 자) 집안 사람들은 어찌 이다지도 뛰어난고. 형제들 재주만 해도 아름다운 이름을 전할 터인데 그 누이마저 보통 사람이 이를 수 있는 경지를 넘어섰구나. 구름을 몰듯 바람을 꾸짖듯 호탕한 시들이로세. 우주를 사당(祠堂) 삼고 오악(五嶽)을 제기(祭器)로 취급하는구나. 동방의 문부(文府, 글 창고)가 따로 없도다.'

허성은 창덕궁(昌德宮) 내 금천교(錦川橋) 난간에 기대어 남쪽으로 흘러가는 냇물을 바라보고 있었다. 금천교 아래를 흐르는 시내는 경복궁(景福宮) 영제교(永濟橋)나 창경궁(昌慶宮) 옥천교(玉川橋) 아래 시내보다 빠르고 힘이 넘쳤다. 류성룡이 허성에게 다가갔다. 하천 바닥 기반석(基盤石) 위에 놓인 자그마한 해태가 눈에 띄었다.

작년 가을, 류성룡은 과묵하고 신중하기로 소문난 허성을 왜국으로 가는 통신사 일행의 서장관으로 추천했다. 학봉(鶴峯) 김성일(金誠一) 역시 허성을 주목하던 터였고, 서인(西人) 측에서도 이의를 달지 않았다. 상사(上使) 황윤길(黃允吉)과 부사(副使) 김성일을 잘 중재하고 왜국 사정을 소상히 탐문하여 오라고 당부하려고 허성에게 연락을 넣었더니, 뵙고 싶다는 답신이 왔다.

"미안하네. 많이 기다렸는가?"

"아닙니다, 대감."

허성이 두 손을 모아 쥐며 깍듯하게 인사를 했다. 류성룡이 짐짓 화를 냈다.

"어허! 사석에선 그냥 형이라고 부르래도. 내가 자네 아우 미숙과 형아우 하던 사이인데 자네한테서 대감 소릴 들어서야 쓰겠는가? 자네가 마흔셋, 내가 마흔아홉이니 기껏해야 여섯 살 차이가 아닌가."

허성은 큰 눈을 끔벅끔벅 거릴 뿐 대답이 없었다.

"걸으면서 이야기함세."

두 사람은 나란히 걸음을 옮겼다. 진선문(進善門)을 지나 숙장문(肅章門) 앞에 이를 때까지 허성은 류성룡이 하는 당부를 듣기만 했다. 도요토미 히데요시가 어떤 사람인지를 살피고, 그 휘하 장수들이 어떤 장단점이 있는가를 파악하며, 바다를 건너올 수 있는 군선(軍船) 수가 얼마나 되는지 조사하라는 얘기였다. 류성룡이 이야기를 끝내자 허성은 왼편에 있는 인정문(仁政門)을 힐끗 쳐다보며 입을 열었다.

"왜란이 일어난다고 보십니까?"

허성이 묻는 말에는 시퍼런 날이 서 있었다.

십여 년 전, 율곡 이이(李珥)가 "적이 우리를 이기지 못하도록 먼저 준비해서 우리가 적을 이길 수 있는 기회를 만들자."라면서 군사를 기르자고 했을 때 앞장서서 반대한 이가 바로 동인에 속한 신진 사류였던 류성룡, 김성일, 허봉이었다.

선조가 즉위하면서 조선은 바야흐로 새로운 태평성대를 열어 가고 있었다. 퇴계 이황, 율곡 이이, 화담 서경덕, 남명 조식 등이 이룩한 학문적 성과를 바탕으로 왕도 정치를 위한 초석을 닦았고, 건경(乾耕)에서 수경(水耕)으로 벼 재배 방식이 바뀌면서 농

업 경제에도 일대 혁신이 일어났다. 또한 신립, 이일 등 용장들이 줄지어 나타나 함경도와 평안도에서 크고 작은 승리를 거두어 여진족 걱정도 다소 접을 수 있었다. 명나라가 조선에 전쟁을 걸어 오지 않는 한 평화는 오랫동안 지속될 것 같았다.

'자네마저 그러면 어찌하는가.'

허탈한 표정을 한 율곡 얼굴이 류성룡 머릿속에 떠올랐다.

'하나 그때 일을 후회하거나 부끄러워할 이유는 없다. 보이지도 않는 전란 때문에 백성들을 동원하고 군량미를 징발하는 것은 나라를 다스리는 방법 중에서 최악이다. 그리고 지금까지 아무 조짐도 없으니…… 율곡은 틀렸다.'

허성은 지체하지 않고 다음 질문을 이어갔다.

"지금 왜인들이 움직이면 을묘왜변(1555년) 때보다 더 큰 피해를 볼 겁니다. 방비책이 있으십니까?"

삼십 년도 더 지난 일이었지만, 을묘년의 큰 왜변은 아직도 사람들 뇌리에 남아 있었다. 무려 삼천 명 가까운 왜구들이 칠십 척이나 되는 배에 나눠 타고 일시에 전라도 땅에 들어와 노략질을 했다.

류성룡은 순간 마른침을 삼켰다.

'을묘년에 입은 상처를 치유하기까지 수십 년이 걸렸다. 한데 그보다 더 큰 왜란이 터진다?'

류성룡은 급히 고개를 설레설레 저으면서 말했다.

"왜란은 일어나지 않을 걸세. 전쟁을 일으키려는 자들이 사화동 등을 자진해서 잡아 보냈을 리가 없지 않은가?"

류성룡은 닷새 전에 처형된 죄수들 명단을 되뇌었다. 그중에는 왜구들 길라잡이 노릇으로 악명 높았던 사화동도 끼어 있었다. 작년 여름, 선조는 사절로 온 승려 겐소와 쓰시마 도주 소 요시토시를 맞아 왜국에 통신사를 보내는 조건으로 사화동을 넘겨줄 것을 요구했다. 통신사를 파견하지 않으려는 궁여지책이었다. 그런데 소 요시토시는 의외로 선선히 사화동을 생포해서 바쳤을 뿐만 아니라 납치했던 조선인들까지 송환했다.

류성룡은 이를 평화를 위한 증표로 받아들이고 싶었다. 그러나 허성은 그 주장에 선뜻 동의하지 않았다.

"그걸 이해할 수 없습니다. 그자들은 지금 자해를 한 겁니다. 사람을 내놓으라면 내놓고 죽이라면 죽여서까지 조선에서 통신사를 데리고 가야만 하는 이유가 뭘까요? 그게 저자들에게 무슨 득이 있을까요? ……이 뒤에는 뭔가 큰 일이 숨어 있습니다."

"그래서 자넬 서장관으로 추천한 걸세. 공식 일은 상사나 부사에게 맡기고 자네는 성천지(成天祉)와 군관 황진(黃進)을 데리고 시정을 살피게. 알겠는가?"

류성룡은 허성의 손을 꼭 쥐었다. 허성은 입가에 모처럼 미소를 띠었다. 류성룡은 그 웃음에서 그 동생 허봉을 떠올렸다.

'사사(四似, 네 가지 비슷함. 강희맹 문장을 칭찬하면서, 시문이 웅대하고 심오하며 전아하고 씩씩하기가 사마천과 같고, 넓고도 우뚝하기는 한유와 같고, 간결하고 고아하며 정밀하기로는 유종원과 같고, 자유분방하기는 구양수와 같다고 한 데서 비롯한 말.)가 어찌 사숙재(私淑齋, 강희맹의 호)에게만 합당할 것인가. 미숙이 쓴 시문이야말로 비슷함을 넘어 우월함에 가 닿지 않았던가. 아홉 살이나 아래이면서도 언제나 형처럼 굴던 사내, 학봉 김성일과 내가 주청할 때 먼저 나서서 율곡을 탄핵하는 상소를 올린 사내, 왜국과 친교하는 건 천부당만부당하다며 도끼를 들고 광화문 앞에 엎드린 조헌과 대적할 만한 유일한 사내, 신선이 되고 싶다던 사내, 금강산에서 신선처럼 사라진 사내, 허봉! 자네라면 이 난국을 어찌하겠는가?'

인정문을 들어서며 허성이 다시 물었다.

"균은 어떻습니까? 생원시에 합격은 했다지만 영 미덥지 않습니다."

"괜한 걱정이야. 그 아이 재능은 자네도 알지 않는가? 그리고……"

류성룡은 난설헌이 남긴 눈부시게 빛나는 시를 떠올렸다. 그 탁월함을 논하려 할 때 허성이 갑자기 넙죽 허리를 숙였다. 인정전 뜰에 좌의정(左議政) 정철(鄭澈)과 첨지중추부사(僉知中樞府事) 황윤길이 서 있었던 것이다. 쉰다섯 살 동갑내기인 두 사람은 서인을 중심에서 이끌고 있었다. 류성룡은 공손히 예를 표한 후 그 앞으로 다가갔다.

"학봉은 같이 안 온 게요?"

정철이 반백이 된 수염을 쓸면서 퉁명스럽게 물었다. 빼어난 그의 가사(歌辭)는 조선 제일이라는 평을 듣기도 하지만 상대방 심장에 주저 없이 비수를 들이대는 위인이다. 정철은 류성룡 뒤에 서 있는 허성을 찬찬히 살폈다.

"누군가 했더니 허엽 대감 큰아드님이로군. 이 아침에 웬일인가? 참, 자네가 이번에 서장관으로 뽑혔지."

정철이 자문자답을 하는 동안 허성은 그 눈길을 피해 고개를 숙였다.

"정여립(鄭汝立)이 자네 글재주가 뛰어나다고 칭찬하며 돌아다녔다던데?"

"무⋯⋯, 무슨 그런 터, 터무니없는 말씀을."

허성이 그만 새파랗게 질려 더듬거렸다. 류성룡이 정철을 쏘아보았다.

'증거가 있으신가요, 대감? 제가 추천한 허성을 앞에 두고 역도(逆徒) 정여립을 입에 올리시다니⋯⋯. 허성까지 노리신다면 이번에는 저도 물러서지 않겠소이다.'

"하핫, 농담이오, 농담! 젊은 사람이 농담 한마디에 그리 기가 꺾여서야 어디에 쓰겠소? 그래 가지고서야 칼부림을 일삼는 왜놈들을 꾸짖을 수 있겠소? 하하핫!"

그 순간 김성일이 인정문으로 쑥 들어섰다. 어색한 분위기를 느낀 김성일은 가볍게 목례만 한 후 휑하니 뜰을 가로질러 광범문(光範門)으로 사라져 버렸다. 정철은 얼굴에서 웃음기를 싹 거두었다.

"고이얀!"

류성룡은 소매를 끌어 허성을 데리고 그곳에서 물러났다. 광범문을 지나 왼쪽으로 늘어선 선정전(宣政殿) 외행각(外行閣)을 따라 걷는 동안 허성은 계속 딸꾹질을 해 댔다. 선정문(宣政門)에 이르러서도 허성은 딸꾹질을 멈추지 않았다.

"이런 낭패가 있나. 곧 주상 전하를 뵈어야 하는데."

류성룡이 안절부절못하며 이마에 맺힌 땀방울을 손등으로 훔칠 때 김성일이 선정문에서 썩 나왔다. 김성일은 다짜고짜 뒷덜미를 주먹으로 내리치며 허성에게 화를 버럭 냈다.

"뚝 그치지 못해? 그러니 저놈들이 우릴 우습게 여기는 게 아닌가. 정여립이 서인에서 동인으로 말을 바꿔 탔으니 동인과 교분을 나눈 건 당연한 일이야. 서찰 몇 통 주고받은 걸 가지고 역적으로 몬다면 정여립이 율곡 문하에 있을 때 숙식을 함께한 서인들은 역적 중에서도 역적이지. 그런데 뭐가 무섭다고 딸꾹질인가? 죽음이 그렇게도 두려운가?"

"어허, 목소리를 낮추시게. 누가 듣기라도 하면 어쩌려고 이러는 겐가?"

류성룡이 김성일 팔을 붙들며 만류했다.

"들을 테면 들으라지. 이렇게 사느니 차라리 송강(松江. 정철의 호) 저 늙은 여우를 죽이고 나도 죽음세. 저것들은 퇴계 스승님 무덤까지 파헤칠 놈들이야. 난 더럽게 살고 싶지 않으이."

류성룡은 자기보다 세 살 위인 김성일이 시도 때도 없이 퍼붓는 직언(直言) 때문에 항상 가슴을 졸였다. 문득 임신년(1572년)에 있었던 일이 뇌리를 스치고 지나갔다.

경연장에서 선조는 신하들에게 다음과 같이 물었다.

"과인은 어떤 임금인가?"

신하들이 앞 다투어 대답했다.

"전하께서는 요순(堯舜) 같은 임금이십니다."

"전하께서는 한고조 유방보다 더 큰 덕을 지니셨습니다."

스무 살을 갓 넘긴 선조는 입에 발린 대답이 싫지만은 않았다. 그때 김성일이 큰 소리로 아뢰었다.

"전하께서는 요순도 될 수 있고 걸주(桀紂)도 될 수 있사옵니다."

선조가 표정을 순식간에 굳혔다. 신하들은 김성일이 제 무덤을 스스로 팠다고 생각했다. 불호령과 함께 관직을 잃을지도 모르는 상황이다. 홍문관 수찬으로 경연에서 있었던 논의들을 기록하는 기사관(記事官)까지 겸하던 류성룡이 보다 못해 나섰다.

"신하들이 요순이라고 대답한 것은 전하께서 요순과 같은 임금이 되시도록 인도한 것이옵고, 김성일이 걸주에 비유한 것은 전하께서 걸주와 같은 폭군이 되시지 않도록 경계한 것이오니, 모두 전하를 위하는 마음에서 비롯했사옵니다."

그제야 선조는 화를 풀고 김성일을 칭찬한 후 경연을 끝냈다. 김성일은 그렇게 강직하고 꼿꼿한 위인이었다.

류성룡은 김성일을 달래어 대청(待廳, 대신들의 회의 장소)으로 들어갔다. 겨우 딸꾹질을 멈춘 허성은 사옹원(司饔院, 궁중 음식을 관장하는 곳)에 청하여 냉수 한 사발을 얻어 마셨다. 영의정(領議政) 이산해(李山海)가 류성룡 일행을 반겨 맞았다.

"어서들 오시게."

"일찍 등청(登廳)하셨습니다, 영상 대감."

"요즘 통 새벽잠이 없어요. 찬바람이 가슴 깊은 곳까지 휘잉 하니 불고……. 서애는 아니 그런가?"

이산해는 결코 속마음을 드러내는 법이 없었다. 동인인 이산해 가 서인 천하인 조정에서 배척당하지 않고 영상 자리를 지키는 것도 뛰어난 처세술 덕분이다. 그런 이산해도 요즘은 심기가 불 편했다. 정여립 사건 이후 벌써 역적으로 몰려 처형당하거나 하 옥된 사람이 삼백 명을 넘어서고 있었다.

이산해는 안색이 창백한 허성에게 물었다.

"부족한 건 없는가?"

"없습니다."

우의정(右議政) 심수경(沈守慶)과 함께 정철, 황윤길이 나란히 대청으로 들어섰다. 이산해는 류성룡 일행을 맞아들일 때처럼 환 한 웃음으로 인사를 건넸다. 김성일은 고개를 돌려 외면했고 허 성은 시선을 내리깐 채 망부석처럼 서 있었다.

류성룡은 간간이 이산해를 거들면서 통신사가 왜국에 도착할 때까지 오늘처럼 맑은 날씨가 계속되기를 기원했다. 심수경이 맞 장구쳤고 황윤길은 류성룡에게 사의를 표했다. 도승지(都承旨) 조 인후(趙仁後)가 황급히 문을 열고 들어왔다.

"주상 전하께서 곧 편전(便殿)으로 납실 것이옵니다. 어서 자리 를 옮기시지요."

대신들이 조인후를 따라서 삼삼오오 편전으로 향했다.

따사로운 아침 햇살이 선정전을 감쌌고 내시와 궁녀들이 분주 하게 뜰을 오갔다.

대조전(大造殿)에서 중전 박 씨와 함께 겸상으로 수라를 마친 선조는 봄 경치를 완상하며 느린 걸음으로 희정당(熙政堂)을 거쳐 편전으로 들어섰다. 용교의(龍交椅, 임금이 앉는, 용의 형상을 새긴 의자)에 앉아서 잠시 신하들을 둘러보았다.

금빛으로 여의주와 봉황 그리고 꽃구름이 조각된 보개(寶蓋, 양산처럼 어좌를 덮는 덮개)가 오늘따라 아름다움을 더했다. 불혹에 가까운 선조는 얼굴에 자신감이 넘쳐 났다.

열여섯 살에 보위에 오른 후 벌써 이십삼 년 동안이나 옥좌를 지키고 있었다.

퇴계와 율곡 같은 신하들이 곁에 머물렀던 즉위 초에는 『유선록(儒先錄)』, 『근사록(近思錄)』과 같은 책을 간행했을 뿐만 아니라 기묘사화 때 억울하게 처형당한 조광조를 증직(贈職)하여 사림들 칭송을 한 몸에 받기도 했다.

을해년(1575년) 동서 분당을 기점으로 당쟁이 격화되었던 이십 대 후반에는 잠시 마음을 잡지 못해 주색에 빠지기도 했지만, 계미년(1583년)과 정해년(1587년)에 야인들이 함경도를 침입한 후로는 성심을 되찾고 정치에서 손을 떼지 않았다.

서른을 넘기면서부터는 신하들을 대하는 요령도 생겼다.

선조가 즉위하면서 다시 중앙 정계에 진출한 사림은 나이 어린 임금을 보필하면서 공맹의 도를 펼치려고 하였다. 그 와중에 대의명분을 앞세운 신권(臣權)이 세조 이후 점점 허약해진 왕권(王權)을 위협하기에 이르렀다. 선조는 왕실 존엄을 지키기 위해 동서로 나뉜 신하들 틈바구니에서 양손에 각각 채찍과 당근을 들었다. 편애하는 신하도 변방으로 내쳤고 마음에 들지 않는 신하도 가까이 불러 칭찬했다. 채찍이 동에서 서로, 서에서 동으로 바뀔 때마다 신하들은 머리를 조아리며 더 큰 충성을 맹세했다. 그만큼 선택 폭이 넓어졌고 균형을 유지하기 쉬웠다.

"내일 왜국으로 떠날 상사 황윤길, 부사 김성일, 서장관 허성이옵니다."

영의정 이산해가 맨 처음 처리할 안건을 꺼냈다.

"먼 길에 고생이 많겠구나. 몸 건강히 잘 다녀오도록 해라. 과인은 그대들 노고를 잊지 않겠노라. 왜국에 줄 선물은 차질 없이 준비했는가?"

이월 이십팔일, 선조는 인정전에서 헌부례(獻俘禮, 포로를 바치는 의식)를 치렀다. 선조는 그날 승전한 황제처럼 소 요시토시에게 호통을 쳤다.

"다시 한 번 조선으로 들어와서 백성들을 괴롭히고 노략질을 일삼는다면 과인이 친히 대마도를 치고 왜국 본토를 응징하겠노라."

황윤길이 올린 문서를 좌부승지(左副承旨) 황우한(黃佑漢)이 받아서 선조에게 전했다.

"백미(白米) 서른 섬, 호피(虎皮) 쉰 장, 인삼 한 상자, 한지(韓紙) 삼백 장, 비단 백 필이라…… 영상!"

선조는 얼굴을 찡그리며 이산해를 찾았다.

"부족하지 않을까? 지난번 사독(四瀆, 나라에서 해마다 제사지내는 네 강. 낙동강, 한강, 대동강, 용흥강.)에 제사를 드릴 때도 부족한

듯하더니……. 과인 생각으로는 이 갑절은 되어야 체면이 설 것
같도다."

"지당하신 분부이시옵니다."

이산해는 즉시 그 말을 받아들였다. 불만을 아뢰려고 고개를
든 김성일을 류성룡이 눈짓으로 만류했다. 선심을 쓰겠다는 임금
뜻을 거스를 이유가 없는 것이다. 선물을 더 마련하기로 결정한
후 황윤길과 김성일, 허성은 서둘러 편전에서 물러났다.

선조가 부드러운 목소리로 류성룡에게 물었다.

"이조 판서는 학봉과 함께 퇴계 문하에서 공부하였다지? 학봉
은 어떤 사람인가?"

"안으로 성학(聖學), 밖으로 왕도를 실천하는 사람이옵니다."

"또한 허성은 그대와 호형호제하던 허봉의 친형이라고 들었다.
어떤 사람이지?"

"힘써 공부하고, 깨달음을 얻으면 명륜당 꼭대기에서 춤을 추
는 사람이옵니다."

"대단하구나. 그런 위인들을 벗으로 둔 그대는 얼마나 굉장한
사람인가?"

선조는 물 흐르듯 하는 류성룡 말솜씨를 비꼬았다. 류성룡은
벌겋게 달아오른 얼굴을 가리려고 고개를 숙였다.

"저……, 전하!"

"정여립이 율곡에게서 배울 때 류성룡 그대를 가리켜 크게 간
악한 자라고 평했다지?"

선조는 틈만 나면 지나간 상소문을 다시 읽는 습관이 있었다.

총명하고 빈틈없는 신하들 기를 꺾는 데는 이 방법이 최고였다. 류성룡이 머리를 조아리며 아뢰었다.

"전하! 신은 영남 변두리에서 나고 자란 미천한 출신으로, 본디 어리석고 학문도 얕아서 조정에서 쓰일 만한 재능이 없사옵니다. 게다가 체질이 허약하여 질병마저 곁들였으며 지식이 천박하여 일에 부딪치면 어쩔 줄을 모르옵니다. 어찌 큰일을 담당할 만한 그릇이겠습니까? 신을 멀리 내쳐 주시옵소서."

"불윤(不允, 허락할 수 없다.)!"

선조는 목울음을 우는 류성룡이 어깨를 가늘게 떠는 것을 놓치지 않았다. 위로하고 싶었지만 위엄을 보이려면 어쩔 수 없는 일이다. 좌의정 정철에게 시선을 옮겼다.

"좌상! 중전이 좌상이 쓴 언문 가사에 흠뻑 빠져 있는 걸 아는가?"

정철은 대답을 늦추며 선조 안색을 살폈다. 맞장구쳤다가 류성룡처럼 눈물을 쏟을지도 모를 일이었다.

"「관동별곡」은 과인도 읽은 적이 있지만, 두 미인곡(美人曲, 「사미인곡」과 「속미인곡」)은 어젯밤 처음 읽었느니라. 자못 언문 씀씀이가 황홀하고 기특한 구석이 많아서 놀랄 따름이었다. 한데 그 가사에 나오는 미인은 도대체 누군가? 과인한테만 살짝 가르쳐 줄 순 없는가?"

선조는 진작부터 정철이 지은 가사를 읽었고 그 미인이 바로 선조 자신이라는 것도 알고 있었다. 동인으로부터 탄핵을 당한 후 강원도, 전라도, 함경도에서 외직으로 떠돌다가 고향인 창평

(昌平)에 머물면서 재기를 노리며 임금을 위해 언문 가사까지 짓는 정철이라면 언젠가 유용하게 쓸 날이 있으리라 여겼다.

"그, 그 미인은 다름이 아니오라……."

정철은 대답을 제대로 못하고 말을 더듬었다.

정여립이 역모를 꾸몄음이 밝혀졌을 때 선조에게는 이 일을 책임지고 조사할 위관(委官, 사건을 맡아 조사하는 관리)이 필요했다. 처음 위관으로 임명된 우의정 정언신마저 정여립과 서찰을 주고받은 사실이 발각된 후로는 믿을 사람이 없었다. 이산해와 류성룡은 정여립과 같은 동인이었고 윤근수(尹根壽)나 윤두수(尹斗壽)는 그릇이 작았으며 이항복(李恒福)과 이덕형은 아직 어렸다. 그때 정철이 역적을 체포하여 엄히 다스리라는 비밀 차자(箚子, 상소문)를 올렸다. 선조는 정철에게 일을 맡기기로 한 후 밤새 정철이 쓴 언문 가사와 시조를 다시 읽었다. 임금을 향한 충정이 새로웠다.

정철은 기대를 어기지 않았다. 정여립과 술 한 잔 나눠 마시거나 손 한 번 잡은 사람까지 모두 찾아내서 옥에 가두었다. 오늘 두 미인곡을 들먹인 것도 정철의 충성심을 확인하기 위해서였다.

"'나 하나 젊어 있고 임 하나 날 괴시니(사랑하시니), 이 마음이 사랑 견줄 데가 전혀 없다.'(「사미인곡」)는 고백과 "차라리 사라지는 낙월(落月)이나 되어서 임 계신 창 안에 환하게 비치리라."(「속미인곡」)라고 한 다짐을 잊지는 않았겠지?'

정철이 일을 맡은 지도 반년이 가까웠다. 이제 정리할 때가 된 것이다. 선조는 정철이 대답하기를 기다리지 않고 질문을 이어갔다.

"정여립이 퍼뜨린 참어(讖語, 유언비어)는 무엇 무엇인가?"

정철은 준비해 온 문서를 참조해 가며 카랑카랑한 목소리로 대답했다.

"모두 네 가지이옵니다. 첫째는 목자망전읍흥(木子亡奠邑興), 이씨가 망하고 정씨가 흥한다는 것이옵니다. 둘째는 전주(全州)에 왕의 기운이 있다는 것이옵고, 셋째는 뽕나무에 말갈기가 나는 집안에서 왕이 난다는 것이오며, 넷째는 정씨가 계룡산 아래에 도읍을 정한다는 것이옵니다. 모두 역적 정여립이 왕이 될 것임을 강조하고 있사옵니다."

"고이얀!"

선조가 불끈 쥔 두 주먹을 부들부들 떨었다.

정여립.

경오년(1570년)에 등과하여 율곡과 우계(牛溪, 성혼의 호)에게 배웠으며, 계미년(1583년)에는 예조 좌랑(禮曹佐郎)에까지 오른 위인이다. 이듬해 율곡이 세상을 떠나자 스승을 비판한 후 동인으로 자리를 옮겼다. 유비(劉備)를 배신한 위연(魏延)과 같다면서 선조가 멀리하자, 의갱(蟻坑, 개미 굴) 같은 벼슬살이를 접고 고향 전주로 낙향하였다.

움푹 팬 눈과 오뚝한 코, 유난히 얇은 입술을 지닌 정여립은 전주에서 곧 이름을 얻었다. 한양에서 배운 깊이 있는 학문과 전주 일대에서 대대로 물려 내려온 전답이 큰 힘이 되었다. 훈구파나 척신(戚臣)들이 임금에게 의지하여 한양을 중심으로 생활한다면, 사림은 그 근본이 지방 중소 지주 출신이었다. 벼슬에서 물러나더라도 사림들은 지방에서 명망가로 삶을 이어갈 수 있었다. 제자들을 키우는 것은 물론이고 지방 행정에 참여할 뿐만 아니라 사병(私兵)까지 거느리는 경우도 있었다. 강력한 중앙 집권을 건국이념으로 천명한 조선은 사림이 정계로 진출하고 그에 따라 각 지역별로 학맥이 형성되면서 근본부터 흔들리기 시작했다. 정여립 역시 그런 사림 중 하나였다. 정여립은 선조가 다시 찾을 때까지 기다리기에는 피가 너무 뜨거운 사내였다.

정해년(1587년), 왜구가 서해안으로 침입하자 전주 부윤(全州府尹) 남언경(南彦經)은 정여립에게 도움을 청했다. 전주에는 왜구와 맞서 싸울 충분한 병력이 없었던 것이다. 정여립은 자신이 조직한 대동계(大同契) 계원들을 이끌고 왜구들을 격퇴했다.

또한 정여립은 진안(鎭安) 죽도(竹島)에 서실(書室)을 지어 놓고 사람들을 모아 학문과 무술을 가르쳤다. 제자를 받아들일 때 신분이 높고 낮음을 따지지 않았으며, 모든 사람이 평등한 대동 세계 건설을 주장하였다. 이는 정주학(程朱學)을 기반으로 하여 왕을 정점으로 하여 사농공상(士農工商)을 신분 제도로 운영해 온 통치 이념에 정면으로 대립하는 사상이었다. 그런데도 정여립이 이끄는 대동계는 칠 년이 넘도록 아무 제재도 받지 않았으며 왜구를 물리친 후로는 전주 부윤이 직접 대동계를 후원하고 보호하기까지 하였다. 지방에서 사림은 힘이 그만큼 크고 강했던 것이다.

황해도 안악 군수(安岳郡守) 이축(李軸)이 장계를 올려 정여립이 한양에 반군을 투입하여 이씨 왕조를 무너뜨리려 한다고 고변했을 때, 선조는 전주 부윤이 정여립과 친분 관계를 유지했다는 사실을 알고 더욱 분노했다.

'나라에서 녹을 먹는 자가 역적 도움을 받아 왜구를 물리치고, 그 역적이 사람을 모으도록 돕고, 군량미와 무기를 마련하는 데 앞장설 수 있는가? 어찌 전주 부윤뿐이랴. 어전에서 만만세를 외치며 피가 나도록 바닥에 이마를 부딪는 신하들도 정여립과 내통한 것이 분명하다. 내 어찌 그들과 같은 하늘 아래 살 수 있겠는가.'

그리하여 전라도에서 불러 올린 정철을 앞세워 엄청난 옥사가 진행되었다. 이른바 기축옥사(己丑獄事)였다. 명분은 역적을 처단하는 것이었지만 어심은 다른 곳에 있었다. 선조는 기어오르는 사람을 꺾어 흔들리는 중앙 집권을 강화하고 싶었다. 정철이 호남 사림은 물론이고 퇴계와 남명 아래에 있는 영남 사림까지 조사하려 했을 때 선조가 묵인한 것도 이러한 이유에서였다.

"역모 사건은 어찌 처리하고 있는가?"

"정여립과 내통한 역적 이발(李潑), 백유양(白惟讓) 등 삼백여 명을 극형에 처했사오며, 죄가 있는 천여 명을 옥에 가두어 엄히 심문하고 있사옵니다."

"역적은 한 놈도 살려줘서는 안 된다. 좌상! 처리가 미진하면 그대에게 죄를 묻겠다. 알겠는가? 역적들을 능지처참하는 것으로 끝내지 마라. 그 목을 사대문 밖에 효수하고 그 몸을 갈기갈기 찢어 변방으로 보내 본보기로 삼으라. 사지는 난들(마을에서 멀리 떨어진 넓은 들)에 버려 짐승이 주린 배를 채우게 하렷다."

정철은 식은땀을 흘리며 그 분노를 가슴에 아로새겼다. 류성룡은 어금니를 깨문 채 상념에 젖어 들었다.

'당분간 옥사는 계속될 것이다. 무오사화와 기묘사화를 겪으며 훈구파 때문에 목숨을 앗긴 것보다 더 많은 사람들이 죽으리라. 뜻있는 서생들은 다시 각건(角巾, 옛날 은둔자들이 썼던 모난 두건)을 쓴 채 산림에 몸을 묻을 것이며 조선은 예와 도를 잃은 채 제멋대로 부유하리라.'

"다음은 무엇인가?"

평소라면 이쯤에서 아침 논의를 접었겠지만 오늘은 그럴 분위기가 아니었다.

"왜구들 침입을 방비하기 위해 수사(水使)로 쓸 만한 장수를 대신들이 추천하였사옵니다."

좌부승지 황우한이 영의정 이산해로부터 문서를 받아 올렸다. 선조는 심드렁한 표정으로 장수들 이름을 쭉 훑었다.

"이순신이라! 이순신은 녹둔도에서 싸움에 져 백의종군했던 조산 만호가 아닌가? 작년에 정언신도 그를 추천한 적이 있지만 과연 수사 일에 적합한 인물인지 모르겠다. 현감으로 족한 위인이 아닌가?"

류성룡이 대답했다.

"신은 순신과 함께 어린 시절을 보냈기에 그 재능을 익히 아옵니다."

선조가 그 말을 잘랐다.

"잠깐, 그대는 이순신을 정읍 현감으로 추천할 때도 같은 소릴

했다. 마을 이름이 뭐라 했지?"

"건천동이옵니다."

"그래 맞다, 건천동! 허봉도 그곳에서 자랐댔지?"

"그러하옵니다."

"건천동에서 자란 사람들 말이다. 내가 알 만한 사람들로 열 명만 들어 보아라."

"예?"

'함정에 걸려들었구나!'

류성룡은 마른침을 꿀꺽 삼켰다.

"김종서(金宗瑞)와 정인지(鄭麟趾)가 같은 시대이옵고, 양성지(梁 誠之)와 김수온(金守溫)이 같은 시대이오며, 유순정(柳順汀)과 권민 수(權敏手)와 유담년(柳聃年)이 같은 시대이옵니다. 또한 신과 이 순신과 원균과 허봉 등이 그곳에서 어린 시절을 보냈사옵니다."

"그대와 이순신 그리고 원균이 모두 건천동에 살았다?"

"그러하옵니다."

"쯔쯧, 그따위 작은 인연으로 이 나라 바다를 책임질 장수를 추천한단 말이더냐? 건천동 바깥에는 장수가 없어?"

"그, 그게 아니옵고……"

"닥쳐라! 건천동 출신이 그렇게 훌륭하다면 너희들도 뭉쳐서 거사를 벌일 작정이겠구나."

"천부당만부당하옵니다, 전하!"

선조는 뜸을 들이며 호흡을 골랐다. 군권(軍權)을 아무에게나 내어 줄 순 없었다.

"사화동을 죽였으니 왜구를 막을 수사를 새로 뽑는 것은 시급한 문제가 아니다. 이 일은 다음에 다시 살피도록 하겠다."

류성룡은 할 말을 잃었다.

'전하께서는 나마저 정여립 잔당으로 몰려고 하시는가. 싸늘한 말투가 가슴을 쿡쿡 찌르는구나. 정녕 떠날 때가 온 것인가. 역적으로 몰리느니 차라리 스스로 물러나는 편이 낫다.'

선조는 기축옥사가 정당했음을 역사 속에서 입증받고 싶어 했다. 홍문관에 재직하는 여러 학자들과 함께 이십 년 가까이 경연에서 공부한 것이 큰 도움이 되었다.

"어젯밤 『통감강목(通監綱目)』에 나오는 「동한헌제기(東漢獻帝紀)」를 다시 읽었다. 이런 의문이 생겼느니라. 소열제가 오(吳)와 위(魏)를 평정한 다음에도 헌제(獻帝)가 살아 있었다면 유비는 스스로 왕위에 오르지 않고 끝까지 한나라 신하로 남았겠는가?"

영의정 이산해가 대답했다.

"소열(昭烈, 유비의 시호)은 헌제가 죽었다는 소식을 듣고 나서야 제위(帝位)에 나아갔으며, 그 아래에는 제갈량과 같이 의로움을 아는 신하가 있었사옵니다. 헌제가 살아 있었다면 결코 군왕 자리를 탐내지 않았을 것이옵니다."

'역시 이산해는 내 마음을 귀신같이 읽어 내는군.'

선조가 고개를 끄덕이며 다시 물었다.

"영상 말이 옳다. 유비라면 정성으로 헌제를 섬겼을 것이다. 하나 항우가 의제(義帝)를 죽이지 않았다면 한 고조 유방 역시 용상을 포기했을까?"

좌의정 정철이 고개를 크게 저으면서 말했다.

"어찌 신하 된 자가 살아 있는 임금을 폐하고 용상에 오를 수 있겠사옵니까? 한 고조 역시 충과 의를 중히 여긴 인물이었으니 단침(丹忱, 정성으로 우러나는 성실한 마음)으로 의제를 보필하였을 것이옵니다."

"임금 된 자가 어리석고 광포할 뿐 아니라 때로는 나약하고 무능해도 말이냐?"

'세조 대왕께서 어린 조카인 단종을 내치고 왕위를 이은 일도 있지 않은가?'

선조는 그런 생각을 하면서 침묵으로 신하들 답을 기다렸다. 과묵하고 청렴하기로 소문난 우의정 심수경(沈守慶)이 입을 열었다. 느릿느릿한 말투에서 일흔을 훨씬 넘긴 연륜이 배어 나왔다.

"일찍이 퇴계는 '임금은 마땅히 인혜(仁惠)해야 하고, 신하는 마땅히 공경해야 한다. 이것이 바로 이(理)다.'라고 말했사옵니다. 임금을 공경하지 않고 힘으로 제압하려 드는 신하는 참된 세상 이치를 거스르는 자이옵니다."

심수경은 원칙론에 머물렀다. 임금다움을 논하기에 앞서 신하다움을 강조한 것이다. 그 말은 또한 "천하 만물은 만인 소유이니 누군들 왕이 아니겠는가."라고 주장하는 정여립에 대한 반박이기도 했다. 퇴계가 임금과 신하는 엄연히 다르며, 그 차이로부터 각자 참된 역할을 찾아야 한다고 주장한 것은 임금과 신하, 아버지와 아들의 차별을 전제로 한 것이다. 선조는 그 딱 부러진 대답에 덧붙일 물음이 없었다. 그 눈길이 류성룡에게로 옮겨

갔다.

"류 판서! 아까부터 잠자코 있는 걸 보니, 다른 의견을 품고 있음이 분명하렷다. 아니 그런가?"

상념에서 깨어난 류성룡은 얼굴에 당황하는 빛이 역력했다.

"아니옵니다. 신이 어찌 감히 딴생각을 품을 수 있겠사옵니까? 다만……"

"다만…… 무엇이냐?"

류성룡은 그 냉혹한 시선을 느끼며 답했다.

"조선은 학문을 숭상하고 선비를 존중하는 정주학의 나라이옵니다. 일찍이 전하께서도 퇴계와 율곡을 아끼시고, 수많은 전적 (典籍)들을 편찬하여 이 나라 기풍을 바로잡으셨사옵니다. 신은 지금 많은 선비들이 작은 죄로 인하여 지나치게 큰 벌을 받는 게 오히려 탑전에 누를 끼치고 선비들이 세상에 나서는 데 걸림돌이 될까 두렵사옵니다. 통촉하시옵소서!"

류성룡은 눈을 질끈 감고 선조가 불호령을 내리길 기다렸다. 파직은 물론이고 어쩌면 당장 하옥하라는 어명이 내릴 수도 있었다. 그러나 사위는 한없이 조용했으며 앞에 앉은 심유경이 잔기침 삼키는 소리만 간간이 들려왔다. 류성룡은 고개를 들어 어좌를 살폈다. 그때까지 류성룡을 뚫어져라 쳐다보던 선조와 시선이 마주쳤다. 선조는 류성룡이 황급히 고개를 숙이는 것과 동시에 어좌에서 일어서며 짧게 힘주어 말했다.

"지도(知道, 알았다.)!"

선조가 편전에서 나간 후 류성룡은 제일 늦게 자리를 떴다.

"건천동 바깥에는 장수가 없어?"라는 질책이 귓전을 오랫동안 맴돌았던 것이다. 밖으로 나서다 말고 몸을 돌려 텅 빈 어좌를 바라보았다. 가슴속에 묻어 두고 하지 않은 이야기가 혀끝에 맴돌았다.

'전하!

신이 이순신을 천거한 까닭은 순신과 신이 같은 마을에 자랐기 때문도 아니옵고, 그 형과 신이 친구이기 때문도 아니옵니다. 순신이 품성이 뛰어나고 무예가 출중한 것은 재삼 강조해도 부족함이 있사옵니다. 하나 단지 그 때문에 신이 순신을 거듭 천거하지는 않았사옵니다. 그 조부 이백록은 일찍이 정암을 도와 이 나라를 더욱 강하고 아름답게 가꾸고자 노력하였사옵니다. 비록 순신이 무장의 길을 가고 있으나 그는 곧 사림의 피와 살을 이어받은 것이옵니다. 정암이 없었다면 신이 없는 것처럼, 정암이 없었다면 순신 또한 없었으리라 사료되옵니다. 신이 순신을 아끼는 것은 지연(地緣)도 학연(學緣)도 아니옵니다. 제 미천한 지인지감(知人之鑑, 사람을 알아보는 눈)을 강조할 마음도 없사옵니다.

다만 신이 생각하옵건대, 순신 같은 장수는 조선에 단 한 사람뿐이옵니다. 활을 든 사림, 그 사람이 곧 이순신이옵니다. 사림이 조정 공론을 이끄는 동안에는 사림이 품은 뜻을 누구보다도 잘 아는 장수가 변방을 굳건히 지킬 필요가 있사옵니다. 순신이라면 그 소임을 충분히 해내리라 믿사옵니다.

하문을 받고 그저 하찮은 지연만 강조한 것은 혹시 전하께서 이런 제 마음을 또 다른 당을 만드는 짓으로 여기실까 저어했기 때문이옵니다. 문신과 무장이 뜻을 하나로 모으는 것을 누구보다도 싫어하시는 전하가 아니시옵니까.

전하!

사림에게는 순신이 꼭 필요하옵고, 순신 또한 사림을 위해 기꺼이 목숨을 걸 것이옵니다. 이는 또한 전하를 위해, 이 나라 종묘사직을 위해 큰 도움이 되리라 사료되옵니다. 만에 하나 왜국이 헛된 망상을 버리지 못하고 변란을 일으킨다면 경상도와 전라도 바다에서 크고 작은 전투가 벌어질 것이옵니다. 순신은 차분하게 장졸과 무기를 점검하고, 적의 약점을 간파하여 반드시 이기는 전투를 할 것이옵니다. 순신은 전공에 눈이 어두워 무조건 돌진하는 용맹한 장수가 아니라 가장 유리한 장소와 시간을 택해 큰 승리를 거두는 지혜로운 장수이옵니다. 순신이 지키는 바다는 결코 뚫리는 일이 없을 것이옵니다. 부디 순신을 중히 쓰시옵소서. 순신이 가진 작은 허물은 신이 고쳐 나가겠나이다. 굽어 살피시옵소서.'

二十、동방도東方圖, 피비린내를 뿜다

편전에서 물러난 류성룡은 홍문관 부수찬 조영직(趙映直)에게 천하도(天下圖, 세계 지도)를 가져오라고 했다.

"천하도 말씀이십니까?"

키가 작고 턱이 뭉툭한 조영직은 두 차례나 되묻고는 고개를 갸웃거리며 사라졌다가, 곧 지도 한 장을 옆구리에 끼고 돌아왔다. 류성룡은 조영직이 내민 지도를 탁자 위에 펼쳐 놓았다.

"이, 이런!"

조영직은 류성룡이 불만스러운 표정을 짓자 몸 둘 바를 몰랐다.

류성룡이 누구인가. 이십 년이나 홍문관에 머물면서 대제학까지 오른 인물이 아닌가. 홍문관 일이라면 부처님 손바닥 보듯 하는 류성룡이 지도를 보고 화를 낸다면 보통 일이 아닌 것이다.

"이 「천하총도(天下總圖)」말고 딴 건 없나?"

"예? 몇 장 더 있긴 합니다만 「천하총도」가 가장 최근에 그려진 것입니다."

류성룡은 주먹으로 가볍게 이마를 두드렸다.

"미안하네만 그 지도들 사본을 모두 가져와 주게나. 찾을 게 있어서 그러이."

"알겠습니다."

조영직은 나는 듯이 문서고(文書庫)로 가서 지도들을 가져왔다. 류성룡은 조영직이 가져온 지도 다섯 장을 비교하며 면밀히 살핀 후 그중 한 장을 택했다. 태종 2년(1402년)에 좌정승 김사형(金士衡), 우정승 이무(李茂) 등이 만든 「혼일강리역대국도지도(混一疆理歷代國都之圖)」였다.

"이걸 잠시 빌려 감세. 내일 아침에 돌려주지."

지도 보기를 즐기는 선조는 틈만 나면 홍문관에 명을 내려 지도를 가져오도록 했다. 이 사본들은 미리 의문 나는 점들을 짚어두려고 별도로 준비해 둔 것이다.

"알겠습니다."

본래 홍문관 장서를 궐 밖으로 대출하는 것은 책색(冊色, 홍문관에서 서적의 출납과 보관을 맡아보던 부서)을 거쳐 대제학 승인이 필요했지만 조영직은 선선히 고개를 끄덕였다. 조영직은 지도를 정성껏 말아서 내밀었다.

"고맙네. 자넨 작년 가을에 홍문관에 들어왔지?"

"그, 그러하옵니다."

조영직은 웃는 낯으로 답했다.

"경연에도 참가했겠구먼."

"기사관으로 네 차례, 검토관(檢討官)으로 한 차례 참여했사옵니다."

"전하께서 특별히 관심을 두시는 부분이 있는가?"

"글쎄요……. 군웅이 할거하는 춘추 전국 시대와 삼국 시대를 즐겨 논하기는 하십니다만……. 오늘 석강(夕講, 저녁 강의)에는 관우가 어리석었음을 살피겠다고 하셨습니다."

류성룡이 천천히 고개를 끄덕였다.

'관우가 어리석었다! 적벽대전에서 조조를 살려준 대목을 논하려는 것이리라. 전하께서는 작은 인정에 끌려 조조를 살려준 관우를 비웃으시리라. 그리고 역적은 씨앗이 자라기 전에 베는 것이 올바른 이치라고 하시겠지. 전하께서는 한 고조 유방처럼 두려움과 존경을 한 몸에 받는 군왕이 되고 싶으신 게다. 그렇다면 나는 성심을 장량처럼 읽고 있어야 하는 게 아닐까.'

허균이 류성룡을 찾아온 것은 자시(밤 11시)가 넘어서였다.

류성룡은 퇴청 후 저녁상도 물리고 「혼일강리역대국도지도」를 자세히 살펴보았다. 중국 지명은 비교적 상세했으나 왜국은 그 크기와 형태를 예측하기 어려웠다. 사과 모양처럼 생긴 겨우 경상도만 한 섬 하나가 거제도 아래 붙어 있을 뿐이다. 왜승 겐소가 말한 바에 따르면, 왜국은 조선 침략을 위해 대군 이십만 명을 준비하고 있다고 했다. 하지만 저렇게 작은 땅덩어리에서는 만 명도 모으기 힘들 것이다.

"네놈은 왜 허구한 날 술이냐?"

류성룡은 불콰한 허균 얼굴을 보며 화를 냈다. 요즈음도 이태백 제자를 자처하는 이달(李達) 패거리와 어울리는 모양이었다. 허균이 고개를 숙인 채 킬킬킬 웃었다.

"스승님, 너무 노여워 마십시오. 얼마 남지 않은 호시절, 놓치기가 아까워 이런답니다. 가을두(加乙頭, 서울 마포 양화도 북쪽 언덕의 절승지)에 올랐는데 혹첨(黑甛, 낮잠) 한 식경, 민들레 겉절이에 술 한 잔 마시지 않을 수 있겠습니까?"

"죽은 네 형을 생각해라. 사물(四勿, 공자가 안연에게 가르친 예에 의해 경계해야 하는 네 가지 조목. 예가 아니면 보지 말며, 듣지 말며, 말하지 말며, 움직이지 말라고 했음.)을 잊었느냐?"

"그래요! 형만 생각하면 이 더러운 세상 확 뒤집히는 꼴을 보고 싶습니다. 차라리 독초(毒草)라도 잔뜩 뜯어먹고 죽고 싶습니다. 제대로 돌아가기에는 어차피 틀린 세상 아닙니까?"

"말조심해라. 뒤집히다니? 그게 사대부가 입에 담을 소리더냐?"

"죄송합니다. 하지만 스승님! 참으려고 발버둥쳐도 참을 수 없을 때, 참고 싶지 않을 때는 어찌해야 합니까? 시를 쓰고 술을 마시고 노래를 불러도 참기 힘들 때, 그때 말입니다. 도와 예로 되돌아가기 위해 썩어 문드러진 시체라도 들추듯이 공자 왈 맹자 왈 해야 합니까?"

"에이잇! 그런 자세로 어찌 시문을 익히겠느냐? 심사시사(心邪詩邪, 마음이 사악한 사람은 시도 사악하다.)라고 했느니라. 오늘은 그냥 돌아가고 내일 다시 오도록 해라."

허균은 대답 대신 서안 위에 펼쳐진 지도를 곁눈질했다. 골똘하게 지도를 살피던 허균은 웃음을 흘리기 시작했다. 웃음이 점점 심해져 양어깨가 흔들릴 정도였다. 류성룡은 그 비웃음을 참을 수 없었다.

"이놈! 어서 나가지 못할까?"

그제야 허균은 손바닥으로 입술을 훔치며 웃음을 그쳤다.

"스승님, 어디서 이따위 엉터리 지도를 구하셨습니까? 이건 똥입니다, 똥! 하여튼 대국놈들 허풍은 알아줘야 한다니까요. 천하를 절반이나 자기네 영토로 그려 넣다니."

"대국놈이라니. 말조심해라, 이놈!"

허균은 소맷자락에서 둘둘 만 종이를 쓰윽 꺼냈다. 입에서는 여전히 술 냄새가 풍겼지만 두 눈은 샘물처럼 맑고 차가웠다.

"스승님, 이건 명나라 역관으로부터 얻은 것입니다."

허균은 「천지도(天地圖)」를 펼쳤다. 영길리(英吉利, 영국)와 불랑서(佛朗西, 프랑스)가 지도 중앙에 있었다. 한참이나 지도를 살폈지만 류성룡은 조선과 명나라를 찾을 수 없었다.

"조선은 어디에 있지? 대명(大明)은?"

"히힛! 스승님, 그쪽이 아니에요. 거긴 아비리가(阿非利加, 아프리카)죠. 무진장 덥고 무서운 짐승들이 사는 땅입니다. 명나라와 조선은 그보다 더 오른쪽에 있어요."

그제야 류성룡은 지도 오른쪽 귀퉁이에 자리 잡은 명나라와 조선을 찾을 수 있었다. 「혼일강리역대국도지도」에서는 명나라가 가장 컸고 그 다음이 조선이었는데, 「천지도」에서는 명나라가 고작 아비리가 절반 크기였고 조선은 영길리보다도 작았다. 믿을 수 없는 일이다. 더욱 놀라운 건 조선을 둘러싸고 있는 섬이다. 어림짐작만으로도 조선보다 두 배 가까운 크기였다.

'왜국이 저렇게 크단 말인가.'

"어디서 이런 잡도(雜圖)를 구했느냐? 명나라가 세상 중심인 것은 천하가 아는 일이다."

허균은 손뼉을 치며 즐거워했다.

"소생도 그런 줄 알았습죠. 하지만 지금 명나라엔 수많은 양이들이 몰려와서 이런 지도를 팔고 있답니다. 명나라 조정에서는 비밀리에 그걸 사들여서 이렇게 번역까지 했고요. 명나라가 왜 허황한 잡도에 매달릴까요? 소생에게 중국말을 가르치는 역관은 아비리가까지 다녀왔다고 합니다. 아비리가에서 조선까진 걸어서 십 년은 족히 걸린답니다. 얼마나 먼 나라인지 짐작이 가십니까, 스승님?"

허균은 잠시 말을 끊고 류성룡 표정을 살폈다. 류성룡은 돌부처처럼 꿈쩍도 하지 않았다.

'내가 네 말을 믿을 줄 아느냐? 열흘 전쯤에 너는 동남쪽 섬나라에 사는 척곽(尺郭)이란 사내를 직접 만났다고 했다. 키는 십 척이고, 배 둘레는 키와 같으며, 머리에는 수탉을 얹었고, 붉은 옷에 흰 띠를 둘렀으며, 붉은 뱀으로 이마를 둘렀다는 것이다.

이 지도는 척곽처럼 허황한 것임이 분명하다.'

"제 말을 믿지 않으시니 할 수 없군요. 이건 공자님이 와도 보여 주지 않으려고 했는데 스승님이시니 특별히 보여드리지요. 전날에 말씀드렸던 그 척곽이란 놈에게서 산 겁니다."

허균은 지도 한 장을 마저 펼쳤다. 「동방도(東方圖)」란 이름 아래 조선 팔도와 커다란 섬 넷으로 이루어진 왜국이 나란히 그려져 있었다. 「천지도」에서처럼 왜국이 조선보다 두 배 가까이 더 컸다. 조선 팔도 해안과 내륙에는 숫자가 빼곡히 적혀 있었고, 부산에서부터 한양까지는 붉은 점들이 뱀처럼 늘어졌다.

"이 숫자는 뭔가? 붉은 점들은 또 무엇이고?"

허균은 류성룡 코끝까지 얼굴을 들이밀며 되물었다.

"정녕 모르신단 말씀이신지요?"

류성룡은 그 검은 눈동자와 「동방도」를 번갈아 쳐다보았다.

'얼마 남지 않은 호시절이라고 했겠다?'

류성룡은 이제 갓 스물을 넘긴 제자가 품은 속마음을 알아챘다. 허균은 다시 기분 나쁜 웃음을 흘렸다.

"역시 스승님은 대단하십니다. 제 마음을 읽으셨군요. 스승님 추측이 옳습니다."

"그렇다면 이 숫자들은……."

"그렇습니다. 군사들 수를 적은 것이지요. 조정에서 파악하고 있는 것과 차이가 큽니다. 동래에서 한양까지 길목을 지키는 우리 군사가 오천 명도 채 되지 않으니까요. 이 붉은 점들은 한양으로 가는 지름길이죠. 검은 점이 찍힌 곳은 전투가 예상되는 지역이고, 푸른 점은 단약처(單弱處, 방비가 허술하고 약하여 침입하기 좋은 곳)입니다."

"어디서 이걸 구했느냐?"

류성룡이 놀란 눈으로 물었다.

"척곽이란 놈에게서 샀다고 하지 않았습니까? 한데 그놈은 분 신술과 함께 하늘을 나는 재주도 지녔나 봅니다. 그렇지 않고서 야 조선 팔도를 이렇게 훤히 꿰뚫을 수 있겠습니까? 다음에 만나 면 술이라도 한잔 사 주고 그 재주를 배워야겠습니다. 답답한 도 성을 떠나 넓디넓은 세상 구경이라도 하렵니다. 일 년 내내 길눈 쏟아지는 나라에도 가고 사방이 모래로 가득한 나라에도 가렵니 다. 하늘을 날 수만 있다면 이까짓 일들, 하루 만에라도 해치울 수 있지 않을까요? 이곳과는 다른 저곳 삶을 살피는 것도 재미있 을 겁니다. 스승님이야 늘 성현이 지나가신 큰길로만 따라가라 하시지만, 소생은 그 큰길에서 벗어나고 싶네요. 늪에도 빠져 보 고 개펄을 달려 보기도 하고 바다를 헤엄치고도 싶습니다. 척곽 이란 놈은, 그래요, 아주 자유롭고 가벼워 보입니다. 삶이 주는 무게를 느끼지 않으니까 하늘을 날 수도 있는 것이겠죠. 소생이 배우고 나면 스승님께도 알려 드리겠습니다. 그래야 스승님이 절 믿으실 게 아닙니까?"

허균은 「천지도」와 「동방도」를 둘둘 말아 소매에 넣고는 자리 에서 일어섰다. 갑자기 류성룡이 팔목을 붙잡았다.

"이것 놓으십시오. 뼈 부러지겠습니다."

"그 지도를…… 다오."

허균은 호들갑을 멈추고 류성룡 얼굴을 바라보았다. 스승은 이마에서 식은땀을 흘리고 있었다. 허균은 다시 자리에 앉은 다음 지도를 꺼냈다.

"드디어 스승님께서 소생의 말을 믿으시는 겁니까? 이렇게 기쁜 일이……. 하지만 세상에 공짜란 없는 법입죠. 대국놈들과 척곽에게서 이걸 빼내느라 술값이 꽤나 들었거든요. 지도를 드리는 대신 청을 하나 들어주십시오."

"말해 보아라."

허균은 탁자 옆에 놓여 있는 허난설헌 유고를 가리켰다. 그리고 수줍은 듯이 말했다.

"누이 문집에 발(跋. 책 끝에 본문 내용을 간추리거나 간행 경위를 요약해 적은 글)을 써 주십시오."

'그 뜻이었느냐? 술 취한 척 내게 와서 설레발을 치면서 지도 두 장과 맞바꾸려 한 것이.'

류성룡은 쓴웃음을 웃었다. 허균이 하는 말을 따라가다 보면 늘 이렇게 돌이킬 수 없는 자리에 서 있는 자신을 발견하곤 했다. 허균은 허성보다 강하고 허봉보다 지혜로웠다. 한없이 속되고 천박하게 보이지만 천하를 가슴에 품고 있었다. 류성룡은 그런 허균이 허봉처럼 헛되이 부러져 삶을 탕진하는 것을 막고 싶었다. 그래서 매일 밤 불러서 시문과 예를 가르치고 있는 것이다. 하지만 허균은 품에 안기에는 너무 날개가 큰 송골매였다. 술김에 뇌까리는 시는 이미 이태백과 같은 경지에 이르렀고 함부로 내뱉는 말에는 제자백가에서 얻은 깨달음이 녹아 있었다.

"그러지. 그게 무슨 힘든 일이라고."

"감사하옵니다. 스승님. 역시 스승님은 제 마음을 알아주시는 군요. 그럼 소생은 이만 나가 보겠습니다. 내일 저녁엔 술 마시지 않고 일찍 오겠습니다. 그럼 편히 주무십시오."

허균은 꾸벅 인사를 하고 자리를 떴다.

류성룡은 탁자 위에 놓인 지도 두 장을 고이 접어 두고 허난설헌 유고를 폈다. 지도는 내일 아침에 찬찬히 살피면 되는 것이고 이 밤에는 난설헌 시를 읽으며 허균이 내뱉는 너스레와 허봉이 남긴 패기에 찬 말들 속에 묻히고 싶었다. 세상 누구도 알아주지 않는 허씨 집안 세 천재와 사귄 것을 기뻐하면서, 또한 그중 둘을 벌써 잃은 것을 슬퍼하면서.

지난 해 사랑하는 딸 여의고	去年喪愛女
올해는 사랑하는 아들 잃었네	今年喪愛子
슬프고 슬픈 광릉 땅이여	哀哀廣陵土
두 무덤 마주 보고 서 있네	雙墳相對起
쓸쓸한 바람 백양나무에서 불고	蕭蕭白楊風
도깨비불 솔숲에서 반짝이네	鬼火明松楸
지전(紙錢) 날리며 네 혼 부르고	紙錢招汝魂
제삿술 네 무덤에 붓네	玄酒奠汝丘
나는 알지, 남매 혼이	應知弟兄魂
밤마다 서로 따르며 노는 것을	夜夜相追遊
비록 뱃속에도 아기 있지만	縱有腹中孩

어찌 잘 자라기를 바라리요   安可冀長成
하염없이 황대(黃臺) 노래 부르며   浪吟黃臺詞
피눈물 흘리고 슬픈 소리 삼키네   血泣悲呑聲
                          — 허난설헌, 「곡자(哭子)」

二十一、 장수의 의 위에 백성의 의를

신묘년(1591년) 이월.

정읍 현감 이순신은 첫닭이 울기 전부터 어둠이 깔린 마당에 나와 있었다. 연이은 악몽 때문에 덕석잠(덕석을 덮고 자는 것처럼 불편한 잠)이 따로 없었다.

된비가 어둠을 쫓으며 얼음 알갱이와 뒤섞여 쏟아졌다. 장닭 울음소리를 따라 사람들 웅성거림이 이리저리 쓸렸다. 번뜩이는 칼날이 먼저 눈에 띄었고 채 마르지 않은 핏덩이가 뚝뚝 장창을 타고 내렸다. 그 창끝에 낯익은 얼굴이 붉은 혀를 쑥 내밀고 희멀건 눈을 뜬 채 걸려 있었다. 광화문에 효시된 정언신 대감 머리였다. 수급을 쪼아 대는 까마귀 부릿짓을 뒤로한 채 서애 형님이 울부짖으며 사형장으로 끌려가는 것이 보였다. 가슴을 찢는 그 소리가 귀에 쟁쟁쟁 울렸다.

정읍과 태인에서도 정여립과 교분이 있던 선비가 넷이나 목숨을 잃었다. 동인을 탄핵하는 상소가 끊일 날이 없다는 소문이고 보니 두 사람 앞날 또한 편할 리 없을 것이었다.

'그러나 참형은 지나치지 않은가. 공정한 상벌은 군왕이 나라를 바르게 다스리는 초석인데……'

솜바지에 저고리를 겹으로 입었지만 꽃샘추위를 막기에는 역부족이었다. 방으로 돌아와서 이부자리를 걷고 정자관(程子冠)을 쓴 후 붓을 들었다. 쓰다 만 일기를 끝낼 참이었다.

병자년(1576년)에 벼슬길로 나서면서부터 본격적으로 쓰기 시작한 일기가 벌써 열다섯 권을 넘었다. 전라도와 한양, 함경도를 오가는 바쁜 생활 중에도 일기 쓰기만은 게을리하지 않았다.

'역사란 결국 후대 사람이 쓰는 것이다. 그것은 체험에 의지해서 쓰는 것이 아니라 기록에 근거해서 쓰는 것이다. 의와 협에 따라 하루하루를 살아가고 있는가를 돌이켜보고, 청사에 더러움과 부끄러움을 남기지 않으려면 물처럼 흘러가는 나달을 붙잡아 성찰하고 그 사실과 느낌을 정확하게 기록해 두어야 한다. 기억은 언제나 부정확하며 불확실하다. 내가 쓰고 있는 이 글만이 내 과거와 현재와 미래를 후대에게 기억토록 해 주리라.'

기억에도 아득한 건천동 시절부터 무엇이든 옮겨 쓰는 버릇이 있었다. 비록 지금은 그때 글들이 하나도 남아 있지 않지만, 이순신은 두 형 희신과 요신이 잠든 후에도 밤늦도록 글을 썼다.

병자년 식년 무과에 급제한 후 처음 류성룡을 찾아갔을 때였다. 류성룡은 이순신이 쉼 없이 무언가를 끼적거리던 습관을 그

때까지도 기억하고 있었다.

"난 자네가 정말 홍문관으로 올 줄 알았네. 이젠 어찌할 수 없게 되었군."

중요한 공문서 사본은 일기에 꼭 끼워 두었다. 녹둔도 패전으로 참형을 당할 뻔한 후로는 더욱 철저하게 공문서를 챙겼고 작성 경위를 함께 적어 두었다.

어젯밤, 이순신은 전라 감사(全羅監司)에게 보낼 서찰 초본을 일기에 옮겨 적다가 잠이 들었다. 열흘 전, 유부녀를 희롱한 죄로 곤장 스무 대를 맞은 박 생원이 이순신을 남솔(濫率)로 전라 감영에 고발한 것이다. 남솔은 지방 수령이 지나치게 많은 식솔을 거느려 백성에게 피해를 주는 죄로서, 파직 사유가 되고도 남았다.

큰형 희신과 작은형 요신이 일찍 세상을 버린 후부터 이순신은 집안 전체를 책임지는 가장이 되어 형수들과 조카들을 돌보아야 했다. 그러나 무관으로 변방을 전전하느라 가족들을 다독거릴 틈이 없었다. 만호 같은 무관 벼슬만으로는 식솔들 호구를 책임지기 힘들었다.

정해년(1587년)에 녹둔도 전투로 인해 조산에서 백의종군하게 된 때, 이순신은 갈림길에 섰다. 식솔을 먹여 살리기 위해 낙향해 살림을 돌볼 것인가, 아니면 식솔들을 희생해서라도 장수로 꿈을 키울 것인가. 백의종군 전까지는 식솔들을 생각할 틈이 없었다. 그러나 막상 백의종군을 당하고 나니 모든 것이 헛되게만 느껴졌다. 살아갈 길이 막막했고 미래는 오로지 암흑뿐이었다. 불혹을 넘긴 나이, 새로 시작하기엔 너무 늦었다.

무자년(1588년) 윤유월, 이순신은 아산으로 돌아오는 길에 한양으로 류성룡을 찾아갔다.

"촌부로 늙겠다 이 말인가?"

유성룡이 이순신의 지친 얼굴을 살피며 물었다.

"제 나이 벌써 마흔네 살입니다. 변방을 전전하기에는 늙었고 백의종군이라는 오점까지 남겼습니다. 이렇게 떠돌다가 객사한다면 자식과 조카들을 누가 돌보겠습니까."

"여해! 자네 말대로 지금 포기하면 자네 인생은 없어지는 것일세. 이러자고 십 년이 넘는 세월을 변방으로 떠돌았는가? 요신도 이 못난 꼴을 보면 크게 노할 걸세. 잔말 말고 이삼 년만 참고 견디게나. 우선 아산으로 내려가서 기다리고 있게. 몸도 추스르고 무예도 연마하고 말일세."

"장수로서 큰 공을 세우지 못했을진대 가장의 책임이라도 다하고 싶습니다, 대감. 희신 형이나 요신 형도 이제 제가 가족들을 챙기기를 바라실 겁니다."

"어허, 약한 소리 말게. 날 믿어! 내가 자네 하나 살피지 못하겠는가? 잘 듣게. 난 자네와 건천동에서 어린 시절을 함께 보낸 인연으로 이러는 게 아닐세. 자네가 이 나라에 꼭 필요할 날이 올 거라 믿기 때문이지. 죽음을 두려워하지 않는 장수는 많지만,

생명이 소중함을 깊이 천착하는, 그래서 싸움을 전체로 살피고 성찰하는 장수는 많지 않네. 오직 자네만이 그 일을 해 줄 수 있다네."

"무슨 일을 한단 말씀입니까. 지금 처음부터 시작하여 무슨 일을 이룰 수 있겠습니까."

"심력이 쇠진해 그러는구먼. 등과하지 못한 채 불혹이 지날지라도 장수의 길에 혹하겠다던 여해는 어딜 갔는가? 난 자넬 믿어. 그러니 자네도 날 믿고 기다려야 하네. 알겠는가? 불차탁용 (不次擢用, 서열을 무시하고 인재를 등용하여 벼슬을 줌)을 통해서라도 자넬 꼭 중히 쓰도록 할 것이야."

이순신은 기축년(1588년) 이월 전라도 관찰사 이광(李洸)의 군관으로 갔다가, 그해 십이월 이조 판서 류성룡 추천으로 종육품 정읍 현감이 되었다. 종사품 조산 만호가 되었을 때보다도 기쁨이 더했다. 비록 벼슬은 내려갔지만 식솔들 때문에 고민하던 터였기에 너울너울 나비춤이라도 추고 싶었다. 녹봉이 따로 없는 무관으로서 궁벽한 변방에서 둔전을 일구어 거두는 곡식으로는 군졸을 먹이기에도 힘에 벅찼다. 정읍은 예로부터 양식이 풍족한 고을이니 식솔들 끼니 걱정을 접어도 되는 것이다.

박 생원이 올린 고변을 받은 전라 감영(全羅監營)은 이순신에게 형수와 조카들을 충청도 아산으로 돌려보내 식솔을 줄이라고 권했다. 그러나 이순신은 그 권고를 따르지 않았다. 대신 선처를 바라는 서찰을 전라 감사에게 띄웠다.

……일찍이 형님들이 돌아가실 때, 저는 외직에서 일하느라 임종을 하지 못했습니다. 가족들이 전하기를, 형수와 조카들을 잘 거느려 가문에 누가 되지 않도록 하라는 것이 두 분 형님이 한결같이 남긴 말씀이었습니다. 그로부터 십 년이 넘도록 저는 야인들을 막느라고 식솔을 되돌아보지 못했는데, 이제야 형님들과 약속을 지키게 되었습니다. 고을 수령 된 자가 스무 명이 넘는 식솔을 거느리는 일이 법에 어긋남은 잘 알고 있습니다. 하지만 형수와 조카들을 아산으로 돌려보내 굶겨 죽일 수는 없습니다. 차라리 아내와 자식들을 보내어 굶게 하고 형수와 조카들은 그냥 이곳에 머무르도록 하여 주십시오. 이도 저도 안 된다면 식솔을 많이 거느린 죄를 달게 받겠습니다만, 의지할 곳 없는 식솔을 차마 제 손으로 버리지는 못하겠습니다…….

젖은 눈을 손바닥으로 쓰윽 훔쳤다.

빈방에 홀로 남아 일기를 쓰노라면 여러 가지 감정들이 밀물지어 왔다. 붓을 든 채 웃기도 하고 울기도 하고 화를 내기도 하고 가슴을 쓸어내리기도 했다. 가슴속에 꼭꼭 묻어 두었던 상념들이 붓끝에서 살아났다. 사람의 성정(性情)을 호수처럼 맑게 하는 것이 글이라고 했던가.

탁자 아래에서 대나무로 만든 산통(算筒)을 꺼냈다. 향나무로 만든 서죽(筮竹, 점을 칠 때 쓰는 산가지) 쉰 개가 **빽빽**하게 꽂혀 있었다. 눈을 감고 그중 하나를 뽑아 탁자 위에 놓았다.

태극(太極)이었다.

이마에 땀방울이 맺히기 시작하고 양 손바닥에도 땀이 배어 나왔다. 수건으로 땀을 훔친 후 나머지 서죽 마흔아홉 개를 움켜쥔 채 이마에 가만히 댔다. 눈꺼풀에 덮인 눈동자가 상하 좌우로 불규칙하게 흔들렸다.

눈앞에 펼쳐진 어둠 속으로 수많은 상념들이 지나쳤다. 머리 꼭대기에서 운명이라는 괴물이 불춤을 추었다.

이제 남솔로 삭탈관직을 당한다면 끝장이다. 다시는 그 아득한 추락을 딛고 인생이라는 절벽을 기어오르지 못할 것이었다. 하지만 그 불춤과 맞서기에는 상황이 여의치 않았다. 그렇지만 대책 없이 운명에 몸을 맡길 수는 없었다.

이순신은 주역에 의지해서라도 정면으로 이 고난을 뚫고 나가고 싶었다. 서죽을 뽑을 때마다 손끝에 힘이 넘쳤고 손놀림 하나하나에 절도가 있었다. 그 눈동자는 서죽이 움직이는 걸 한순간도 놓치지 않았다.

첫닭이 울고 날이 밝았다.

정자관을 벗고 그대로 드러누웠다. 솜바지와 저고리가 온통 땀에 절어서 끈적거렸다. 가파른 산을 오른 사람처럼 거친 숨을 푸우푸우 몰아쉬었다.

임신년(1572년) 겨울, 이순신은 훈련원 별시에 낙방한 후 장인인 방진으로부터 주역을 배웠다.

"자넨 고통을 가슴에 꼭꼭 쌓아 두는 사람이지. 그런 습관이 자네 스스로를 갉아먹을 게야. 모든 걸 자네가 다 하겠다는 생각을 가끔은 접어 두게. 그리고 하늘이 정한 운명은 인간 힘으로 어찌할 수 없음을 받아들이게나. 옛말에 이르기를 '너에게 큰 의심이 있거든 마음으로 도모해 보고, 주위 선비들에게 자문하고, 백성에게 묻고, 그리고 복서로써 물어보아라.' 라고 했네. 별시에는 비록 낙방했으나 이왕 장수가 되기로 결심했으니 주역을 익히도록 하게. 급제한 후 변방을 지키러 나가면 더욱 힘든 일이 많을 테야. 처지가 막막해 앞으로도 나아갈 수 없고 뒤로도 물러설 수 없을 때에는 한번쯤 하늘 뜻을 살펴보는 것도 나쁘지 않겠지."

조선 장수들은 누구나 한두 가지 점치는 법을 알았고 전쟁터로 나가기 전에는 하늘에 길흉을 묻고자 점을 쳤다. 늘 삶과 죽음의 갈림길에 서야 했던 장수들에겐 싸움 전의 불안을 해결할 방편이 필요했다.

대다수 장수들은 주역을 읽는 대신 자연 현상에서 길흉을 밝히는 자연 관상점이나 꿈을 푸는 몽점, 동물이나 식물을 이용하는 수복(獸卜), 조복(鳥卜), 수복(樹卜), 화복(花卜) 등에 의존했다. 이 점들이 길흉을 분명히 드러내는 반면 주역에는 양자택일이 통하지 않았다. 장수들은 역의 상(象)을 관찰하고 그 뜻을 깊이 이해할 시간이 없었을 뿐만 아니라 천지 만물이 변화하는 온갖 모양을 예순네 가지 괘로 살필 필요도 없었다. 승패와 사생을 아는 것만으로도 족했다.

그러나 이순신은 천지 만물이 변화하는 온갖 모양들을 마음에 품었을 뿐만 아니라 그 작은 아픔까지 꼭꼭 곱씹었다. 일을 하나 겪을 때마다 수십 가지 시선으로 반성했는데, 그 반성은 종종 하루를 지나고 한 달을 넘기기 일쑤였다. 『주역』 중에서 이순신은 천지 만물이 품고 있는 속성을 묘사한 「설괘전(說卦傳)」 삼장을 특히 좋아했다.

"우레로 움직이고, 바람으로 흩뜨리고, 비로 윤택하게 하고, 해로 마르게 하고, 산으로 멈추게 하고, 연못으로 기쁘게 하고, 건(乾)으로 통치하고, 곤(坤)으로 저장한다."

오늘따라 괘를 뽑는 것이 더욱 힘들었다.

예감이 좋지 않았다. 손에 든 서죽이 유난히 서늘했고 좌우로 자꾸 흔들렸다. 이런 날은 괘를 뽑지 않는 편이 나을지도 몰랐다. 그러나 천지 만물이 순리에 따라서 움직이고 일월과 사시가 어긋나지 않는다면 괘를 보지 않을 이유가 없는 것이다.

『주역』을 펼치고 뽑아 놓은 괘를 조심스럽게 맞추어 가던 이순신은 얼굴이 한순간에 굳어졌다.

택풍대과(澤風大過).

못물이 너무 많아서 그 속에 나무가 잠길 상(象)이었다. 이 괘는 인생을 바꿀 중대한 사건이 코앞에 다가왔음을 뜻했다. 진퇴양난에 빠질 수도 있고 성급하게 만사를 해결하려다가 인생을 망칠 수도 있었다. 비장한 각오로 그 고비를 넘긴다면 기쁨 또한 각별한 괘였다.

"이……, 이런!"

이순신은 녹둔도에 야인들이 침입하기 전날 밤에도 이 괘를 뽑았다.

'왜구라도 쳐들어오는 것인가?'

그러나 정읍은 전주와 인접한 내륙이라서 왜구에게 노략질을 당한 적이 한 차례도 없었다.

'그렇다면 서애 대감께 기어이 무슨 변고가 생긴 것일까?'

입술이 바싹 타 들어갔다. 죽음이 이마를 비비던 순간들이 새록새록 떠올랐다.

괘를 이루는 효(爻) 여섯 개 중에서 주효(主爻, 괘의 중심이 되는 효)인 이양(二陽, 여섯 효 중 아래서 두 번째에 있는 양효)에 해당하는 풀이를 찾아 읽었다.

"마른 버드나무에 새싹이 돋는다. 늙은이가 젊은 여자를 얻는다. 늙은이가 젊은 여자를 얻는 것은 분수를 넘어서 서로 만나는 것이다? 내가 첩이라도 얻는다는 말인가?"

딱딱한 얼굴에 웃음이 스며들었다. 마흔일곱에 첩을 또 들인다는 것은 사리에 맞지 않았다. 이미 본부인인 방 씨 외에 첩 부안댁을 들였으며, 방 씨와 아들 셋 딸 하나를 두었고, 부안댁과 아들 둘, 딸 둘을 두었다.

남솔로 고변을 당한 후 가난한 백성들 삶에 더욱 눈길이 갔다. 풍년이 들더라도 빚 때문에 쌀 한 톨 먹을 수 없는 이들이 정읍에도 매우 많았다. 앉아 죽을 수 없어 남몰래 늙은 부모를 깊은 산에 버리거나 어린 자식을 헐값에 팔기도 했다. 적발하여 문초하면 다 죽을 수 없었노라고, 한둘을 희생해서라도 나머지 가족을 구하기 위해서였노라고 읍소했다.

'어떻게 해야 할까? 현감이라는 벼슬을 지키려고 조카나 자식들을 아산으로 내쳐야 할까? 아니다. 결코 그리 할 수 없다. 함께 굶는 한이 있더라도 일가를 모두 챙기리라. 난 벌써 마흔을

홀쩍 넘겼지만, 그들은 아직 창창하지 않은가. 어찌해야 모두 굶지 않고 배불리 먹을 수 있을까? 어찌해야 따뜻한 옷을 입고 넉넉한 방에서 함박웃음을 터뜨릴 수 있을까? 아, 저 가여운 백성을 어이해야 하나. 참으로 안타깝구나.'

"사또, 기침하셨습니까?"

이방과 형방이 대청마루 아래에서 이순신을 찾았다. 공무를 보기에는 이른 시각이었다.

"들어오너라."

형방이 자리에 앉자마자 들뜬 목소리로 말했다.

"사또! 잡았사옵니다."

이방이 힐끗 상기되어 볼이 발그레 달아오른 형방을 살피며 끼어들었다.

"잡은 것이 아니옵고 밝을 녘에 제 발로 걸어 들어왔습죠. 하나 아직 진범이란 증거는 없사옵니다."

"이방! 무슨 말을 그렇게 해?"

형방이 눈을 왕방울만큼 크게 떴다. 사또 앞만 아니라면 당장에 멱살잡이라도 할 기세였다. 이방이 세 치 혀를 쏙 내밀었다.

"누구이더냐?"

두 사람이 다투는 걸 모른 체하고 물었다.

"태인 사는 박 진사 딸 박초희라 하옵니다."

북천(北川)에서 겨우 백일쯤이나 되었을 아기 시신이 발견된 것이 달포 전 일이었다. 얼굴이 돌로 짓이겨지고 몸 전체가 심하게 부패되어 시커멓게 변한 시신은 사람 꼴을 거의 잃고 있었다. 물고기들에게 뜯긴 빰은 허연 뼈가 드러났고 오른쪽 옆구리에서 흘러내린 내장은 사타구니를 감싸고 있었다. 시신 보기를 밥 먹듯이 하는 형방도 사나흘이나 밥맛을 잃었다. 검시를 맡은 의원 최중화(崔重和)는 직접 사인은 질식이라고 단정했다. 목을 졸라 죽인 다음 돌로 머리를 내리쳤다는 것이다. 정읍과 태인의 나졸을 모두 풀어 아기가 없어진 집을 찾았지만 헛수고였다. 아기를 잃은 부모가 찾아오기를 바랐지만 감감무소식이었다.

"간단히 말해라. 박초희가 누군지는 나도 안다. 한데 박초희가 왜 살인을 했단 말이냐?"

이방과 형방은 서로 눈치만 살피며 쭈뼛거렸다. 형방이 기어들어 가는 목소리로 답했다.

"워낙 오락가락 말이 틀려서 아직 정확히 모르겠습니다만 아기를 잃어버렸는데 그 아기를 자기가 죽인 것 같다고 합니다."

"어미가 제 자식을 죽였단 말이냐?"

"그렇습니다요."

친족 살인은 천륜을 해치는 중죄로 극형을 면하기 어려웠다. 장성한 자식이 부모를 살해하는 경우나 어미가 핏덩이를 죽이는 일이 벌어지면 강상이 어그러진 증거로 보아 크게 경계하곤 하였다.

"지금 당장 죄인을 심문할 채비를 갖추어라. 내 엄히 문초하리라."

이순신은 서둘러 관복으로 갈아입고 동헌으로 나갔다. 육모 방망이와 곤장을 든 나졸들이 좌우로 늘어서 있었다.

산발한 박초희는 양 다리를 좌우로 쩍 벌린 채 히죽히죽 웃었다. 맨발에 옷은 갈기갈기 찢어졌으며 얼굴에는 땟물이 줄줄 흘렀고 머리에는 노란 개나리꽃을 꽂았다. 손톱은 가조각(假爪角, 뿔로 만든 가짜 손톱)을 끼운 듯 길고 검었다. 뒷간에 빠졌다가 나온 사람처럼 몸 냄새도 지독했다. 형방이 얼굴을 찌푸리며 물었다.

"네가 박 진사 딸 박초희가 분명하냐?"

박초희는 자세를 고쳐 무릎을 꿇은 후 두 손을 싹싹 빌었다.

"제발 절 조선으로 보내지 말아요. 그냥 여기서 살게 해 줘요. 전 거기 가면 더러운 년이라고 맞아 죽어요. 아버지가 절 그냥 두지 않을 거예요. 누구죠? 누가 내 남편을 죽였어요? 내 남편이 무슨 죄가 있다고!"

형방이 소리쳤다.

"죄인은 묻는 말에 똑바로 대답하렷다. 네 남편 조창국은 사년 전에 죽었느니라."

"여보!"

박초희가 형방에게 달려들어 입을 맞추려고 했다. 형방은 기겁을 하며 물러섰다. 박초희는 함박웃음을 지으며 양팔을 벌리고 소리쳤다.

"여보! 어서 와서 제 아랫배를 만져 봐요. 부끄러워 마세요. 부부 사이에 가릴 게 뭐가 있어요. 아무도 보는 사람 없으니 어서 와서 귀 기울여 봐요. 들리죠? 우리 아기가 숨쉬고 있답니다.

당신 닮은 용감하고 똑똑한 아들일까요? 저 닮은 착하고 예쁜 딸
일까요?"

갑자기 박초희가 대청마루로 뛰어올라 이순신 왼발을 붙들었
다. 이순신은 허리를 젖히며 자리에서 일어서려고 했다. 그 순간
박초희는 고개를 들고 이순신을 노려보았다.

"아!"

이순신은 반쯤 들었던 엉덩이를 내렸다. 너무나도 익숙한, 그
리고 다시는 보지 못하리라 생각했던 눈망울이었다. 박미진. 그
이름 석 자가 박초희 얼굴에 겹쳐서 떠올랐다.

'아니야. 그럴 리가 없어. 이미 오래전에 노량 앞바다에 빠져
죽은 사람이 아닌가. 살아 있다고 해도 마흔을 훌쩍 넘긴 나이일
텐데. 한데 닮았군. 정말 미진 낭자를 닮았어.'

"무엇들 하는 게냐? 어서 저년을 잡아라!"

형방이 명령을 하자 나졸들이 양팔을 붙들었다. 박초희는 두
다리를 벌린 채 깔깔대며 웃기 시작했다. 이방이 끼어들었다.

"실성한 계집이옵니다. 미친년 말을 어찌 믿을 수 있겠사옵
니까?"

형방이 그 말을 잘랐다.

"아니옵니다, 사또! 새벽에 관아 문을 두드릴 때만 해도 저렇
게 심하지는 않았사옵니다. 잃어버린 아기를 찾으러 왔노라며 통
곡하는 걸 소인이 똑똑히 들었습죠. 이실직고할 때까지 곤장을
치시옵소서."

이순신은 고개를 갸웃거리며 박초희가 두서없이 내뱉는 이야

기를 구슬 꿰듯 엮었다. 나카도리 섬에서 얻은 행복, 첫 아이를 가진 기쁨, 조선으로 돌아가지 않으려는 절규, 불투명한 미래에 대한 불안. 박초희는 지금 조선에 와서 맞닥뜨린 불행으로부터 벗어나려고 나카도리 섬에서 지내던 시절로 돌아가 버린 것이다.

이순신은 연락을 받고 달려온 최중화에게 박초희를 살피도록 명령했다. 최중화가 앞장서자 군졸 넷이 사지를 번쩍 들고 뒤따랐다.

잠시 후 최중화는 골반 형체와 유두 색깔로 볼 때 박초희가 아이를 낳은 지 오래지 않은 몸임이 분명하다고 고했다. 형방은 거 보라며 의기양양해 댔고 이방은 눈을 흘기며 살인 과정이 입증되지 않았음을 상기시켰다. 박초희는 끌려갈 때와 마찬가지로 사지가 들려 뜰로 나왔다.

이순신은 눈을 감고 지금까지 있었던 일을 꼼꼼히 되짚었다.

'이 고을 저 고을을 전전한 것은 출산할 때까지 목숨을 부지하려는 방책이었고, 작년 가을에 갑자기 잠적한 것은 더 이상 부른 배를 사람들 앞에 내놓을 수 없어서였겠지. 그렇다면 지극 정성을 다해 낳은 아기를 왜 죽였단 말인가? 정말로 제 손으로 제 아이를 죽였단 말인가?'

"사또!"

형방이 다급히 외치자 이순신은 급히 눈을 떴다. 박초희가 살쾡이처럼 달려오는 것이 보였다. 박초희는 계단을 획 뛰어오르더니 대청마루 구석에 놓인 목침을 품에 안았다.

"가만!"

이순신은 박초희를 끌어내리려는 형방과 나졸들을 제지했다. 박초희 목소리가 따뜻하고 부드럽게 바뀌었다.

"울지 마, 아가! 착하지? 네가 울면 나졸들이 와서 잡아간단다. 어서 젖을 물어. 이 손 좀 봐. 꼬물꼬물 엄마를 찾네……. 이것 참 큰일 났네. 이제 더 이상 젖이 나오지 않으니 어쩌면 좋아. 그렇다고 이 어린것을 안고 마을로 내려갈 수도 없고. 아가야! 울지 마. 그러다가 사람들이 듣기라도 하면 어쩌려고 그래. 자, 아가, 울지 마. 이 어미도 괴롭단다. 주님! 어찌하여 제게 이런 고통을 주시옵니까?"

이순신은 고개를 돌려 형방에게 귀엣말을 했다.

"아기 울음소리를 내. 당장!"

"아기 울음이라곱쇼?"

이순신이 먼저 양손을 둥글게 입가에 모아 쥐었다.

"으앙!"

그러자 형방과 이방, 나졸들도 따라 했다. 난데없이 관아는 아기 울음소리로 가득 찼다.

"으앙, 으아아앙!"

박초희가 목침을 저만큼 밀어 놓으며 화를 버럭 냈다.

"그만해! 넌 누굴 닮아서 엄마 말을 안 듣는 거니? 울지 마. 네가 울면 우린 잡히고 말아. 그럼 넌 죽어. 알겠니? 죽는다니까."

갑자기 박초희 목소리가 낮고 잔잔해졌다.

"배고파. 추워. 이러다간 사흘도 견디지 못할 거야. 이러자고 애를 낳은 게 아냐. 애 아빠도 없는 마당에……. 저 앤 평생 내

뒤를 따라다니며 날 불행하게 만들 거야. 나 혼자 몸이라면 뭘 못하겠어. 아, 살고 싶어!"

"으아앙!"

박초희는 목침이 있는 곳까지 무릎으로 걸어가서는 물끄러미 내려다보았다. 굵은 눈물이 목침 위로 뚝뚝 떨어졌다.

"불쌍한 우리 아가! 조선으로 오지 않았다면 주님 축복 속에 키울 수도 있었을 텐데. 걸음마도 배우고, 칼 쓰는 법도, 글 읽는 법도 배워 당당한 사내대장부가 되었을 텐데. 이곳에선 아무도 널 축복하지 않는구나. 욕하고 저주하고 침 뱉을 뿐이지. 아가야! 그래도 이 엄말 원망하진 않겠지? 널 위해서라면 이 엄만 뭐든지 했고 앞으로도 할 거야. 그러니 어서 울음을 그치렴, 착하지?"

"으앙, 으아앙!"

박초희는 갑자기 목침을 머리 위로 치켜들었다. 분노와 슬픔이 뒤엉킨 표정이었다. 눈에는 살기가 가득했다.

"이 원수! 좋아. 그렇게 죽는 게 소원이라면 죽여 주지."

박초희는 쿵 소리가 나도록 목침을 마룻바닥에 내던졌다. 그리고 양손으로 목침을 감싸 쥐는 시늉을 했다. 이순신이 손을 휘휘 내젓자 울음소리가 뚝 멎었다. 그 순간 박초희는 옆에 놓인 바둑판을 들어 목침을 내리찍었다. 처절한 울부짖음이 뒤따랐다.

"죽어, 죽엇!"

박초희는 열 번도 넘게 목침을 내리친 다음 바둑판을 내려놓았다. 갑자기 고개를 치켜들고 손뼉을 치며 크게 웃기 시작했다.

방금 전에 자식을 죽인 어미라고는 믿어지지 않을 만큼 정말로 행복한 웃음이었다. 박초희에게는 윤리도 사랑도 없었다. 오직 배고픔과 추위에서 벗어나게 되었다는 기쁨뿐이었다. 갑자기 박초희가 웃음을 뚝 그치고 두 눈을 부릅뜬 채 소리쳤다.

"아, 저 손! 저 차고 푸른 손!"

'누가 박초희를 악귀로 만들었는가? 박초희를 살인자로 내몬 자는 누구인가? 꽃다운 새색시를 왜구에게 빼앗기고 되돌아온 박초희를 품어 주지 못한 허약한 나라가 아닌가. 약자를 보살피지 못한 내가 아닌가!'

이순신은 턱수염을 쓸어내리며 고개를 저었다.

"과연 미친 계집이로고. 형방! 저 계집은 자식을 잃고 실성한 것이 분명하다. 그러니 우선 목욕부터 시키고 최 의원에게 맡겨 치료토록 하라."

"하오나……."

이순신은 형방을 쏘아보았다.

"형방! 설마 저 미친 계집이 내뱉는 헛소리를 믿는 건 아니렷다? 아기를 잃어버리고 정신을 놓아 버린 계집일 뿐이야. 천하에 어떤 어미가 핏덩이 제 아이를 죽이겠느냐. 아니 그런가?"

"그렇습죠."

이방이 재빨리 맞장구쳤다.

"내일부터 다시 진범을 찾도록 하라. 부쩍 늘어난 거지 떼와 이 고을 저 고을로 돌아다니는 장사치들을 특히 주의해서 살펴렷다."

"예, 사또!"

박초희가 끌려 나간 후에도 관아 분위기는 어수선했다. 이순신은 의자에 앉아 잠시 눈을 감았다.

'박초희를 죽이는 것은 참으로 쉽다. 살인 과정까지 재현하지 않았는가. 그러나 박초희를 죽일 수는 없다. 얼마나 힘겨웠으면 제 배 아파 낳은 아기를 제 손으로 죽였겠는가. 박초희를 치죄하여 죽이는 건 어쩔 수 없이 왜구에게 끌려간 조선 처자들을 모두 버리는 것이요, 그들 모두를 죽이는 일이다. 박초희를 죽이는 것은 이 땅 백성들이 겪고 있는 상처를 송두리째 외면하는 것이다. 배고픔과 추위, 슬픔과 아픔에 고통당하는 백성들 말이다. 엄정하게 법을 집행하는 것도 중요하지만, 그로 인해 백성이 불행해진다면 그걸 바꾸거나 유예해야 한다. 할 수만 있다면 난 그 길을 가리라, 앞으로도, 영원히!'

문지기가 황급히 달려와 아뢰었다.

"사또, 선전관이 어명을 가지고 왔사옵니다."

이순신은 육방과 나졸들을 제 위치에 세웠다.

"속히 들게 하라."

입모(笠帽)를 쓰고 청색 도포를 입은 선전관 류용주(柳龍朱)가 군졸 다섯을 거느리고 들어왔다.

"어명을 받으시오."

이순신은 뜰아래로 걸어 내려와서 돗자리 위에 가만히 무릎을 꿇었다. 류용주가 관교(官敎, 사령장)를 큰 소리로 읽었다.

"정읍 현감 이순신을 종사품 진도 군수에 임명하노라."

남솔로 고변 당한 이순신이 오히려 그 죄를 면하고 종육품에서 종사품으로 네 계단이나 승차한 것이다.

"전하! 성은이 망극하옵니다."

이순신은 임금이 있는 북쪽을 향해 사은숙배(謝恩肅拜)를 올렸다.

관교(官敎)를 받은 이순신은 류용주를 데리고 안방으로 들어갔다. 류용주는 주위에 인기척이 없음을 확인한 후 품속에서 서찰을 꺼냈다.

"우상께서는 안녕하신가?"

"여전하십니다. 나랏일에 눈코 뜰 새 없으시죠."

류성룡의 먼 조카뻘이 되는 류용주는 재작년에 무과에 급제한 스물다섯 살 청년이었다. 일찍이 류성룡은 류용주를 신임해서 이순신을 비롯한 변방 장수들과 은밀히 연락을 취하는 심부름을 맡겼다. 이순신이 조산 만호로 있을 때도 서너 번 다녀간 적이 있었다. 꺽다리 류용주가 선전관이 되어 관아로 들어서는 순간, 이순신은 작년 봄 정승 반열에까지 오른 온화한 류성룡 얼굴이 떠올랐다.

"한양 분위기는 어떤가? 역적들을 여전히 잡아들이고 있나?"

류용주는 꾸부정한 어깨를 펴며 빙긋 웃어 보였다.

"웬걸요. 요즈음은 주춤합니다. 저잣거리에 걸렸던 역적들 머리도 사라졌고 우상 어른도 이쯤에서 마무리되지 않을까 생각하시는 눈칩니다."

'다행이로군. 정언신 대감이 귀양 간 것은 안타까운 일이지만 서애 대감이라도 자리를 지키고 있으니 안심이야.'

"알았네. 잠시 나가 있게."

이순신은 류용주가 마당으로 나간 것을 확인한 후 서찰을 펼쳐 밀봉한 부분을 뜯은 후 찬찬히 읽기 시작했다.

여해 보게나.

반년 만이군. 곧바로 답장 주지 못해 미안하이. 자네가 보낸 유자는 아껴 두며 맛있게 먹었네. 수고스럽게 뭘 그딴 걸 자꾸 보내나. 다음부턴 차라리 그곳 정취를 느낄 수 있도록 시나 몇 수 지어 보내도록 하게. 생각해 보니, 건천동 시절 자네 글 솜씨를 얼핏 살핀 후론 아직까지 자네와 마주 앉아 시를 읊은 적도 없네 그려. 다음에는 꼭 목멱산 기슭에라도 올라 회포를 품세. 일찍이 함경도 관찰사를 지낸 나암(懶庵, 정언신의 호) 대감도 늘 자네의 활솜씨가 놀랍고 진법을 다루는 깊이 또한 남다르다 칭찬하였다네.

정읍에서 조용히 지낸 것은 잘한 일이야. 솔직히 난 이번에도 자네가 상관들과 다툴까 걱정이었네. 협도 좋고 의도 중요하네만, 자네도 생각해 보게. 십오 년 동안 숱하게 변방을 떠돌았으면서도 겨우 종육품 현감이라니, 이게 어디 말이나 되는 소리인가? 물론 그 모두가 자네 탓이라고 생각지는 않네. 하지만 문신에게 문신이 지켜야 할 도리가 있듯이, 장수에게도 그 나름대로 관례가 있을 게야. 정도를 걷는 것도 좋은 일이지만 난 자네가 다치는 것을 원치 않네. 큰 뜻을 위해 작은 일쯤은 눈감아 주는 처세도 한번쯤 생각해 보게나.

갑자기 진도 군수로 임명을 받아 놀랐을 테지. 자넨 곧 전라 좌수사(全羅左水使)로 옮길 걸세. 한번에 정삼품 수사로 임명할 수가 없어 잠시 둘러 가는 것일세. 그동안 전라 좌수사로 원균, 유극량(劉克良) 등이 거론되었고 더러 임명도 해 보았네만 전하께서는 영 마음을 놓지 못하시네. 그래서 이번에 불차탁용으로 내 자네를 추천했지. 이미 정언신 대감이 자넬 적극 추천한 바 있기 때문에 의외로 쉽게 어명이 내려왔으이.

감회에 젖는 자네 얼굴이 손에 잡히는 듯하이. 그간 고초를 내가 왜 모르겠나. 이제 과거지사는 모두 잊고 맡은 바 소임에 충실하도록 하게. 통신사들이 왜국에서 올린 글에 따르자면 아무래도 일이 심상치 않아. 그곳에서는 수많은 무사들이 거리 곳곳을 활보하고 있으며 조선으로 가자는 망령된 노래가 유행하고 있다고 하네. 통신사들이 곧 돌아온다니 자세한 상황은 그때 다시 전해 주겠네.

어머님 건강은 어떠신가. 어린 시절, 요신을 따라 자네 집에 갔을 때 어머님께서 마침 팥죽을 끓여 주셨던 생각이 요즘도 가끔씩 나곤 하네. 얼마나 달고 맛있었던지 몰라. 아직도 그 맛이 그립다네.

균이 왔다고 하네. 허엽 대감 셋째 아들로 총명하기가 그지없지. 봉과 함께했던 추억도 더듬을 겸 심심풀이로 시문을 가르치는데 그 재미가 제법 쏠쏠해. 언제 기회가 나면 자네에게도 소개하도록 하지. 그럼, 몸 건강히 잘 있게. 좌수영(左水營)으로 곧 연락하겠네.

눈시울이 떨렸다. 고개를 젖혔으나 왈칵왈칵 쏟아지는 눈물을 감출 수 없었다. 드디어 백의종군이라는 오명을 씻고 정삼품 당상관 반열에 오르게 된 것이다.

분경(奔競, 승진 운동)을 하지 않아서 좌천에 좌천을 거듭할 때도 있었고 패장으로 몰려 백의종군한 적도 있었다. 참으로 참기 힘든 순간들이었다. 그만큼 세상에 복수하고 싶을 때도 많았다. 그러나 법 위에는 집행자가 있었고, 그 위에는 돈이 있었으며, 제일 윗자리에는 천명을 받은 군왕이 있었다. 장수들 대부분은 벼슬을 탐내고 명성을 동경하며, 어떤 자에게는 재물을 어떤 자에게는 여자를 갖다 바쳤다.

하지만 이순신은 협(俠)에서 떠날 수 없었다. 의(義)에서 벗어나는 일이라면 자기가 관여할 일이 아니더라도 끼어들었다. 삼십 대 내내 상관 및 동료 장수들과 잦은 마찰을 빚은 것도 이 때문이다. 전투에 임하는 장수는 상벌 기준을 명확히 하고 군율을 엄격히 적용해야 한다.

하지만 백성들은 다르다. 백성들에게도 물론 국법에 근거하여 옳고 그름을 판별해야 한다. 하나 궁핍한 삶이 그러한 판별 기준 자체를 뒤흔들 때, 엄격한 법 적용은 잠시 유보되어야 한다. 변방 장수로 떠돌 때에는 몰랐지만, 정읍이란 고을을 맡으면서 이순신은 여러 차례 낯선 상황을 접했다. 형벌을 미룰 수밖에 없는 일들이 펼쳐진 것이다. 살아남기 위한 마지막 수단으로 법을 어긴 사람에게 경국대전을 들이대는 것은 참으로 어리석은 일이다. 법을 어긴 것을 탓하기에 앞서 백성들을 참혹한 궁지로 내몬 이

나라 조정과 고을 수령들이 책임을 져야 한다. 백성들 고통을 내 고통으로 받아들인 후에야 잘잘못을 가릴 수 있다.

장수의 의(義)와 백성의 의(義)는 다르다는 것, 이는 정읍 현감 시절이 이순신에게 가르쳐 준 값진 깨달음이었다.

일몰과 함께 몰려들기 시작한 밑턱구름(땅 위로 바짝 내려앉은 구름)은 자정 무렵 기어이 비를 뿌렸다. 얼음 알갱이가 섞인 겨울비였다. 최중화는 곤하게 잠든 박초희 얼굴을 바라보며 한숨을 내쉬었다.

응급 처방으로 풍륭(豐隆)과 기문(箕門)에 침을 놓아 담을 삭이고, 양곡(陽谷)에 자침(刺針)하여 열을 내렸다. 또한 대승기탕(大承氣湯)을 써서 설사를 하도록 하니, 피부가 얼음처럼 찬 증세가 없어지면서 몸이 따뜻해지고 맥이 뛰기 시작했다.

"산후 조리를 해야 할 시기에 꽁꽁 언 몸으로 돌아다녔으니 욕로(褥勞, 해산 후 힘겨운 일을 지나치게 하여 생긴 병)가 있을밖에……, 쯧쯧."

몸이 허한 상황에서 설사까지 시켰으니 이제 몸을 보해야 했

329

다. 욕로는 몸이 마르고 가끔 기침을 하며 갈증이 생기고 식은땀이 나며 눈이 어둡고 아프며 한열(寒熱)이 오니 그 증상이 마치 학질과 같다. 인삼, 건강(乾薑) 등이 들어간 증손사물탕(增損四物湯, 해산 후에 출혈을 많이 하여 잠깐 추웠다 잠깐 열이 났다 하는 것을 치료함)을 처방해야 한다. 몸을 보양한 후에야 사려상신(思慮傷神)으로 인한 병도 치료할 수 있다.

"최 의원 계신가?"

방문을 여니 도롱이를 걸친 이순신이 비를 맞고 서 있었다.

"아니, 사또! 어서 안으로 드십시오."

최중화는 버선발로 달려 나가서 이순신을 맞아들였다. 이순신은 도롱이를 벗고 박초희가 잠든 건넌방을 힐끗 살피더니 안방으로 걸음을 옮겼다. 최중화는 뒤를 따르면서 이순신 걸음걸이를 유심히 살폈다. 신경통 때문에 벌써 일 년 넘도록 왼 다리에 침을 맞고 있었다. 날이 습하거나 빗방울이 먼지잼(비가 먼지나 날리지 않을 정도로 조금 옴)으로 흩뿌리는 날이면 통증이 심해 쩔뚝거리기까지 했다.

방으로 들어선 이순신은 갓을 벗고 솜바지와 직령 도포를 풀어헤친 후 다리속곳 차림으로 천장을 바라보고 누웠다. 시커멓고 꺼칠꺼칠한 왼쪽 허벅지 살이 드러났다.

"감축드립니다, 사또."

최중화는 머리맡에 뜸과 침구를 가지런히 놓았다.

"고맙네."

이순신은 눈을 지그시 감았다. 최중화는 허옇게 세기 시작한 머리카락과 깡마른 볼, 각진 턱과 까무잡잡한 피부를 살폈다. 병오년(1546년)에 태어난 최중화는 이순신보다 한 살이 어렸다. 그러나 겉보기에는 이순신이 최중화보다 적어도 열 살은 더 늙어 보였다.

"많이 안 좋으십니까?"

"욱신거리는군. 내일 새벽에 길을 나서야 하는데 걱정일세."

최중화는 먼저 양 무릎 아래 족삼리(足三里)에 뜸을 놓았다. 막힌 혈맥을 풀고 사지에 기운을 소통시키기 위해서였다. 흰 연기와 함께 씁쓸한 냄새가 방 안에 가득 퍼졌다. 올해 들어서는 근육통과 함께 관절통까지 생겼다. 다리를 구부렸다가 펼 수 없을 만큼 아플 때도 있었다. 오두탕(烏頭湯)을 처방해도 별 차도가 없었다.

뜸을 놓은 후, 최중화는 익숙하게 중침(中針)을 하초(下焦, 배꼽 아래)와 손등에 놓기 시작했다. 이순신은 선잠에라도 빠졌는지 미동도 하지 않았다. 빗소리가 심해졌다. 최중화는 이마에 맺힌 땀을 훔쳤다.

"박초희는 어떤가?"

이순신은 눈을 감은 채 물었다.

'그것이 궁금해서 오신 겁니까?'

최중화는 입가에 맺힌 웃음을 지우며 딱딱 끊어서 답했다.

"환시, 환청에 시달리면서 열이 머리끝에서 발끝까지 불규칙하게 오르내렸고, 혈행 역시 문란했습니다. 우선 자침을 하고 약으로 설사를 시켜 열을 내렸습니다. 조리를 하지 못하고 허로(虛勞)에 빠져 있어 바로 몸을 보해야 합니다. 전에 귀족으로 살다가 후에 천민이 되어 생긴 병을 탈영(脫營)이라 하고, 전에 부자로 살다가 후에 가난해져서 생긴 병을 실정(失精)이라고 합니다. 탈영실정증(脫營失精證)에 걸리면 입맛이 없어지며 몸이 나른하고 살이 빠집니다. 혈은 근심 때문에 줄어들고 기는 슬픔 때문에 약해지므로, 겉에서는 위기(衛氣)가 소모되고 속으로는 영(榮)이 허탈해집니다. 천왕보심단(天王補心丹), 승양순기탕(升陽順氣湯) 등으로 이 병도 바로잡아야 할 것입니다. 한 서너 달 치료하면 차도가 있으리라고 봅니다만……"

이순신이 그 말을 잘랐다.

"최 의원은 박초희가 아기를 죽였다고 생각하는가?"

최중화는 발목에서 침을 뽑던 오른손을 움찔 떨었다.

이순신은 일 년 넘게 치료받으면서도 단 한 번도 관아 일을 꺼내지 않았다. 꿀 먹은 벙어리처럼 침을 맞고 증상을 몇 마디 물은 후 돌아갈 뿐이었다.

"글, 글쎄요……. 사또께서는 진범이 따로 있다 말씀하시지 않으셨습니까? 어미가 제 자식을 돌로 쳐 죽이는 것은 아무래도 믿기 힘든 일이긴 합니다."

이순신은 눈을 감은 채 판결을 내리듯이 말했다.

"왜 내가 박초희를 하옥하지 않고 최 의원에게 맡겼는가를 묻고 싶겠지. 그래, 궁금할 거야. 박초희를 단의결벌(單衣決罰, 양반부녀자가 죄를 지어서 태형이나 장형을 내릴 때 홑옷만을 몸에 걸치게 하고 물볼기를 때리는 일)한 후 참하는 건 너무나도 간단해. 한데 박초희를 그렇게 만든 이들은 어떻게 붙잡아 단육(斷肉, 근육을 뜯어내는 형벌)에 처하지? 박초희를 겨울 푸서리(잡초가 무성하고 거친 땅)로 내몰고 그 손에 돌을 쥐어 준 살인자들 말이야. 박초희는 살고 싶었던 게야. 처음에는 자기도 살고 아기도 사는 길을 찾았겠지. 식점을 떠난 것도 그 때문일 터. 한데 세상이 그렇게 호락호락한가? 아기를 죽이든지 둘 다 죽든지 양자택일해야 하는 순간이 찾아온 걸세. 최 의원이라면 어떻게 하겠나? '……나라면 어찌할까. 함께 죽겠다고 생각할지라도 직접 그 처지에 빠져 보지 않고서야 어떻게 장담할 수 있을까. 마침내 내 살 길을 도모하지 않을까…….' 이런 생각들이 불현듯 지나갔다네. 좀 더 정리할 시간이 필요했어. 그래서 최 의원에게 박초희를 맡긴 거야."

최중화는 침을 다 거둔 후 부엌으로 나가 따뜻한 물과 수건을 내왔다. 최중화는 아직까지 가정을 꾸리지 못했다. 못다 이룬 꿈 때문이었다. 임금을 직접 치료하는 내의원(內醫院) 당상의(堂上醫)가 되고 싶었던 것이다. 지금 그 자리는 함께 동문수학한 동갑내기 허준(許浚)이 맡고 있었다. 스승인 양예수(楊禮壽)가 최중화 대신 허준을 어의(御醫)로 추천했던 것이다. 최중화는 대궐을 드나드는 허준을 떠올리며 아침마다 이를 악물었다. 비록 지금은 뒤처졌지만 언젠가는 꼭 허준을 능가하는 명의가 되리라.

이순신은 밤낮 없이 공부에 매진하는 최중화를 아꼈다. 그 몸에서 운명이라는 불춤에 호되게 당하고도 포기하지 않고 다시 일어서려는 자가 어쩔 수 없이 드러내는 쓸쓸함이 풍겨 나왔기 때문이다. 한번 뒤처진 길을 따라잡기는 거의 불가능하다. 아득히 앞서 가던 상대가 뒷모습마저 흐릿해질 때, 그때부터는 오직 자신과 싸우는 길만이 남는다. 이대로 무너질 수 없다는, 이대로 패배를 자인할 수 없다는 자존심 하나만 남아 그 인간을 자멸로부터 구하는 것이다.

"내가 이곳을 떠나면 사나흘 안에 새 현감이 올 걸세. 그때 다시 박초희가 문초를 받는다면 목숨을 건지기 어려워. 자식을 죽인 계집은 극형이지. 여보시게, 최 의원!"

"예!"

최중화는 뜨거운 물에 수건을 담갔다가 이순신 허벅지를 덮었다. 이순신은 고통을 참으며 말을 이었다.

"저 가여운 여인을 내가 데려가겠네."

"사또!"

"박초희는 자네와 내가 훗날 맞닥뜨릴 수도 있는 절망의 맨얼굴일세."

최중화는 수건을 내려놓고 이순신 얼굴을 빤히 쳐다보았다.

'가추(枷杻, 죄인 목에 씌우는 나무칼과 손목에 채우는 나무 수갑)를 씌울 죄인을 탈출시키자는 겁니까. 그러다가 발각되면 사또 앞날은 사라지는 겁니다. 처지가 가여운 건 사실이지만 사또께서 도우실 일이 아니지요. 사또께는 이제 밝은 길이 열렸습니다. 박초희 같은 계집으로 그 길에 그림자를 드리우시겠습니까. 어찌하여 군이 박초희를 살리려 하십니까.'

이윽고 최중화가 입을 열었다.

"제가 어떻게 하면 되겠습니까?"

이순신은 천천히 몸을 일으켜 벗어 두었던 옷을 갖추어 입었다.

"지금 내가 박초희를 데리고 가겠네. 최 의원은 날이 밝자마자 박초희가 달아났음을 관아에 알리게. 조금 곤란을 겪겠지만 그동안 정읍 관아를 도와준 공도 있으니 큰 화가 미치지는 않을 걸세. 그리고 박초희에게 필요한 약을 따로 지어 줬으면 하네."

"이 장대비를 맞으며 박초희를 데리고 가시겠다는 겁니까?"

이순신이 희미하게 웃음을 삼켰다.

두 사람은 건넌방으로 자리를 옮겼다. 박초희는 잠든 채 인기척에도 깨어날 줄 몰랐다. 이순신은 허리를 약간 숙여 그 얼굴을 바라보았다. 입술이 갈라지고 뺨과 목이 멍투성이였다. 가련하기 그지없었다.

최중화가 박초희에게 입힐 도롱이를 챙겨 왔다. 이순신이 어두컴컴한 거리를 향해 짧게 내뱉었다.

"날발!"

한 사내가 바람처럼 어둠을 뚫고 마루 위로 쓰윽 올라섰다. 그러곤 성큼성큼 방으로 들어왔다. 박초희를 업기 위해 왼 무릎을 꿇고 앉은 순간, 날발이 눈썹을 가늘게 떨었다. 고개를 들어 이순신과 눈을 맞추었다.

"대장! 금오산에서 가장 예쁘고 무공도 대단했던 남궁 마을 미진 낭자와 닮았지 않습니까?"

"네가 어찌 미진 낭자를 아느냐?"

"금오산에서 미진 낭자를 모르는 아이들은 없었습니다. 늘 남장을 한 채 밝게 웃으며 산과 들을 누볐으니까요. 아이들에게 머루나 다래 같은 산열매도 곧잘 챙겨 주곤 했지요. 한데 정말 닮았습니다."

이순신도 말없이 고개를 끄덕였다.

"어서 움직이자."

날발이 박초희를 가볍게 들쳐 업었다. 날발은 이순신에게 꾸벅 목례한 후 순식간에 어둠 속으로 사라졌다. 약에 취한 박초희는 적어도 내일 아침까지는 깨어나지 않을 것이다.

"고맙네. 나중에 약을 찾으러 사람을 보내겠네. 여기서 작별 인사를 하세. 그동안 최 의원 덕분에 다리가 많이 좋아졌어. 잊지 않겠네. 더욱 정진해서 꼭 어의가 되시게."

최중화는 이순신이 내민 손을 힘껏 쥐었다. 차고 단단한 손이었다.

"몸조심하십시오."

관아로 돌아가는 이순신은 발걸음이 느리고 무거웠다. 담벼락에 기대어 숨을 돌리는 일도 잦았다.

갑자기 이순신이 깊이 허리를 숙였다. 귀하디귀한 흰 진달래 두세 송이가 담벼락에 붙어 피어 있었던 것이다. 손끝으로 가만히 꽃잎을 쓸었다. 박미진의 하얀 뺨 위에 박초희의 검은 눈동자가 겹쳤다. 금오산 자락에서 보았던 학살 사건 이후, 이순신은 속 깊은 상처를 지닌 사람을 만날 때마다 외면할 수 없었다. 자신의 고통처럼 받아들이는 일이 잦았다.

박초희를 그냥 내버려 두면 자살하거나 처형될 것이다. 설령 국법을 어기는 한이 있더라도, 죽음이 덮치기 전에 재생할 길을 열어 주고 싶었다. 갑자기 이순신 머릿속에 샐녘에 뽑은 점괘가 떠올랐다.

정읍 현감이 된 후로 이순신은 아내 방 씨와 첩 부안댁 처소를 피했다. 남솔이라는 짐까지 진 마당에 마음 편히 처첩을 품을 수 없다는 마음 때문이었다. 밤을 꼬박 새워 가며 서책을 읽고 공무를 보았다. 전라 감영에서 순무사(巡撫使)들이 오기라도 하면 어쩔 수 없이 관기를 불렀지만 눈에 드는 계집은 없었다.

'박초희를 사사롭게 품기 위해 이런 짓을 한 게 아니다. 이 세상에 저보다 더 불행한 사람이 있을까? 왜구에게 붙들려 머나먼 섬으로 끌려간 것도 끔찍한 일인데, 조선으로 송환된 후에도 고향에 정착하지 못하고 떠돌았다. 왜구 씨로 아기까지 들어섰으니 어느 족친이 선뜻 받아들일 수 있었으랴. 계집의 몸으로 혼자 집도 가족도 없이 산천을 떠도는 것은 힘겨운 일이다. 나날이 불러오는 배를 안고 겨울 찬바람과 맞선 고통이 어떠했을꼬. 박초희가 받은 고통, 박초희를 덮친 불행은 이 땅 모든 백성이 겪는 슬픔이 한 사람에게 쏟아져 고인 것이다. 나라에서 그 상처를 감싸지 않을진대 비록 턱없이 부족하더라도 나 혼자서라도 하겠다.'

이순신 발걸음이 갑자기 빨라졌다. 한시라도 빨리 오늘 일을 정리하고 싶었다. 붓을 들면 혼란스러움이 그나마 정리될 것이다. 앞으로 계획도 잡히리라. 이순신은 관아 담을 끼고 달려가서 훌쩍 후원 담을 뛰어넘었다. 그 마음은 벌써 붓을 들고 흰 여백을 메워 나가고 있었다.

〈3권으로 이어집니다.〉

부록

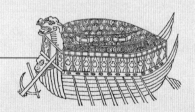

〈육진 지도〉

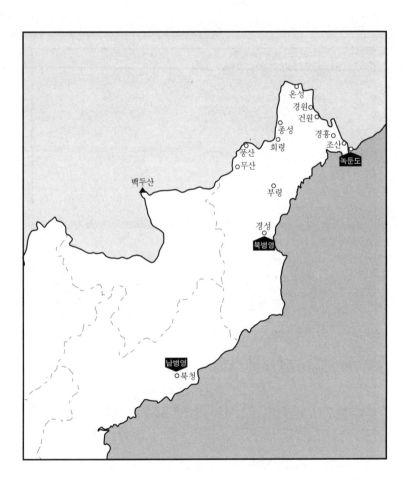

〈전라 좌우도 지도〉

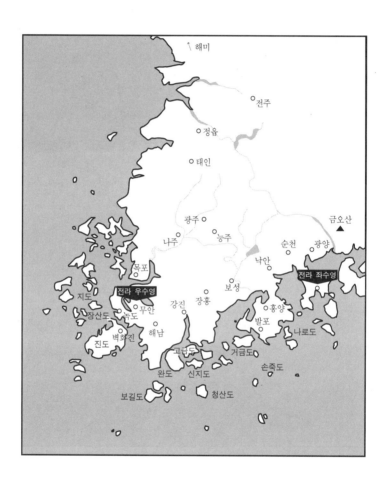

〈경상 좌우도 지도〉

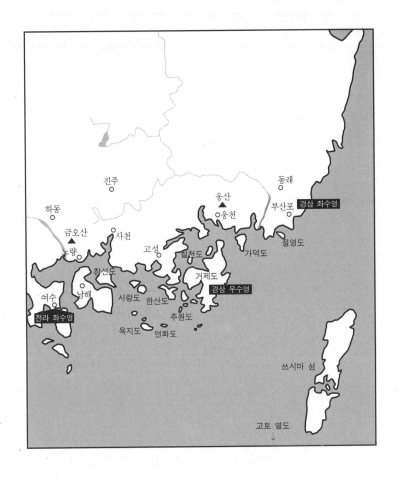

진주

하동

동래

웅산

부산포 경상 좌수영

금오산 · 사천

웅천

노량

고성

절영도

창선도

질천도

가덕도

여수 · 남해

거제도

사랑도 · 한산도

경상 우수영

전라 좌수영

추원도

옥지도 · 연화도

쓰시마 섬

고토 열도

본문중에 나오는 관직명 해설

• **감사** 종이품 외관직으로 오늘날의 도지사에 해당한다. 관찰사라고도 하며, 관할하는 도에 대하여 사법, 행정, 군사권을 가지고 각 고을 수령을 지휘 감독했다. 많은 경우 병사(兵使)나 수사(水使)를 겸했다.

• **군기 경차관** 경차관(敬差官)은 특수한 임무를 맡겨 지방에 파견한 특명관으로, 군기 경차관은 병장기를 수에 맞게 갖추어 잘 관리하고 있는지 살피기 위해 보냈다.

• **군수** 지방 행정 조직인 군(郡)을 맡아 다스린 목민관. 『경국대전』에는 전국적으로 82명을 두도록 규정되어 있다.

• **목사** 큰 도(道)나 요처에 둔 지방 행정 구역 목(牧)을 맡아 다스린 정삼품 외관직 행정관. 전국적으로 20명이 있었다.

• **대사헌** 감찰 기관인 사헌부의 장관으로서, 품계는 종이품이었다.

• **도승지** 왕명 출납을 맡아 보던 승정원(承政院)의 수석 관직. 승정원에 둔 여섯 승지는 행정 기관인 육조처럼 각기 영역을 정해 육방(六房)이라 했는데 도승지는 그중 이방(吏房)의 사무를 관장했다.

여섯 승지는 모두 경연 참찬관(經筵參贊官), 춘추관(春秋館) 수찬관을 겸임했으며, 특히 도승지는 홍문관, 예문관의 직제학(直提學)과 상서원(尙瑞院)의 정(正)을 겸임하도록 되어 있었다

• **별장** 조선 시대 산성이나 포구, 섬 등을 수비하는 종구품 무관직을 별장이라 하고, 다른 한편 금위영(禁衛營), 어영청(御營廳) 등에 둔 정삼품 고위 무관직(용호영(龍虎營)의 경우에는 종이품)도 별장이라 불렀다. 그러나 본문중에 언급된 별장은 별군(別軍, 특별한 목적을 위하여 따로 조직한 군대)의 장교를 뜻한다.

• **부윤** 지방 관청 부(府)의 우두머리인 종이품 무관 외관직으로, 문관의 관찰사와 동격이다. 경상도 경주부, 전라도 전주부, 함경도 영흥부(永興府), 평안도 평양부, 의주부(義州府)의 장이 부윤이며 이름이 부로 되어 있어도 한성부, 수원부, 광주부(廣州府), 개성부, 강화부의 경우에는 외관이 아닌 경관직에 속해 판윤(判尹), 유수(留守)를 두었다.

• **서장관** 사신단의 일원으로 임명되는 임시 직책으로 정사, 부사와 함께 삼사(三使)라 불리며 기록 업무를 담당했다. 또한 서장관이 사헌부 직책인 행대 어사(行臺御使)를 겸하여 일행의 불법을 단속하였다.

• **선위사** 중국 사신을 영접하기 위해 임시로 둔 관직. 이품 또는

정삼품 당상관이 맡았다. 원접사(遠接使)가 의주에서 사신을 맞고 선위사는 사신이 오는 길을 따라 의주와 한성 사이 여섯 개 중요 지점에 파견되어 예를 갖추어 환영했다.

• **영의정** 삼정승의 수석이자 의정부의 장으로 조선 시대 중앙 정부의 최고위 관직. 오늘날의 국무총리에 해당한다. 다만 시대에 따라 서사(署事) 제도가 있을 때에는 육조에서 올라오는 모든 공사(公事)를 심의하여 국왕의 재가를 받아 다시 실무 부서로 회송함으로써 실권이 확장되었다가, 국왕이 실무 부서에서 직접 보고를 받아 처결하게 된 때에는 다소 축소되기도 하였다.

• **우의정** 삼정승의 하나로 의정부를 이끈 정일품 관직. 영의정, 좌의정과 함께 백관을 통솔하고 일반 정무와 외교 등 국정 전반을 이끄는 일을 하였다.

• **원접사 종사관** 원접사란 중국 사신을 영접하는 일을 위하여 임시로 임명한 관직으로, 이품 이상의 관원으로서 문명과 덕망을 갖춘 이를 뽑아 의주로 보내 사신을 맞게 했다. 원접사 종사관은 이를 보좌하며 수행하였다.

• **정언** 사간원에 둔 정육품 관직. 사간원의 기능에 따라 국왕의 잘못을 지적하여 바로잡는 일을 하였다. 사간원의 체제는 정삼품 대사간(大司諫), 종삼품 사간(司諫), 정오품 헌납(獻納)이 한 명씩 있고

그 아래 정언을 두 명 두도록 되어 있었다.

• **좌부승지** 승정원의 육승지 중 하나로, 병방(兵房)의 책무를 맡아 병조에 관련된 일을 관할했다. 육방 승지는 모두 정삼품 당상관으로 임명했다.

• **좌의정** 삼의정(三議政)의 한 사람으로 영의정 다음, 우의정 앞에 놓인 최고위 관직이다. 다른 두 정승과 함께 국정 전반을 좌우했다.

• **주부** 조선 시대 여러 아문(衙門)에 두었던 종육품 관직. 한성부(漢城府), 봉상시(奉常寺), 종부시(宗簿寺), 사옹원(司饔院), 내의원(內醫院) 상의원(尙衣院), 사복시(司僕寺), 군기시(軍器寺) 등등 각종 실무 기관에서 주로 문서 처리를 맡아 하였다.

• **참군** 한성부 훈련원의 정칠품 벼슬. 훈련원의 직제는 정이품 지사로부터 차례로 도정(都正), 정(正), 부정(副正), 첨정(僉正), 판관(判官), 주부(主簿), 참군(參軍), 봉사(奉事)로 구성되었다.

• **첨지중추부사** 중추원(中樞院)에 속한 정삼품 무관직. 줄여서 첨지사, 첨지라고도 불렀다. 일정한 직책이 없는 무임소 관직으로 정원은 여덟 명이었다.

• **토포사** 도적을 잡는 임무를 띤 특수직. 도적이 많은 지역의 수

령을 토포사로 임명하여 겸직하게 하였다.

• **통신사** 조선 시대에 일본의 막부(幕府)에 파견한 공식 외교 사절. 통신사 파견은 대개 쓰시마 도주의 중개로 성사되었다.

• **판서** 육조의 장관인 정이품 관직. 조선 초기 육조의 장관은 품계가 정삼품인 전서(典書)로서 지위가 모자라 국정을 논의하는 자리에 깊이 참여하지 못했던 것을 태종 때 판서로 고쳐 기능을 강화하였다.

• **현감** 지방 행정 관서인 현(縣)을 맡아 다스리는 종육품 외관직으로, 종오품 현령이 관할하는 현보다 작은 고을에 두었다. 지방 수령으로서는 가장 낮은 관직이며 그 수는 138명에 이르렀다.

불멸의 이순신 2

활을 든 사림(士林)

1판 1쇄 펴냄 2014년 7월 18일
1판 2쇄 펴냄 2019년 9월 27일

지은이 김탁환
발행인 박근섭·박상준
펴낸곳 (주)민음사

출판등록 1966. 5. 19. 제16-490호
주소   서울특별시 강남구 도산대로1길 62(신사동)
        강남출판문화센터 5층 (우편번호 06027)
대표전화 02-515-2000 | 팩시밀리 02-515-2007
홈페이지 www.minumsa.com

ISBN 978-89-374-4142-4 04810
ISBN 978-89-374-4140-0 04810(세트)